A memória dos corpos

Marina Di Guardo

A memória dos corpos

Tradução: Michaella Pivetti

TORDSILHAS

a Sergio Altieri, mestre, amigo, irmão. Você tinha razão: o verdadeiro apocalipse está dentro de nós.

"Parece um absurdo, e no entanto é absolutamente verdadeiro que, sendo toda a realidade um nada, não há coisa mais real ou substancial no mundo que as ilusões."

Giacomo Leopardi, *Zibaldone dei pensieri*

Prólogo

Faltavam dez minutos para a chegada do ônibus. A garota acelerou o passo; não queria perdê-lo por nada neste mundo: aquela parada na estrada provincial lhe provocava arrepios. No inverno, quando começava a escurecer, não era nem um pouco agradável ficar sentada no frio, na umidade da planície, enquanto os carros corriam a uma distância tão próxima.

Naquela tarde, além dela, havia mais um passageiro. Em pé, apoiado no poste da parada, um homem esperava o mesmo ônibus. Estava de costas e não se virou nem mesmo quando ela chegou.

A garota sentou-se debaixo do toldo, tirou o celular da bolsa e torceu para que o coletivo chegasse logo. Aquele sujeito de roupas escuras a inquietava. Não conseguia sequer ver seu rosto.

— Desculpe, pode me dar uma informação?

Uma jovem de gorro de lã e óculos escuros, dirigindo um carro preto, havia encostado perto do ponto. Ela sorriu.

A garota se aproximou. Não conhecia muito bem a região, mas queria ser gentil.

— Preciso ir a Parma, estou indo na direção certa?

— Acredito que sim. É fácil, basta continuar sempre reto.

— Você também vai para a cidade? Posso lhe dar uma carona, assim não errarei o caminho.

A garota olhou para dentro do veículo: não havia mais ninguém além da jovem motorista. Fazia frio, e a ideia de seguir viagem em um automóvel confortável e bem aquecido, em vez de esperar debaixo do toldo com aquele homem inquietante ao lado, a convenceu.

Entrou no carro superequipado e logo percebeu um leve perfume de rosas e o som de música lírica ao fundo.

— Você viaja sempre de ônibus? — perguntou a jovem, dando partida.

— Sim, para ir ao trabalho. Ainda não tirei a carteira de motorista. Mais cedo ou mais tarde vou precisar resolver isso.

— Quantos anos você tem?

— Vinte e um.

Já estavam de saída quando a moça se deu conta de que alguém tinha aberto a porta de trás.

— Também vou aproveitar a carona — disse uma voz masculina.

Era o homem que estava na parada do ônibus. Pelo canto do olho, a garota percebeu que ele se ajeitava no banco de trás. Virou-se para a jovem motorista ao seu lado e, inexplicavelmente, ela não esboçava reação alguma.

Sentindo alguma coisa pressionar seu rosto, a garota tentou reagir. Em poucos segundos, perdeu os sentidos.

— Foi mamão com açúcar — comentou o homem, apoiando a cabeça dela no assento.

— Não passou nenhum carro quando me aproximei, e nesta região não há câmeras, então foi melhor do que isso...

— Vamos para casa agora. Temos muito que fazer.

Na estrada, viram passar o ônibus no horário previsto. Mas eles tinham sido mais rápidos.

1

Uma apenas. Maldita carta. Apertou-a entre as mãos sem conseguir fingir decepção. Agarrou a taça de vinho tinto e bebeu até o último gole. Pegou outra carta do baralho sobre a mesa e olhou para ela. Essa também não servia.

A pressa de sempre. Agora não vou conseguir concluir.

Ottavio o observava, passando o palito mascado de um lado para o outro da boca. Enquanto isso, Tinu e Tugnot estavam concentrados cada um nas cartas abertas em forma de leque em suas mãos, trocando de sequência obsessivamente.

Ottavio está muito calmo. Com certeza está blefando.

Estava prestes a praguejar por ter pescado a enésima dama de copas quando sua atenção e a de seus parceiros de jogo foi subitamente atraída por uma figura feminina que acabava de aparecer no café. Apenas por alguns segundos. A jovem loira envolta em um sobretudo de cetim impermeável preto pediu uma informação ao atendente do bar e saiu logo em seguida sem consumir nada.

— Mais uma rodada de vinho, rapazes? — perguntou o taberneiro aos quatro jogadores, aproximando-se da mesa.

— O que a loira queria? — indagou Tinu, piscando o olho.

— Queria saber como chegar à cidade. Quando a vi entrar, assim tão refinada, pensei que fosse uma amiga do nosso advogado aqui, mas me enganei.

— Uma pena...

No povoado aonde ia jogar baralho todas as noites de sexta, ninguém o chamava pelo nome, Giorgio Saveri.

Para todos ele era o "doutor". Se tivesse filhos, eles também seriam "os filhos do advogado", tinha certeza.

— Rapazes, lamento, mas bati!

Com um sorriso sacana no rosto, Ottavio tinha baixado duas trincas e uma sequência. Giorgio não conseguiu refrear um ímpeto de raiva. Atirou a única carta que lhe sobrara nas mãos na mesa de nogueira e levantou-se bruscamente depois de arremessar uma nota de cinquenta euros na direção do adversário.

— Você não me convence — disse entre dentes, mas com um sorriso nos lábios.

Em seguida, saiu do bar, abriu a porta do Porsche 911, ligou o carro e partiu cantando pneu.

Giorgio odiava perder em qualquer circunstância, inclusive no jogo de cartas. Pior ainda contra aqueles caipiras.

Tinha ido ao povoado, como todas as sextas, para relaxar. No entanto, voltava para casa tomado por uma raiva hostil. De vez em quando prometia a si mesmo afastar-se daquele único compromisso semanal com a chamada civilização, mas acabava desistindo toda tarde de sexta-feira. Gostava de entrar naquele bar de interior, beber algumas taças de vinho de baixa qualidade e ouvir as mesmas fofocas sem sentido dos pequenos povoados. Era como se pudesse, mesmo que por pouco tempo, participar daquele dia a dia simples que nunca pudera almejar. Sentar-se à mesa com os companheiros habituais de jogo o descontraía, ouvindo suas considerações elementares, observando as rugas de seus rostos e adivinhando suas preocupações, chateações e vícios, tão diferentes do mundo dele e, ao mesmo tempo, terrivelmente ingênuos.

Tenho certeza de que Ottavio trapaceia. Preciso descobrir como...

Na escuridão negra de uma noite sem lua e sem estrelas, avistou um carro parado na beira da estrada – um automóvel como muitos outros. Pela porta aberta, viu a linha bem definida de um tornozelo feminino equilibrando-se sobre um salto doze. Reduziu, surpreendido por aquela aparição incomum para uma remota estrada de campo. Encostou o carro, desceu e aproximou-se cauteloso da proprietária daquele espetacular par de pernas. De perto, reconheceu-a logo: era a mulher que entrara no bar havia pouco. Loira, os cachos macios do cabelo emoldurando o rosto oval, olhos espantados como os de uma menina surpreendida ao assaltar um pote de balas. Segurava na mão um celular sobre o qual dedos longos digitavam freneticamente.

— Boa noite. Não tenho intenção alguma de ser inoportuno, mas queria ter certeza de que não precisa de ajuda.

Ela arregalou ainda mais os olhos, respirando fundo, e abriu um sorriso, revelando dentes de uma brancura imaculada.

— Meu carro parou — disse ela — e, como se não bastasse, meu celular não pega. Existe alguma pousada nas redondezas?

— Há uma a cerca de dez quilômetros daqui. Quer que eu tente dar uma olhada no seu carro?

— Seria um favor...

Giorgio abriu o capô e mexeu por alguns minutos no motor, com o auxílio da lanterna do celular. Depois soltou o cabo e voltou a fechar o capô com um golpe seco.

— Parece que está tudo no lugar, mas não sou especialista. Melhor chamar um mecânico amanhã de manhã.

— E agora, o que eu faço? — Uma ruga franziu a testa da mulher.

— Posso acompanhá-la à pousada mais próxima, aquela de que lhe falei, a dez quilômetros daqui. Espero que ainda esteja aberta, a proprietária é idosa e vai dormir cedo. Leva só dez minutos para chegar, posso lhe dar uma carona, com prazer.

Ela permaneceu calada, indecisa sobre o que fazer. Deu uma olhada rápida, como se quisesse entender melhor quem era o homem que estava à sua frente. Giorgio parecia ter em torno de quarenta anos, cabelos grisalhos, traços comuns. Um homem como muitos. Apenas duas particularidades destacavam um rosto que de outro modo seria anônimo: uma covinha no queixo, sulcada a ponto de parecer uma cicatriz, e os olhos pretos, intensos e grandes.

Ele a fitou com impaciência, como se tivesse pressa de ir embora.

— A essa hora certamente não vai encontrar táxi por aqui, mas faça como achar melhor.

— Está bem, aceito a carona. Só espero não ser incômodo demais.

— Incômodo algum, a pousada não fica longe.

Entraram no carro. A mulher sentou-se e ficou olhando para fora através da janela, como se quisesse manter uma certa distância entre eles. Giorgio não pôde deixar de dar uma rápida olhada para as pernas dela. Ela havia puxado para baixo a barra da saia, mas a linha bonita dos tornozelos, as panturrilhas finas e bem delineadas e a pele de seda eram um chamariz sedutor demais para ser ignorado. Giorgio voltou a se fixar no caminho à sua frente, obrigando-se a desviar o olhar.

A mulher o observou de soslaio e resolveu quebrar o silêncio:

— Estava começando a me preocupar. Não passava ninguém por aquela estrada. Um péssimo lugar para ficar com um carro enguiçado.

Giorgio a observou brevemente: tinha um ar perdido, indeciso. Sorriu para ela tentando tranquilizá-la.

— Por sorte eu passei, então. Tomara que Rita, a proprietária da hospedaria, ainda esteja acordada. Como lhe disse, ela é idosa e também um pouco surda. Quando vai dormir, não acorda nem ao som de canhões.

A moça se virou para ele, preocupada.

— Por acaso é a única pousada da região?

— Não há outra num raio de quarenta quilômetros. Já é meia--noite, e mesmo em Bobbio será difícil encontrar uma pousada aberta.

Ela levantou os olhos para o céu em uma espécie de súplica.

Cinco minutos depois, estavam em frente à hospedaria de Rita. As janelas estavam fechadas, as luzes inteiramente apagadas. Giorgio saiu do carro e tocou o interfone. Nenhuma resposta. Tentou novamente, sem sucesso.

Nesse meio tempo, a mulher tinha saído do automóvel.

— E agora, para onde eu vou? — perguntou com ar consternado.

— Poderíamos tentar em Bobbio, mas duvido que encontremos algo aberto.

— Estou vindo de um jantar na casa de uns amigos, poderia voltar para lá. Infelizmente fica a meia hora de Bobbio, nem sei dizer quantas curvas para chegar até a casa. Talvez possa ligar para eles...

— Como preferir. De qualquer maneira, eu moro aqui perto, tenho uma casa grande e posso hospedá-la sem problemas. Amanhã posso chamar meu mecânico de confiança e pedir que dê uma olhada no seu carro. Resolva como achar melhor.

A moça não respondeu logo. Jogou para trás uma mecha de cabelos que cobria boa parte do rosto e, com um suspiro, disse:

— Está bem.

Um grande portão de ferro forjado se abriu para uma alameda ladrilhada com pedregulho cinza.

Uma mansão branca do século XIX despontou da densa vegetação do jardim. A fachada era em estilo neoclássico. Quatro colunas contornavam a entrada, atrás das quais se erguiam duas escadarias gêmeas perfeitamente simétricas – uma arquitetura suntuosa, mas ao mesmo tempo delicada.

A mulher, que havia saído do carro com Giorgio, olhou impressionada a residência antiga.

— Você mora aqui? — Sem pensar, se referia a ele como "você" sem rodeios.

— Sim... Passei toda a minha infância e adolescência nesta casa, depois me mudei para Milão na época da faculdade, casei e fiquei por lá. Quando minha mulher foi embora, voltei para a minha antiga casa. A mesma velha história de muitos divorciados.

— Lamento.

Em silêncio, subiram a escadaria da esquerda. Atrás da porta de nogueira e batente duplo, um salão com afrescos no teto. Uma enorme lareira de mármore branco de Carrara ocupava a parte central do local. Pinturas antigas, a maioria do século XVI, criavam uma atmosfera sombria, quase claustrofóbica.

A moça circulou pela grande sala com passo hesitante, como se tivesse sido tomada por um temor reverencial diante daquela confusão de preciosos móveis antigos e arte figurativa. Parou diante de um quadro, o mais explícito e sangrento de todos. Ele representava o martírio de São Sebastião.

— Posso fazer um comentário?

Giorgio acenou com a cabeça observando pelo canto do olho a expressão maravilhada da mulher – desde que se lembrava, era essa mesma expressão que notava no rosto de cada pessoa que entrava pela primeira vez naquele salão, que parecia um museu.

— Aqui há uma incrível concentração de quadros com as mesmas temáticas: mártires, sofrimento, sangue... Longe de mim discutir a qualidade das obras, mas vê-las todas juntas me transmite um sentimento de angústia. Eu talvez as alternasse com algumas naturezas-mortas e paisagens, ou talvez algumas Madonas tranquilas com o menino.

— Foi meu pai que escolheu essas obras. Eu só mantive a ordem que, com o tempo, ele deu a este lugar.

— Se eu fosse você, aliviaria um pouco o ambiente.

— Ei, você acabou de chegar e já está falando em mudar a decoração? — disse Giorgio, rindo.

— Eu jamais ousaria — rebateu ela um pouco sem graça.

— Deixa pra lá, estou brincando. Na verdade gosto desses quadros. Sabe de quem é aquele *São Sebastião*? A autoria foi atribuída a Procaccini. Nada mal, não é?

— Pode até ser de Procaccini, mas para mim é inquietante.

— Era justamente o que meu pai queria. Ele sempre dizia que o sofrimento não deve ser escondido, mas exibido, por fazer parte do destino do homem. Sim, ele dizia exatamente isto: o destino do homem.

— Devia ser uma pessoa fora do comum...

— Não pode imaginar quanto.

A moça desviou a atenção dos quadros, interrompendo os comentários. A entoação levemente amarga da voz dele a fez hesitar, talvez preocupada por ter tocado em um assunto delicado.

— Me desculpe por ser tão direta, é uma característica que carrego comigo desde menina.

— Ora, não seja tão severa consigo mesma. Isso não é necessariamente um defeito.

Giorgio fitou-a com os olhos intensos, penetrantes. Assim que percebeu, ela baixou os dela, como se não tivesse condições de sustentar a profundidade daquele olhar. Esboçou um sorriso, certamente um de seus trunfos.

— A propósito, ainda não me apresentei: sou Giulia Bruschi.
— Prazer, Giorgio Saveri.

Apertaram-se as mãos. Ela tirou o sobretudo de cetim impermeável preto e a echarpe de seda com estampa de caxemira e sentou-se em um divã revestido de brocado cor de vinho.

— Por que está tão elegante, foi a uma festa? — quis saber Giorgio.
— Fui jantar com os amigos de que lhe falei. Eles têm um sítio depois de Bobbio, e para chegar lá tive que enfrentar um número incrível de curvas. Eles me convidaram para passar a noite lá, teria sido melhor.
— Mas desse jeito não teríamos nos conhecido.

Giulia sorriu novamente, fechando um pouco os olhos. Giorgio tentou imaginá-la criança, com aquele olhar cheio de expectativas e de inquietude.

Obrigou-se a desviar o olhar das pernas cruzadas da moça. Já havia reparado nelas antes. Giulia tinha tornozelos finos, tão finos que davam a impressão de que poderiam partir-se de uma hora para outra. Subira as escadas da entrada com um passo ondulante, hipnótico.

Olhou seus pulsos livres de pulseiras, miúdos como os tornozelos.
Perfeitos.

Engoliu em seco. Levando uma mão às têmporas, virou as costas.
— Imagino que você esteja cansada. Pensei em lhe oferecer um dos quartos de hóspedes. Venha comigo.

Ela assentiu. Pegou a bolsa, o sobretudo e o acompanhou pela escada até o andar superior.

Percorreram um longo corredor. O quarto de Giulia era o mais afastado – um local amplo, com afrescos no teto e uma série de pinturas nas paredes, dessa vez de pinceladas miúdas.

— Não me diga que são autênticos... Flamengos, não é?
— São da escola de Hieronymus Bosch, muito parecidos com o tríptico de *O Jardim das delícias terrenas*, exposto no Museu do Prado.

— Quantos detalhes... — disse Giulia, aproximando-se dos quadros. — Todos esses corpos nus, essas cenas aterrorizantes... Quem é esse ser estranho com cabeça de pássaro? Está devorando um homem.

— Aquele é o príncipe do inferno. Cada uma dessas figuras tem um significado preciso. Toda a obra de Bosch tinha fortes conotações simbólicas. Ele era um visionário.

Ela balançou a cabeça. Ia dizer algo, mas mordeu o lábio.

— A que horas deseja que a acorde amanhã de manhã?

— Quando for mais conveniente para você. Vai precisar ir ao trabalho, imagino.

— Sou aposentado, posso dispor do tempo do jeito que desejar.

— Aposentado? Mas você é jovem demais!

— Tomei minhas decisões.

Giorgio virou-se em direção à porta. Um silêncio constrangedor pairou entre eles. Ela esfregou os olhos, apoiou a bolsa na mesinha de cabeceira e sentou-se na cama. Permaneceu imóvel por alguns minutos, esperando um movimento, uma palavra. Mas ele nada acrescentou.

— Boa noite — Foi a única coisa que disse antes de atravessar a porta.

Saiu do quarto às pressas, com as costas levemente curvadas. Queria afastar-se dela, daquela presença, daquela intimidade que começava a despontar, mas não conseguiu resistir à tentação derradeira de se virar para trás.

— Boa noite — respondeu Giulia baixinho.

Ela se levantou da cama e foi até a porta, deixando-a ligeiramente aberta enquanto lançava para Giorgio um olhar lânguido, acolhedor.

Ele esteve a ponto de voltar, mas não o fez. Limitou-se a descer com pressa os primeiros degraus em direção ao salão.

Estava prestes a chegar ao térreo quando retornou em silêncio, subindo de volta a escada, indeciso sobre o que fazer. Aproximou-se devagar da brecha da porta semicerrada e permaneceu na penumbra, sem ser visto pela jovem.

Giulia havia tirado o vestido de veludo e os sapatos. Agora estava apenas de sutiã e calcinha de renda preta. Tinha um corpo esculturalmente, perfeito. Estava em frente ao espelho Luís XV diante da cama. A luz do abajur projetava uma sombra estranha em seu rosto. Observou-a tocar a face e os olhos com um gesto rápido, quase alarmado. Mais uma vez a imaginou criança, amedrontada pelo escuro e pela solidão.

Sem saber que estava sendo observada, Giulia aproximou-se da pequena bolsa que deixara sobre a mesa de cabeceira, tirou um frasco de vidro do bolso interno, abriu a tampa, retirou um comprimido e jogou-o goela abaixo sem uma gota d'água. Em seguida, levantou as cobertas adamascadas, deslizou entre os lençóis de linho e se cobriu toda, até a testa.

Giorgio ficou observando em silêncio, escondido pela penumbra e pela pesada porta de nogueira, até o momento em que ela adormeceu, finalmente refém do seu sono induzido.

2

Não conseguira dormir um segundo sequer. A mente dispersa rememorava cada detalhe da noite que acabara de passar. Giulia subindo a escadaria da entrada com aquele balanceado lento, quase indolente. Seus tornozelos tão finos. O rosto delicado, de boneca de porcelana. O corpo sinuoso, perfeito. No entanto, entre todas as particularidades que se alternavam em sua mente, uma se destacava – um gesto que ele havia notado, protegido pela escuridão da porta semicerrada: ela esfregava compulsivamente o rosto diante do espelho. Havia sido apenas por algumas frações de segundo, mas aquele detalhe não lhe escapara, aquela nota destoante em um conjunto de refinamento e elegância.

Olhou para o relógio apoiado na mesinha – já eram sete e meia. Pensou em esperar a chegada de Agnese, a governanta, para em seguida ir falar com o mecânico do povoado e ocupar-se do problema do carro de sua hóspede.

Pouco antes de sair, subiu em silêncio a escadaria que levava ao andar de cima. Da porta encostada, percebeu que Giulia ainda dormia um sono profundo. Não quis acordá-la, não havia necessidade. Enquanto voltava ao andar térreo, ouviu o habitual e reconfortante som de pratos. Agnese chegara mais cedo. Foi até a cozinha avisá-la de sua saída e da hóspede.

A mulher estava derramando farinha em uma grande tigela de porcelana branca. Assim que o viu aparecer à porta, levantou a cabeça, surpresa.

— Bom dia, Giorgio. Vai sair? — A governanta lhe dirigiu um sorriso tímido enquanto, com movimentos eficientes, continuava acrescentando outros ingredientes à farinha sem pesá-los.

Ele olhou para ela com ternura. Vê-la toda manhã naquela cozinha ampla e escura o fazia sentir-se bem. Observá-la cozinhar, arrumar os quartos, ocupar-se com amorosa atenção da grande mansão era como receber um carinho. Aquele que sua mãe nunca lhe dera.

Agnese tinha completado sessenta anos havia pouco, mas aparentava alguns a mais, com os cabelos louro-acinzentados sempre recolhidos atrás da cabeça em um rabo de cavalo, os olhos de um intenso azul-celeste e o rosto marcado por rugas profundas.

— Sim, preciso ir ao povoado — respondeu. — Ontem à noite ofereci carona a uma moça que havia parado na estrada por causa de uma pane no carro. Era tarde, a pousada da Rita já estava fechada, então resolvi hospedá-la por uma noite. Ela está dormindo no quarto dos flamengos. Se acordar antes de eu voltar, pode dizer que fui ao mecânico resolver a questão do carro dela.

Viu passar uma sombra nos olhos límpidos de Agnese – coisa de um segundo –, mas a governanta logo abaixou a cabeça e começou a amassar, com gestos lentos e comedidos, os ingredientes que tinha posto antes na tigela. Ela esperou um pouco antes de responder, e em seguida falou:

— Estou preparando o café da manhã, quer uma xícara de café? Está quase pronto.

— Não, obrigado, tomo depois. Quero resolver isso logo.

Desceu rapidamente uma das escadarias externas, ligou o carro e saiu pelo grande portão de ferro forjado. O dia prometia ser bom, o ar estava tépido, apesar de ainda ser muito cedo, e as rosas do canteiro diante do portão reluziam com as cores brilhantes da época de floração.

Poucos quilômetros à frente, o Fiat 500 estava onde o havia deixado na noite anterior. Observou a placa: o carro havia sido licenciado recentemente e, no entanto, já apresentava sérios problemas, considerou Giorgio perplexo.

No povoado, a oficina tinha acabado de abrir. Egidio, o proprietário, foi ao encontro de Giorgio com um grande sorriso no rosto vermelho: o doutor Saveri era seu melhor freguês. Juntos, decidiram pegar a caixa de ferramentas e dar uma olhada no carro de Giulia. Se a falha não pudesse ser consertada, teriam que voltar com um reboque para levá-lo à oficina.

Com o capô aberto e um exame detalhado, ficou claro que o carro não precisava de conserto.

— Doutor, olhe aqui! — O mecânico estava incrédulo. — Ainda bem que examinei os cabos das velas: estão todos desligados, não entendo como isso aconteceu...

Depois de reconectar os cabos, tentaram ligar o motor e o carro pegou. Egidio se ofereceu para levar o automóvel de Giulia até a casa e combinou com um funcionário da oficina para ir pegá-lo em seguida.

Enquanto abria o portão de casa, Giorgio pensou que teria sido melhor se a falha do carro não houvesse sido resolvida tão rapidamente, assim ele poderia acompanhar Giulia até Milão e, uma vez feito o reparo, poderia revê-la. Da entrada, ouviu as vozes de Agnese e Giulia vindo da cozinha. Elas conversavam e riam animadamente, o que fez com que Giorgio permanecesse estático no meio ao salão, incrédulo, pois Agnese era uma pessoa muito reservada e não dava confiança a desconhecidos. Evidentemente, Giulia também tinha conseguido impressioná-la.

Entrou na cozinha. As duas mulheres estavam sentadas do mesmo lado da mesa, uma perto da outra. Giulia tomava seu café da manhã: uma xícara de chá e biscoitos. Agnese, logo que o viu, levantou-se para olhar a torta que havia acabado de colocar no forno.

— Bom dia, Giorgio, já está de volta? Tem notícias do meu carro? — perguntou Giulia com um largo sorriso.

— Boas notícias. Seu automóvel, como eu suspeitava, não tem nada de sério. Bastou religar os cabos das velas, um trabalhinho de nada. Só não consigo entender como podem ter se desconectado todos ao mesmo tempo.

— Não sei explicar... Não toquei no motor, não saberia nem por onde começar.

— Na realidade, para mim a notícia não é boa. Teria preferido que seu carro tivesse um problema sério. Seria um bom motivo para você ficar aqui mais um pouco. — O rosto de Giorgio se iluminou em um sorriso aberto, assim como o de Giulia.

— Preciso ir embora de qualquer jeito, o trabalho me espera. De qualquer modo, prometo que, quando passar por estes lados, virei fazer uma visita a você. Estou te devendo essa.

— Onde você mora? Trabalha com o quê?

Os olhos de Giorgio eram duas brasas escuras, profundas. Giulia estremeceu, mordeu um lábio.

— Moro em Milão e trabalho em uma joalheria — respondeu ela, fixando um ponto indefinido à sua frente.

— Bom, Milão não é longe daqui. Além dos seus amigos de Bobbio, você pode vir me visitar também.

— E você poderia dar um pulo lá pelos meus lados.

— Eu raramente saio, mas posso fazer uma exceção por você.

Trocaram telefones e depois seguiram juntos para o carro de Giulia.

— Mais uma vez, obrigada pela hospitalidade. Quanto lhe devo pelo serviço do mecânico? — perguntou ela.

— Nada. A verificação levou apenas alguns minutos. De qualquer modo, como você é minha hóspede, fica por minha conta.

— Você é um verdadeiro cavalheiro, sabia? Produto raro nos dias de hoje.

Giorgio esboçou um sorriso sem jeito. Ofereceu-lhe a mão, aproximando-se. Depois, como que arrependido, retirou-a imediatamente.

— Obrigada mais uma vez. Quem sabe a gente se vê — ela concluiu.

Giorgio fez que sim, abriu a porta do carro para ela e fechou-a com delicadeza. Giulia ligou o carro e dirigiu-se ao grande portão da entrada. Enquanto ela se despedia, ele a viu lançar o olhar para uma janela do segundo andar. Era Agnese, com as palmas da mão apoiadas no vidro e uma expressão indecifrável no rosto.

Giulia mandou um beijo com a mão e a mulher retribuiu com um sorriso penoso. Giorgio levantou os olhos para a janela de Agnese. Ela não estava mais lá.

Passando pelo portão, o carro desapareceu além da cortina espessa das árvores do bosque. Apoiado ao corrimão da escadaria, Giorgio a viu ir embora com uma inexplicável sensação de vazio que o corroía por dentro.

3

Estava relendo pela enésima vez "Berenice", de Edgar Allan Poe, um dos contos mais misteriosos do seu autor preferido. Olhou para fora da janela, através das árvores que ondulavam ao vento, além das colinas onde imaginou Berenice, a protagonista, ágil, graciosa, transbordando de energia e correndo pelos pequenos bosques de Arnhem. Voltando ao livro, sua atenção foi capturada por um pedaço de pano esquecido sobre o divã brocado. Levantou para verificar. A echarpe de Giulia ocupava o ângulo entre o braço esquerdo e o espaldar do móvel. Perguntou-se como ela poderia ter esquecido algo tão visível. Pegou-a entre as mãos: era de uma seda opaca, espessa, estampada com pequenos desenhos de caxemira. Aproximou-a do rosto. Mesmo à distância era possível sentir a fragrância que a impregnava, mas, aspirando o perfume de perto, teve a sensação de rever Giulia bem à sua frente – seus cabelos louros de mechas macias, os olhos bem abertos, as mãos finas. Fechou os olhos e mergulhou naquele intenso aroma com toque de especiarias, deixando-se envolver pelo encanto da lembrança.

Havia prometido a si mesmo não ligar para ela cedo demais, deixar passar alguns dias para evitar parecer chato. Mas, graças à echarpe que conservava seu perfume, a ansiedade de revê-la quanto antes o dominou.

Apoiando a echarpe no espaldar do divã, pegou o celular na mesinha ao lado. Procurou febrilmente o número na agenda, apertou a tecla de chamada e logo em seguida desligou.

Melhor não...

No entanto, ignorando os próprios pensamentos, pousou o dedo novamente sobre aquele nome e aquele número. Dessa vez não cancelou a chamada e ficou à espera.

— Se você não tivesse telefonado esta noite, eu mesma teria ligado — atendeu Giulia, com uma voz mais profunda do que ele lembrava.

Ficou agradecido por aquela sinceridade desnecessária, aquele jeito de se mostrar vulnerável e desejosa, apesar de ter sido ele quem ligara.

— Na verdade eu ia ligar ontem à noite, mas não quis incomodar. Quando há pouco descobri que você tinha esquecido sua echarpe no divã, tive um bom pretexto para telefonar.

— Fez bem. Comigo você pode ser você mesmo, natural. Detesto joguinhos, táticas, estratégias.

— Por isso resolvi não resistir. Já estou à sua mercê — respondeu Giorgio, rindo.

— Gosto disso.

— Quando nos vemos? — perguntou ele espontaneamente.

— Amanhã?

— Muito bem. Você vem aqui? Posso levá-la para conhecer uma colina cheia de narcisos selvagens — propôs.

— Amanhã tenho metade do dia livre. Posso estar aí no início da tarde. Vamos aos narcisos.

Enquanto desligava, Giorgio pensou nela misturando-se ao amarelo das flores, afundando os tornozelos delicados nos torrões grosseiros de terra, "ágil, graciosa e transbordando de energia", exatamente como Berenice.

4

A colina estava do modo como ele lembrava. Uma nuvem de corolas flutuantes ao vento, uma mancha amarela cravada em um fundo de bosques verde-esmeralda e casarios abandonados. Há tempos não via aquela paisagem. Talvez desde garoto. Tinham se passado tantos anos, e aquele campo continuava florescendo, descuidado das vicissitudes dos homens, da mesquinhez de suas vidas sem importância.

Ficaram em silêncio contemplando aquele quadro com sabor de irrealidade, deixando-se inebriar pelo perfume adocicado e pelo leve roçar do vento no vale.

— Nunca tinha visto uma colina inteira de narcisos em flor — comentou Giulia prendendo a respiração.

— Deve fazer vinte anos que não ponho os pés aqui. No entanto, é tão perto de casa... Na última vez recolhi dois ramalhetes, um para Agnese e outro para a lápide da minha mãe.

— Lamento...

— Faz muito tempo. Me lembro de ter colocado os narcisos no vaso de mármore. Ficaram lindos, o amarelo das flores se destacava sobre o mármore de Carrara. No dia seguinte, já tinham murchado.

Giulia olhou para ele em silêncio, sem coragem de dizer nada. Pegou sua mão, e lentamente seguiram pelo caminho de terra enlameada que costeava a margem alta da colina.

— Cuidado para não acabar pisando nas poças — recomendou ele, apertando delicadamente o pulso da moça.

— Me fale de você.

Giulia olhou para ele de esguelha, hesitante, como se receasse ter sido muito ousada. Mordeu o lábio inferior, enquanto prosseguiam a caminhada pela estrada de terra.

— O que eu poderia contar? Vivo como um ermitão na casa em que você dormiu. Já contei que saí de lá quando fui para Milão fazer faculdade. Depois do casamento, achei que nunca mais voltaria para lá, mas evidentemente o apelo foi mais forte do que minhas intenções.

— Você é divorciado?

— Na realidade, minha mulher desapareceu de um dia para outro com o meu melhor amigo. Com eles foi-se também a conta bancária do nosso escritório de advocacia. Sabe-se lá onde podem estar agora...

— Que loucura!

— Um daqueles golpes que nos derrubam para sempre. Tanto que larguei a profissão. Não foi fácil seguir adiante, mas agora estou melhor.

— Nunca pensou em voltar a trabalhar? Não me parece possível que um homem como você tenha desistido de viver.

— Desisti somente do trabalho e de uma vida agitada. Me sinto bem, de verdade.

Giulia levantou as sobrancelhas como se tivesse dificuldade em compreender o que ele dizia. Não teve coragem de replicar, de correr o risco de acentuar a sombra amarga que cobria o semblante de Giorgio.

— Agora é a sua vez. Não sei quase nada da sua vida.

— Não há muito o que dizer. Tenho vinte e nove anos, trabalho em Milão em uma joalheria, como contei a você. Um emprego como outro qualquer.

— No centro?

— É uma pequena joalheria na via Solferino, no bairro de Brera.

— Sei onde fica. É bom trabalhar lá?

— Sou uma pessoa bem adaptável...

Ele a olhou com atenção. Por trás do sorriso aberto de Giulia, sentiu uma relutância quase intransponível. Decidiu não perguntar mais nada. Mesmo assim, toda vez que ela se fechava como um ouriço, Giorgio ficava com vontade de saber mais detalhes sobre a vida dela.

— À noite vou levá-la a um restaurante bem simples perto daqui. Lá preparam os melhores *tortelli* do vale.

— De ricota e espinafre? Já experimentei outras vezes.

— Sim. Muitas vezes vou jantar lá sozinho, na segunda, quando tem pouca gente.

— Você não teve mais ninguém depois do fim do seu casamento? — Giulia olhou-o nos olhos, aguardando a resposta, esforçando-se para não desviar o olhar.

Giorgio suspirou, com um leve sorriso:

— Já estamos com ciúmes?

— É uma pergunta como outra qualquer, não precisa responder. Simples curiosidade.

— Não sou um monge, já tive algumas namoradas.

— E agora? — continuou ela, firme.

— Agora você está aqui. — Ele acariciou o rosto dela com os dedos. Tocou seus lábios, o pescoço e as costas. Em seguida parou, com medo de passar dos limites.

Subitamente, o vento começou a ficar mais forte, e o céu se encheu de nuvens baixas e cinzentas, como um contraponto cênico ao amarelo brilhante das flores. Começaram a cair as primeiras gotas de chuva, a princípio escassas, depois cada vez mais intensas. A terra parecia beber aquela água inesperada, emanando um cheiro acre, poeirento, em forte contraste com o aroma dos narcisos, agora mais forte, quase atordoante. Giorgio pegou Giulia pela mão e a conduziu na direção de uma casa abandonada, a uma centena de metros dali. Dentro, um colchão rasgado no chão, lenços de papel usados, inscrições ilegíveis nas paredes.

— Que lugar sinistro... — disse ela, arrepiada.

— Vamos ficar aqui até parar de chover. Não acho que vai demorar muito.

Olhou para ela. Aqueles poucos minutos de chuva forte a haviam mudado, ela parecia mais verdadeira. Os cabelos grudados no rosto, o rímel dos olhos que escorria lhe dava um ar vulnerável, de um ser necessitado de proteção, de cuidados. Grudada em seu corpo, a camisa de linho branco revelava o sutiã de tule, assim como os bicos dos seios, rijos por causa do frio.

Ela é tão bonita...

Naquele ponto as mãos de Giorgio não demoraram mais. Desabotoaram com cuidado a camisa, tirando-a juntamente com o sutiã, roçaram os seios tão descaradamente visíveis, tão oferecidos, demorando-se nas aréolas grandes e escuras com amplos gestos circulares. Começou a beijá-la. Pescoço, ombros, seios. Ela permitiu, respirando baixo, de maneira quase imperceptível. Também não reagiu quando Giorgio desabotoou sua calça jeans, deixando que caísse nos tornozelos junto com a calcinha do mesmo tule do sutiã. Ele se ajoelhou a seus pés, como um fiel devoto diante de uma deusa pagã, e, enquanto a acariciava, beijou suas dobras mais secretas, os desejos mais escondidos. Ela gemeu alto, sacudida por tremores de frio e de prazer, apoiada ao parapeito de uma janela sem vidros, a cabeça jogada para trás, os olhos cerrados, a boca aberta, respirando profundamente. Ele subiu devagar, percorrendo com os lábios a pele úmida, detendo-se nos bicos dos seios, no pescoço, entrelaçando sua língua com a dela, misturando saliva, humores, sabores, cheiros.

Ainda a beijava quando, de repente, esquecido da ternura e da atenção que lhe reservara pouco antes, girou-a sobre si mesma, como uma boneca sem vida ou sem vontade. Acariciou suas costas brancas, percorrendo a superfície de puro veludo até a curva sinuosa entre os glúteos, que explorou com uma mão ainda úmida de desejo enquanto com a outra desabotoava com pressa as calças, afundando logo em seguida em seu corpo. Sentiu que ela estremecia, curvava o dorso pela dor súbita, procurava escapar ao abraço, antes decidida, depois cada vez mais dócil, até acompanhar os movimentos, os impulsos, os suspiros.

Repentinamente, ele se desgrudou do corpo dela, chegando ao orgasmo. Seu esperma escorria pelas costas de Giulia – brancura sobre brancura, neve tépida sobre a pele vibrante.

Ficaram assim, enganchados naquela janela sem vidros, abraçados em uma intimidade que os tinha deixado sem palavras e sem ar.

— Desculpe minha impetuosidade, eu a desejava demais — disse Giorgio, um pouco envergonhado.

Giulia sorriu com aquele jeito enigmático que o tranquilizava e o inquietava ao mesmo tempo. Recolheu a bolsa apoiada no chão e procurou algo dentro.

— Espere, deixe que eu faço isso.

Com um lenço de pano retirado do bolso, Giorgio limpou as costas dela e vestiu-a como a uma criança pequena.

Parecendo estar fora da realidade, ela o deixou agir enquanto sua mão continuava a vagar dentro da bolsa, procurando algo que não encontrava.

Tremia, tremia muito.

Giorgio a abraçou com força para que ela parasse de bater os dentes, para que tirasse do rosto aquela expressão perdida.

Olhou para fora.

— Parece que a chuva está dando uma trégua. Está em condições de sair para pegar o carro?

Giulia fez que sim. Saíram correndo, esquivando-se atentamente de cada poça, procurando não afundar os pés na lama argilosa do caminho.

— Seria bom tomarmos uma chuveirada. Você tem uma muda de roupa?

— Sim, por sorte eu trouxe — respondeu ela prontamente.

Quando chegaram ao carro, ele ligou o aquecedor no máximo e a cobriu com um paletó que havia deixado no banco de trás. Finalmente ela parou de tremer.

A mansão ficava a vinte minutos de distância do vale dos narcisos. Logo que ingressaram no pátio da entrada, notaram uma bicicleta apoiada no muro.

— Agnese ainda está em casa. Você deve estar contente. Reparei que vocês se dão bem.

— Ela é uma pessoa encantadora. Disse que me pareço muito com a filha dela, talvez por isso simpatize comigo.

— Ah, sim, Elisa. Faz muito tempo que ela não volta para casa. Acho que Agnese sofre muito por conta disso.

— Na realidade, Agnese prefere que ela fique no exterior, para o seu próprio bem...

Giorgio olhou para ela, perplexo.

— Ela disse isso?

— Acho que ela não acredita muito nas chances de trabalho dos jovens aqui na Itália.

Ele não fez comentários. Subiram juntos a escadaria à esquerda do portão da entrada. Giorgio girou a chave na maçaneta sem tocar a campainha.

— Por que não aguarda que abram para você?

— A propriedade é muito grande, pode ser que Agnese esteja no jardim ou no último andar.

— Ela trabalha aqui há muito tempo, não é?

— Sim, há mais de trinta anos. É uma pessoa muito querida, uma segunda mãe para mim. Decidi voltar para cá também por causa dela.

— Agnese me contou que a sua mãe faleceu há muitos anos. E seu pai?

— Morreu menos de dois anos atrás, despencou de um penhasco durante uma excursão nas montanhas. Estávamos juntos, nunca vou me esquecer.

— Como aconteceu isso? — Giulia olhou para ele com atenção.

— Estávamos escalando as Pale di San Martino, as montanhas eram uma de suas maiores paixões. Ele estava poucos metros atrás de mim e não quis se garantir com o cabo de aço, dizia que era um percurso fácil. De repente ouvi um grito, depois um estrondo. Quando me virei, meu pai não estava mais lá.

— Deve ter sido horrível...

— Em casos assim, mil pensamentos nos passam pela cabeça, e uma terrível sensação de culpa. Eu devia ter insistido para ele usar o cabo, devia ter ficado mais perto dele.... Mas talvez fosse inútil.

— Em que sentido?

— Ele tinha experiência demais em escalar montanhas para cair daquele jeito. A passagem era fácil. Tudo bem que o tempo estava ruim, mas não me conformo com o que aconteceu.

— Talvez ele tenha se sentido mal.

— Não, acho que foi outra coisa. — Giorgio baixou levemente os olhos, como se não quisesse pensar muito naquilo.

— Que coisa? — quis saber Giulia, correndo o risco de ser indelicada.

— Ele estava sendo investigado por uma série de mortes suspeitas na clínica particular em que era diretor, patologista e o maior acionista. Falaram do caso em todos os jornais, é possível que você se lembre do nome da clínica, Santa Apollonia di Piacenza. Talvez ele não tenha conseguido suportar a tortura das notícias na imprensa e a ameaça da Justiça.

— Você acha que foi suicídio?

Giorgio confirmou.

— O corpo nunca foi encontrado. Gosto de pensar que ele deve estar feliz, descansando em suas amadas montanhas.

— Lamento. A vida o obrigou a enfrentar provas muito duras: primeiro sua mãe, depois o abandono da sua mulher e o desaparecimento do seu pai.

Ele a fitou, grato pela empatia que Giulia lhe demonstrava. Afastou dos olhos dela uma mecha de cabelo, acariciou sua nuca.

— Obrigada — respondeu ele com simplicidade.

— Bom dia, Giulia. — Agnese aparecera de repente na pequena sala ao lado. Havia chegado em silêncio, sem se anunciar, e os fitava com um meio sorriso nos lábios.

— Que prazer revê-la! — Giulia retribuiu o sorriso, desajeitada. — Fomos surpreendidos pela chuva e viemos para casa nos trocar.

— O prazer é meu. Vou levar algumas toalhas, imagino que vá ocupar o mesmo quarto do outro dia — disse Agnese, esperando uma confirmação por parte de Giorgio.

— Claro, o quarto dos flamengos.

Agnese desapareceu em silêncio, assim como havia chegado.

Giorgio seguiu com o olhar seu passo rápido, o discreto arrastar de chinelos.

— O que acha de tomar uma ducha quente e relaxar um pouco? Podemos nos encontrar no salão daqui a umas duas horas.

Giulia fez que sim. Depois, como se tivesse se lembrado de repente, disse:

— Vou descer para pegar a bolsa com a muda de roupa. Esqueci no carro.

— Quer que eu vá?

— Volto em um segundo.

Giorgio a viu descer a escadaria, chegar ao carro, procurar algo dentro, tirar o celular da bolsa, digitar brevemente uma mensagem e então voltar com uma bolsa maior.

— Tudo certo?

— Sim, peguei a roupa para me trocar. Depois do banho quente ficarei novinha em folha.

— Sabe o caminho ou quer que a acompanhe?

— Não se preocupe, vou sozinha.

Ela subiu de dois em dois os degraus da escadaria de mármore que conduzia ao andar de cima. Parecia ter pressa em refugiar-se em uma intimidade só dela após aquele encontro de carnes, de pulsões, de puro instinto.

Como eu gostaria de ler seus pensamentos...

Mais uma vez Giorgio se descobriu acompanhando o passo silencioso e hipnótico daqueles tornozelos tão finos.

5

Giorgio havia pedido a Agnese uma xícara de chá, tomara uma ducha escaldante, vestira seu robe preferido, de veludo vinho. Agora, apoiado à janela do quarto, olhava para o céu, novamente sereno depois do violento temporal. Pensou no que tinha acontecido apenas algumas horas antes. Mais uma vez se surpreendeu com a veemência com que se jogara sobre Giulia, quase como se tivesse sido possuído por um obscuro impulso que lhe despertasse sensações avassaladoras nunca experimentadas. Pensou em como ela o perturbava, até que ponto conseguia sacudi-lo do torpor e da reclusão forçada que se impusera. No silêncio do quarto, sentiu-se feliz em percorrer na mais completa solidão cada instante do que tinha vivido na casa abandonada, saboreando os mínimos detalhes: a chuva no rosto de Giulia, os bicos dos seios cobertos pelo leve tecido da camisa, os estremecimentos do seu corpo. Fechou os olhos, procurando em si o aroma delicado da pele dela. Em vão. A ducha quente havia eliminado qualquer vestígio.

Não importa, hoje à noite ela estará ao meu lado, na minha cama.

Outra vez lhe veio à mente o olhar dela, perdido em sabe-se lá que pensamentos. E aquele seu tremor contínuo que só havia cessado quando ele ligara o aquecimento do carro no máximo e a cobrira com o paletó. Havia algo obscuro nela, um comportamento que ele não conseguia compreender plenamente.

Talvez fosse justamente isso que o fascinava.

Mais uma vez teve aquela maldita sensação de estar deixando escapar detalhes importantes, como acontece quando se olha para a foto de um retrato pouco nítido, desfocado.

E os detalhes importam, caramba.

Chamou Agnese. Lembrava-se da conversa amigável que percebera entre ela e Giulia alguns dias antes, ao voltar para casa. Estava curioso, queria saber do que haviam falado.

Inesperadamente, não obteve resposta. Tentou encontrar a governanta na cozinha e em todos os quartos do andar térreo, mas não conseguiu achá-la. Subindo ao andar de cima, ouviu a voz de Agnese no quarto de Giulia.

A porta estava fechada. Pensou em bater, mas se conteve, e logo em seguida foi ao quarto vizinho. Na realidade, tinha acomodado Giulia no quarto dos flamengos justamente em função de uma particularidade que seu pai lhe mostrara na infância: uma fenda secreta escondida no quadro em frente à cama e contíguo ao armário encostado na parede que ligava os dois cômodos. Naquela primeira noite, não precisara usá-la, já que Giulia havia deixado a porta entreaberta.

Abriu as portas do armário e se aproximou silenciosamente da pequena abertura. Agnese tinha levado o chá para Giulia e as duas mulheres conversavam de maneira muito amável. Daquela posição, ele podia perceber nitidamente cada detalhe da conversa entre elas.

— Giorgio me contou que a senhora é muito especial, e preciso reconhecer que ele tem razão — estava dizendo Giulia.

— Giorgio disse isso?

— Claro, e não só isso. Disse que a senhora é como uma mãe para ele.

Um sorriso de satisfação iluminou o rosto de Agnese.

— Tentei fazer o possível depois que a pobre senhora Dafne se foi, mas jamais pensei que poderia substituí-la.

— Quando ela faleceu?

— Muitos anos atrás. Um terrível acidente de carro não longe daqui. Para Giorgio foi um golpe terrível.

— Posso imaginar...

— Por sorte ele já estava crescido. Naquele período, procurei ficar bem próxima dele para tentar compensar pelo menos uma parte da falta da figura materna. Espero ter conseguido.

— Tenho certeza de que sim. Ele me disse que, após o fim do seu casamento, voltou para cá também por sua causa.

Agnese suspirou, jogando os cabelos para trás. Pôs-se de pé, como se estivesse em dúvida sobre o que fazer. Depois de alguns instantes, aproximou-se da cama, pegou uma cadeira e sentou-se perto de Giulia.

— Sim, ele me disse — confirmou ela.

— É uma bela prova de afeto.

Agnese assentiu, sem acrescentar nada. Colocou uma mão no bolso, de onde tirou uma foto.

— Essa é Elisa, minha filha.

— Incrível, ela é mesmo parecida comigo.

— Sim.

— A senhora sente muita falta dela, não é? Não deve ser fácil viverem assim tão longe uma da outra.

— Para Elisa isso não é problema. Quando somos jovens, queremos viver novas experiências, testar limites desconhecidos.

— Ela vive em Londres, certo?

Agnese esboçou um sorriso.

— Sim, uma cidade que ela adora.

— Posso entender. Estive lá com uma amiga inglesa, há alguns anos. Eu não queria voltar, tinha até pensado em ficar e viver por lá. Depois, porém, quando retornei à Itália, não fiz nada para realizar concretamente aquele sonho. Já foi visitá-la?

— Como? Não posso me ausentar daqui.

— Acho que Giorgio não ficaria chateado se você se afastasse por uma semana! — replicou Giulia.

— Esta casa dá bastante trabalho. Cuido dela sozinha, não posso me dar ao luxo de me afastar, mesmo que seja apenas por um dia.

— Então deve esperar que Elisa volte aqui.

— Já disse a você: ela não voltará mais.

Com um gesto rápido, Agnese passou a mão sobre os olhos. Era evidente que chorava, apesar de tentar esconder.

Giulia se aproximou dela, acariciou seu rosto e, de repente, lhe deu um abraço. Giorgio observou-as, surpreendido com aquela cena inesperada. Engoliu em seco, afastou-se da fresta e fechou devagar as portas do armário. Voltando ao quarto dos flamengos, bateu na porta e entrou sem aguardar pela resposta.

As duas mulheres ainda estavam abraçadas.

— Tudo bem? — perguntou ele, esforçando-se para não deixar transparecer a emoção, mas sua voz saiu engasgada.

— Claro, tudo bem. Eu e Agnese estávamos falando de saudades e distâncias — respondeu Giulia, afastando-se como se tivesse sido surpreendida entre os braços de um amante.

Agnese parecia não se sentir à vontade. Deu um passo para trás e logo em seguida saiu do quarto. Giulia a seguiu com o olhar até que a porta se fechasse.

— A essa altura já são íntimas — considerou Giorgio, com um toque de sarcasmo na voz.

— Ela é uma pessoa muito doce. Eu lhe lembro muito a filha. Ela me mostrou uma foto... De fato, somos quase idênticas.

— Conheço bem Elisa, e posso lhe assegurar que vocês não se parecem nem um pouco, nem no físico nem na personalidade. Sim, talvez os traços do rosto sejam parecidos, mas as semelhanças param por aí.

— Imagino que ela também seja de casa, como Agnese.

— Claro, desde criança. É uma boa moça, somente um pouco mimada e egocêntrica — observou Giorgio. Em seguida sua expressão mudou, e ele a mirou, satisfeito, mudando completamente de assunto: — Tenho certeza de que hoje à noite, vestida assim, vai tirar o fôlego de todos no restaurante. Isso já aconteceu alguns dias atrás, quando entrou no bar do povoado.

— Como você sabe? Também estava lá?

— Sim, eu estava jogando baralho, como faço todas as sextas.

— Você joga baralho? Não imaginaria... — replicou ela em tom zombeteiro.

— É o único momento em que me junto a outros seres humanos — ele respondeu, sério, fixando-a nos olhos.

Giulia olhou para ele entre a surpresa e a incredulidade.

— Quem sabe mais cedo ou mais tarde eu consiga fazer com que você mude de ideia a respeito desse isolamento absurdo.

Giorgio não replicou. Ainda usava o robe de veludo vinho, uma espécie de quimono. Estava descalço, detalhe insólito em se tratando dele.

— Gosto do seu robe — declarou Giulia com ar malicioso. — Assim descalço, cercado por todas essas obras de arte, parece mesmo um cavalheiro de outros tempos — comentou, divertida.

Ele ficou em silêncio. Lançou discretamente um olhar fugaz às suas pernas vestidas de meias arrastão, procurando não dar muito na cara.

— Que sapatos vai usar? — perguntou, como que justificando o olhar mal disfarçado.

— Saltos muito altos. — disse Giulia com um olhar malicioso.

— Os moradores vão falar disso por dias a fio.

— Bom, por estas bandas não devem ter muito o que comentar.

— Na verdade, sim. — De repente seu tom ficou sério. — Alguns anos atrás sumiu uma moça que vivia no povoado, a poucos quilômetros daqui. Os jornais e a televisão falaram disso por meses.

— Ah, sim, eu me lembro. O enésimo caso de uma mulher desaparecida em circunstâncias inexplicáveis.

— Exatamente. Naquela época eu ainda vivia em Milão, mas Agnese me falou da invasão da imprensa no povoado... um pesadelo que parecia não terminar nunca.

— A moça nunca foi encontrada, não é? E menos de um ano atrás lembro que outra desapareceu nessa mesma área. Acho que foi isso... Sim, uma restauradora que trabalhava na cripta de São Columbano, em Bobbio — disse Giulia, franzindo a testa como quem tenta se lembrar dos detalhes.

— As últimas de uma longa série, ao que parece. Sem falar nas moças desaparecidas em Parma e em Lodigiano alguns meses atrás: a polícia suspeita que todos esses casos estejam relacionados.

— Então naquela outra noite eu me arrisquei! — disse Giulia, esboçando um sorrisinho irônico. — Ainda bem que logo chegou o valente cavaleiro para me salvar.

— Você entendeu. De qualquer modo, desaparecimentos misteriosos à parte, não é recomendável ficar à beira de uma estrada pouco movimentada com o carro quebrado e o celular sem sinal.

— É verdade que me arrisquei, mas tive o privilégio de conhecer você. — Giulia aproximou-se dele sem tocá-lo.

— O privilégio foi meu.

Giorgio, mais relaxado, abraçou-a e beijou-a com aquela ternura que não havia conseguido demonstrar algumas horas antes. Depois afastou-se devagar, como se tivesse algo precioso a fazer.

— Vou me vestir, não quero chegar tarde para jantar — disse em seguida. — Ao contrário dos lugares bacaninhas de Milão, por aqui as cozinhas dos restaurantes só funcionam até as nove. — Ao sair do quarto, virou-se para ela e acrescentou: — Já estava esquecendo: quando voltarmos para casa, gostaria de dormir com você.

Giulia olhou para ele com os olhos maliciosos:

— Certamente. Na verdade, estava me perguntando por que você me colocou de novo neste quarto, apesar do que aconteceu esta tarde.

— Por uma questão de delicadeza. Não queria que se sentisse constrangida com Agnese. De qualquer maneira, amanhã de manhã a questão será a mesma.

— A que horas Agnese costuma chegar?

— Às oito e meia.

— A essa hora já terei partido. Preciso estar na loja às nove.

— Então não há problema. Nos vemos na sala daqui a meia hora.

Giorgio desceu a escada descalço, como fazia na infância quando seu pai não estava em casa. Apanhou do armário uma camisa, uma calça jeans e um par de sapatos esportivos. Pensou em conversar um pouco com Agnese para saber o que achava de Giulia, mas a essa altura, considerando o abraço entrevisto às escondidas pela fresta do armário, julgou supérfluo perguntar. Por alguma misteriosa razão, talvez devido à pressuposta semelhança de Giulia com Elisa, entre as duas mulheres criara-se uma intensa empatia. Procurou Agnese, mas novamente não conseguiu encontrá-la. Provavelmente estava na parte externa varrendo as folhas do pátio. Foi ao salão, sentou-se no grande divã adamascado e adormeceu subitamente, exausto.

Quarenta e cinco minutos depois, um leve tique-taque o despertou de repente.

Era Giulia descendo a escadaria.

Estava magnífica.

Usava um par de sapatos de verniz preto de saltos altíssimos. As pernas nervosas eram ressaltadas por aqueles sapatos de estilo agressivo, porém refinado.

Hipnotizado, Giorgio não conseguia parar de observá-la – as meias arrastão, o vestido justo e o rosto, quase ao natural, apenas com uma leve maquiagem. Parecia uma mocinha vestida *à la femme fatale*. Nos seus olhos era possível ler uma espécie de inocência inconsciente.

— Vejo que está de jeans. Esperava não ser a única arrumada demais — comentou Giulia em um tom jocoso.

— Quis deixar para você o privilégio de chamar a atenção — respondeu ele com uma pequena reverência.

Juntos desceram os degraus da escadaria externa. Estavam entrando no carro quando Agnese surgiu de um dos caminhos de pedregulhos do jardim. Segurava um ancinho e tinha um ar esbaforido, como se tivesse corrido para chegar a tempo de saudá-los.

— Vocês já estão indo? — perguntou suavemente.

— Sim, vamos jantar fora. Estava procurando por você. Giulia vai embora de manhã cedo.

— Então vou aproveitar para me despedir agora. Espero revê-la. — respondeu Agnese, dirigindo à moça um sorriso gentil.

— Também espero. — Giulia se aproximou dela e apertou-a entre os braços. Um abraço longo, cheio de calor. — E cumprimente Elisa de minha parte, quando falar com ela.

Agnese fez um carinho no rosto da jovem e sussurrou, em tom cansado:

— Fique atenta, não esqueça. Por estes lados já desapareceram várias moças. Você é tão linda, Giulia. — Em seguida, sua expressão voltou a ser a de sempre.

— Prestarei atenção, prometo — disse Giulia desvinculando-se com delicadeza do abraço.

Giorgio as olhava com impaciência.

Embarcaram no carro. Agnese já havia sumido atrás de um dos arbustos floridos do jardim. Giorgio deu a partida e saiu pelo portão da casa, pegando uma estrada estreita e cheia de curvas.

— Entendo que sinta falta da filha, mas tornar-se assim tão grudenta. — Uma careta de desagrado formara-se nos lábios finos de Giorgio.

— Não deve ser fácil para ela viver tão longe de Elisa — retrucou Giulia.

Ele apertou os olhos e não estendeu os comentários.

O silêncio pairou sobre os dois como uma espessa cortina. Subitamente, a intimidade criada poucos minutos antes pareceu ter-se dissolvido.

— Na próxima vez o aguardo em Milão, o que acha? — retomou Giulia com um sorriso sem jeito.

— Não me agrada voltar lá, mas por você não me importo de fazer uma concessão.

— Por quê? Muitas lembranças do passado?

— Sim. Foram muitos sonhos, muitos projetos que viraram fumaça. De repente a gente se dá conta de ter vivido uma mentira, um engano. Depois disso, não confiamos em mais ninguém.

Giorgio tinha aumentado a velocidade. O carro disparava entre as curvas, cantando pneu no asfalto.

— Isso também me diz respeito?

— Estou sendo sincero. Fui prejudicado, traído por quem mais amava. Não a conheço, você parece ser uma pessoa correta, mas minha ex-mulher também parecia.

Os olhos que observavam a estrada haviam se reduzido a duas fissuras encrespadas por rugas profundas.

— Estamos indo bem — ela suspirou.

— Não, não me entenda mal. Desejo apenas que compreenda que não é fácil começar a confiar em alguém novamente. Preciso de algum tempo. Espero você possa ser paciente e que entenda.

Giulia assumiu um tom mais persuasivo:

— Imagino que você amasse muito sua mulher.

— Sim. Foi terrível o que ela me fez passar.

— Tinha percebido alguns sinais antes de ela ir embora?

— Nos últimos tempos havia se tornado mais fria e distante. No entanto, Federico, o meu sócio, agia como sempre.

— Não consigo entender. Por que resolveram fugir? Você me disse que limparam sua conta, e provavelmente devia ser uma quantia bem alta, mas qual a necessidade disso tudo? Seu colega acabou com anos de trabalho, e sua mulher, com essa absurda saída de cena, prejudicou qualquer possibilidade de mudança de planos.

— Eu também custei a entender, mas lamentavelmente foi assim. Fiz algumas pesquisas. O dinheiro foi direcionado para contas estrangeiras e desapareceu. Meu sócio tinha dívidas de jogo que não conseguia pagar. Eva não trabalhava e estava acostumada a uma vida de luxos que ele, com sua precária situação financeira, não teria podido garantir.

As mãos de Giorgio apertavam a direção com força. Todo o seu corpo se contraíra, o rosto estava petrificado em uma careta dolorosa.

— Você foi traído por pessoas que amava, em quem confiava ao máximo. Acho, porém, que se fechar para o mundo foi uma reação extrema, apesar de compreensível. Espero que não seja uma decisão definitiva... É muito jovem para desistir da vida — replicou ela com um sorriso, tocando de leve seu ombro e estabelecendo algum contato.

— Não desisti da vida, apenas das ilusões. A ilusão do amor, da amizade, do trabalho, de um certo tipo de existência. É difícil viver sem ilusões, mas, uma vez que nos damos conta de como são enganadoras, ficamos mais fortes. — Giorgio tinha elevado o tom da voz, mas a expressão do rosto parecia a de uma criança que fora deixada de lado em meio à indiferença de todos.

De repente Giulia empalideceu.

— Então nosso relacionamento está destinado a um fim rápido ou a não passar de algo muito superficial. É isso, não é?

— Não sei. No momento não sei mais nada. — Giorgio diminuiu a velocidade raivosa com que vinha avançando nas curvas.

Giulia tomou sua mão e apertou-a com força.

— Vou fazer você mudar de ideia, vai ver — murmurou baixinho.

Ele ensaiou um sorriso sem muita convicção. Soltou-se delicadamente e agarrou o volante com as duas mãos para enfrentar mais uma curva.

A taberna I Tre Re surgiu logo depois da última curva, uma casinha simples de paredes descascadas com um pergolado coberto por glicínias. Estacionaram em frente ao local. Dentro, o clássico ambiente de bar de província: clientes nas mesas jogando baralho, outros acompanhando o futebol na televisão, outros ainda de papo no balcão.

Como previsto, a entrada dos dois não passou despercebida. Todos os olhares se voltaram para Giulia, para as quilométricas pernas cobertas pelas meias arrastão, o corpo ressaltado pelo vestido colante, o rosto de traços delicados, radiante apesar da maquiagem discreta.

Uma voz interrompeu o silêncio provocado por aquela entrada teatral. Uma mulher de meia-idade foi recebê-los.

— Boa noite, doutor, preparei a sua mesa no salãozinho, assim ficarão mais tranquilos.

— Obrigado, Maria.

Avançaram entre os olhares carregados de curiosidade e as piscadelas dos presentes, quase todos homens entre os cinquenta e os oitenta anos.

— Já teve seu momento de celebridade em Colli, aposto que sempre sonhou com isso! — Giorgio riu com gosto, bem mais relaxado do que alguns minutos antes.

— Não esperava nada menos que isso. Por estas bandas o povo faz a gente se sentir como uma estrela de Hollywood! — comentou ela, rindo.

— Você não deixa nada a desejar a uma estrela de Hollywood. E é muito mais verdadeira — comentou ele, dando-lhe um tapinha na bochecha.

Sentaram-se na única mesa posta. Maria tinha caprichado: talheres e pratos simples, mas bem alinhados, uma toalha de algodão branco, um vaso com flores do campo no meio.

— Pode ser um local sem pretensões, mas é simpático e acolhedor — comentou Giulia.

Giorgio sorriu sem responder. Puxou a cadeira para ajudá-la a se acomodar e sentou-se por sua vez.

A atmosfera tensa desaparecera, dando espaço a uma difusa sensação de bem-estar, graças às atenções solícitas de Maria, à comida e ao vinho da casa de boa qualidade.

— O que achou dos *tortelli*? Muitos dizem que são os melhores da região.

— Sem dúvida os melhores que já experimentei. A massa é levíssima, o recheio derrete na boca.

Giorgio a observou com atenção. Giulia comia com gosto, polvilhando os *tortelli* com bastante parmesão, as faces viçosas, o rosto limpo, os olhos marcados por um leve halo escuro. Quando apanhou o pão da cesta de vime e o mergulhou no molho de manteiga e queijo, ele acariciou seus cabelos, encantado com aquele gesto.

— Você tem um jeito que deixa os outros tão desarmados. — sussurrou.

— Isso é ruim? — perguntou ela, divertida.

— De jeito nenhum. Você me excita e ao mesmo tempo me comove. É uma sensação estranha, dúbia.

— Então vou tomar isso como um elogio.

Giorgio concordou e silenciou por alguns segundos. Em seguida, muito sério, fitou-a e disse:

— Nunca me esconda nada. Eu não aguentaria passar por isso novamente.

Ela lhe retribuiu o olhar, mas absteve-se de replicar. Permaneceram em silêncio por vários minutos. Os garfos tilintavam nos pratos, e um vozerio confuso vinha da sala ao lado.

De repente, Giulia olhou fixamente a parede à sua frente, como que entorpecida, e começou a tocar mecanicamente o rosto com a mão e a esfregar os olhos. De maneira menos intensa, eram os mesmos gestos que Giorgio a vira fazer diante do espelho do quarto alguns dias antes.

Ela rapidamente se recompôs. Tentou sorrir sem muito sucesso.

— Este jantar vai me custar pelo menos três dias de penitência. Não estou nem aí, ao menos aproveitei o momento — disse entre uma garfada e outra, ostentando uma alegria que evidentemente não sentia.

— Você não parece ter problemas de peso — observou Giorgio.

— Quando criança eu era bem gordinha, me enchia de doces e me sentia insegura e triste. Depois, na adolescência, mudei, aprendi a comer direito e consegui sair do lugar onde havia me entocado. Lamentavelmente, a gulodice e a tendência a engordar permaneceram.

— Mas você parece ser uma mulher tão feliz. Por que se sentia triste e insegura? — ele quis saber.

— Problemas com os meus pais, como milhões de outras pessoas. Nada muito dramático. — O ar desinibido, apesar da afirmação tranquilizadora, tinha desaparecido do seu rosto. Seus olhos haviam se tornado turvos.

— Talvez algum dia desses você queira conversar sobre isso.

— Agora não vamos pensar nisso. Vamos apreciar o jantar da Maria e este vinhozinho que desce que é uma maravilha. — Giulia levantou a taça como se quisesse beber à saúde dele e deu um longo gole.

Ao final do jantar, após duas garrafas, os dois estavam bêbados.

Conseguiram, não se sabe como, voltar incólumes para casa, apesar do desempenho pífio de Giorgio na estrada cheia de curvas que conduzia à mansão.

Inexplicavelmente, o portão estava escancarado, mas eles não repararam nisso.

Cambaleantes, entraram em casa e, ainda vestidos, adormeceram abraçados na enorme cama de dossel de Giorgio.

6

Giorgio desabou de vez na cama instintivamente abraçado a Giulia, mas alguns minutos depois já se afastara dela, do perfume de sua pele, do calor que emanava de seu corpo.

Nunca tinha conseguido dormir abraçado a alguém, era mais forte do que ele. Nem nas primeiras noites com Eva, sua mulher, fora diferente. Apesar do amor que desde o início sentira por ela, que o levara até a brigar com o próprio pai para estar ao seu lado, tão logo Eva pegava no sono, ele se retraía e se entrincheirava no canto mais remoto da cama.

Sozinho, como sempre.

Com Giulia foi a mesma coisa, apesar do cansaço e da bebedeira. Sonolento, refugiara-se na beira da cama e ali permanecera. Vez ou outra a procurava e lhe fazia um carinho, prova tangível de que estava ao seu lado.

Em um determinado momento da noite, ao esticar a mão, não conseguiu encontrá-la. Pensou que tivesse ido ao banheiro, e novamente mergulhou em um sono entorpecido.

Dormia profundamente quando foi acordado de repente pela batida de uma porta. Giulia não estava ao seu lado. Alguns minutos depois ela se aproximou, completamente vestida.

— O que aconteceu? — perguntou ele.

— Fique tranquilo. Lamento ter acordado você, mas preciso ir. Não posso me atrasar para o trabalho.

— Sim, claro. Estou com uma dor de cabeça terrível. Ontem à noite exageramos no vinho. Espere, vou descer com você.

Desceram as escadas e pararam diante da porta de madeira maciça. Ao erguer a mão para abrir a maçaneta, Giorgio se deu conta de que o portão estava aberto.

— Fantástico. Ficamos à mercê de qualquer um durante toda a noite. Eu estava completamente embriagado, devo ter me esquecido de fechar o portão. Fazia anos que eu não bebia tanto assim. A propósito, quer um café? Preparo num instante.

— Não, obrigada, preciso realmente correr. Não esqueça que na próxima vez você é que terá de ir a Milão — disse Giulia beijando-o nos lábios. — Nos falamos mais tarde.

Desceu apressada as escadas em direção ao jardim e entrou no carro.

O automóvel percorreu a alameda, saiu pelo portão e desapareceu logo após a curva. O relógio de parede marcava oito horas. Giorgio estava cansado, exausto. Decidiu voltar para a cama, pelo menos até a chegada de Agnese. Não estava acostumado a se levantar assim tão tarde, mas aquele estranho mal-estar o convenceu a fazer uma exceção. Ficou aninhado debaixo das cobertas, esperando que a dor de cabeça diminuísse. Pegou no sono e acordou sobressaltado duas horas depois. Abriu os olhos de uma vez só, como quando se emerge de um pesadelo.

Em casa pairava um silêncio de chumbo. Nenhum indício do leve passo de Agnese, de seu trabalho incessante, mas que nunca o incomodava. Desde criança, percebia aqueles ruídos como algo tranquilizador, o sinal de uma continuidade, de uma confirmação.

Deve estar no jardim varrendo as folhas.

Mesmo assim, achou estranho que Agnese tivesse subvertido a ordem habitual com que desenvolvia suas tarefas. Geralmente iniciava pela habitação principal. Aguçou novamente o ouvido à procura dos sons familiares, mas não captou nada além do chilrear dos passarinhos e do roçar das folhas agitadas pelo vento leve. Levantou-se, abandonando de má vontade a cama quente e o travesseiro ainda impregnado com o perfume de Giulia.

Afastando as cortinas, deu uma rápida olhada ao pátio. A bicicleta de Agnese não estava ali. A parede onde ela costumava apoiá-la estava vazia, destruindo as suas poucas certezas. Agarrou imediatamente o celular, procurou o número dela e esperou por uma resposta: caixa-postal. Nas raras vezes em que Agnese não tinha ido trabalhar por motivos de saúde, ela sempre lhe avisava.

Vestiu apressadamente a camisa e a calça. Enfiou um par de tênis e desceu a escada, dando uma rápida olhada no andar de baixo.

O silêncio, como um bando de moscas enlouquecidas, o cercou em uma espessa cortina alienante. Cada porta que abria, cada quarto que explorava, cada espaço isolado desprovido da presença de Agnese aumentava aquele ruído contínuo, aquela paranoia que não conseguia controlar.

Já no jardim, explorou as alamedas, contornando os arbustos e os canteiros à procura de algo que com certeza não encontraria – uma certeza tão apavorante que o levou a ignorar o ar morno da primavera e o sol que iluminava as folhas e as flores do jardim. A porta da dependência estava cerrada, as cortinas fechadas, o lindo caminho que levava à entrada, vazio.

Não, ela não pode estar aqui. Deve fazer meses que não pisa neste lugar.

Dentro dele a angústia crescia – uma massa disforme que aumentava, preenchia cada espaço, dilatava cada margem. Decidiu ir até o povoado a fim de verificar se Agnese estaria em sua própria casa. Pegou as chaves do carro e partiu em direção ao centro. Cada curva era um obstáculo a mais a superar, a cada quilômetro a inquietude aumentava nas profundezas de sua alma.

A casa de Agnese, uma modesta construção de teto baixo com um jardim bem-cuidado e cheio de flores, parecia aquela de sempre: o portão fechado, a roupa lavada balançando ao vento, a porta de entrada trancada. Giorgio pendurou-se ao interfone, torcendo por uma resposta. Tocou duas, três, quatro vezes. Ninguém abriu a porta. Decidiu tocar na casa da vizinha que morava alguns metros adiante.

Uma mulher na casa dos sessenta anos apareceu na porta, enxugando as mãos no avental florido. Sua expressão, em um primeiro momento carrancuda, tornou-se mais amigável tão logo reconheceu o homem que havia chamado.

— Bom dia, doutor, precisa de alguma coisa?

— Desculpe se a incomodo, Palmira. De manhã Agnese não apareceu para trabalhar, em casa também não está... Tem ideia de onde eu possa encontrá-la?

— Eu estava me perguntando a mesma coisa. Desde ontem que não a vejo. Pensei que tivesse passado a noite na casa do senhor, mas faz tempo que isso não acontece.

— Então ontem à noite ela não voltou? — Giorgio não conseguiu conter um tremor na voz.

— Não. Veja, ela não recolheu a roupa do varal, e isso nunca aconteceu em todos estes anos. A bicicleta não está, e toda noite ela costuma deixá-la apoiada na parede, logo depois da entrada. Agnese é rotineira, faz sempre as mesmas coisas. Foi por esses detalhes que percebi que não tinha voltado, nem tarde da noite. Tentei ligar para ela de manhã, mas caiu na caixa-postal.

— Palmira, por acaso você tem as chaves reserva?

— Sinto muito, não tenho. Agnese sempre foi muito ciumenta com suas coisas.

— Tudo bem, obrigado — disse Giorgio, virando-se para ir embora.

— Doutor, acha que devemos nos preocupar? — perguntou Palmira. — Não seria o caso de chamar a polícia?

— Vamos aguardar ainda algumas horas. É cedo demais.

— Tomara que ela não tenha desaparecido como aquelas pobres moças. — A mulher suspirou, arregalando os olhos.

Giorgio não falou, mas a expressão de seu rosto respondeu por ele. Contraiu a mandíbula, resmungou uma saudação de despedida e entrou no carro. Percorreu todas as ruas do povoado, parou para observar cada bicicleta apoiada nos muros ou sobre cavaletes, sem identificar o modelo inglês de cor preta de Agnese. Entrou para perguntar pela governanta nas lojas onde ela habitualmente costumava fazer compras, na farmácia, no cabeleireiro ao qual ela ia uma vez por mês. Todos a tinham visto até a manhã anterior. Depois disso, aquela lacuna de horas.

Pelo que parece, eu e Giulia fomos os últimos a vê-la.

Como em um súbito flashback, reviu o abraço sincero que as duas mulheres haviam trocado antes de ele e Giulia partirem rumo ao restaurante. Agnese parecia perturbada, tinha as faces úmidas, como se tivesse chorado. Poucas horas depois, desaparecera.

Por que ela teve aquela reação? E, principalmente, isso tem alguma coisa a ver com o seu desaparecimento?

Agarrou o celular, digitou o número de Giulia. Estava desligado. A mensagem da operadora ecoou em seus ouvidos, evidenciando sua impotência, aumentando a angústia. Olhou o relógio: onze horas. Certamente, Giulia estava trabalhando e não podia atender. Decidiu que ligaria para ela no intervalo do almoço e, nesse meio-tempo, escreveu-lhe uma mensagem. Logo que ela religasse o celular, poderia ler.

Voltou para a mansão percorrendo o caminho que habitualmente Agnese seguia para ir ao trabalho. Dirigia bem devagar para não perder detalhe algum daquele percurso apertado, tortuoso, mergulhado nos bosques. Faltavam poucos quilômetros para chegar à casa quando sua atenção foi atraída repentinamente por algo metálico que reluzia em um arbusto. Desceu do carro para ver melhor.

Sentiu um aperto no coração: era um guidão. Afastando a vegetação, reconheceu a bicicleta de Agnese. Observou-a com atenção após retirá-la de lá. Estava em ótimas condições, tirando um pequeno arranhão provavelmente provocado pela inserção forçada da bicicleta entre os galhos do mato.

Não, não pode ser. Ela também, como todas as outras...

De repente a bicicleta caiu da sua mão, batendo no chão. Giorgio ficou parado, de olhos fechados, os punhos cerrados, imóvel, como que paralisado pela onda anômala que se abatia contra ele. Sentiu-a aproximar-se em silêncio, crescer desmesuradamente, alcançar o ápice antes de se quebrar em uma desastrosa, apocalíptica arrebentação.

Foi atropelado, arrastado, rasgado pela onda à qual se rendeu sem combate, esperando morrer naquele mesmo instante. Conseguiu apenas emitir um grito angustiante que ocupou todo o espaço ao redor, dilatando a angústia e o desespero por quilômetros e quilômetros. Giorgio se viu no chão sem nem saber como, caído, sem forças, estendido no asfalto, exatamente depois de uma curva, à mercê dos carros que, passando sem vê-lo, poderiam tê-lo atropelado a qualquer momento.

Mas nenhum automóvel passou naquele percurso solitário. Giorgio começou a se recuperar do choque devastador, sentando-se primeiro para depois conseguir se levantar.

Foi justamente naquele instante que viu um objeto brilhante entre o asfalto e a grama. Estendeu a mão para agarrá-lo: era uma pulseira, a que ele dera a Agnese de presente de aniversário dez anos antes. O pingente que devia estar pendurado à pulseira, porém, tinha desaparecido. Procurou nos arredores com atenção, mas não o encontrou. Permaneceu sentado na beira da estrada, com a pulseira na mão e os olhos cheios de lágrimas. No carro, o celular tocou. Talvez fosse Giulia.

Esfregou o rosto com a manga da camisa, aproximou-se do carro, pegou o telefone. Não era ela, mas um mensageiro que perguntava quando estaria em casa. Desligou e, sentado no carro, fitou o para-brisa, estático.

Preciso chamar a polícia. Preciso. Mesmo que não adiante nada.

Digitou novamente o número de Giulia. Ainda a mesma mensagem. Teve vontade de arremessar o celular para longe para calar a voz petulante do outro lado da linha. Conteve-se. Para além do desespero, da angústia devastadora que o havia tomado, precisava se esforçar para permanecer calmo e na plenitude do raciocínio. Mesmo diante da probabilidade de nunca mais voltar a ver Agnese.

Nunca mais.

Aquele pensamento renovado provocou-lhe um espasmo no estômago: vomitou na beira da estrada parte do vinho e da comida da noite anterior.

Enquanto fitava a mancha repugnante que havia acabado de expelir, percebeu um som estridente de freios. Um automóvel parou na beira da estrada, de onde saiu uma mulher beirando os quarenta anos, baixa, atarracada. Giorgio, entre as lágrimas estagnadas nos olhos e o ácido do vômito que lhe queimava a garganta, reconheceu a mulher de Gino, o dono do bar aonde ia todas as sextas jogar baralho.

— Bom dia, doutor... Algum problema?

— Florinda... Estou preocupado com Agnese. Ela desapareceu desde ontem à noite. Percorrendo o caminho que ela fazia todos os dias, encontrei sua bicicleta e sua pulseira embaixo de um arbusto — conseguiu responder Giorgio.

— Ah, minha nossa senhora! O senhor está pensando o mesmo que eu?

— Não gostaria, mas, infelizmente, todos os indícios levam a uma única conclusão.

— Onde encontrou a bicicleta? — Tomada pela ansiedade, Florinda perdeu o fôlego. Seu rosto ficou vermelho e a garganta se fechou.

— Debaixo daquele arbusto. Também achei a pulseira que ela usava, mas não consegui encontrar o pingente.

— Deve estar lá, com certeza. Se quiser, podemos dar uma olhada juntos, o que acha? Em seguida é melhor chamarmos a polícia!

Giorgio assentiu, aproximando-se do arbusto na companhia de Florinda. Agachados, exploraram cada centímetro daquela parte da vegetação rasteira sem encontrar nada. Estavam quase abandonando as buscas quando Florinda gritou:

— Doutor, veja isto!

Em sua mão destacava-se uma pequena medalha de ouro amarelo, levemente estriada, de modelo antigo, remontando pelo menos a cinquenta anos antes. Nela estavam gravadas duas iniciais, O e S.

Giorgio arregalou os olhos. Observou melhor a medalhinha: estava limpa, como se tivesse sido perdida havia pouco.

— Pode ser importante para a polícia — disse.

— Viu as iniciais? — perguntou Florinda. — A quem poderia pertencer?

Giorgio permaneceu em silêncio, sem conseguir desgrudar os olhos daquelas letras.

Florinda não disse mais nada. Depois, como que tomada por uma intuição súbita, exclamou:

— Ottavio Sperti! O que joga baralho toda sexta-feira com o senhor, Tinu e Tugnot. Sujeito esquisito, aquele. Bebe como uma esponja, o senhor sabe.

Giorgio fez que sim.

— E a moça que sumiu no povoado morava perto dele! — acrescentou Florinda, novamente tomada pela excitação.

— É melhor ir devagar com as especulações, Florinda — alertou Giorgio. — É pouco para crucificar um homem para sempre.

— Falei por falar, doutor. Em todo caso, aquele sujeito nunca me agradou.

— Entendo. Mas é melhor ter cuidado e deixar a investigação por conta de quem entende.

— O senhor vai avisar a polícia?

— Vou ligar agora — disse Giorgio, guardando no bolso da calça jeans a pulseira e a medalhinha. Pegou o celular e ligou para a polícia.

Enquanto esperava a chegada dos agentes, decidiu continuar explorando o local em que havia encontrado a bicicleta para procurar outros vestígios de Agnese, incluindo o pingente que ele e Florinda não haviam conseguido achar.

A viatura chegou meia hora depois. Os dois policiais examinaram a bicicleta e o local onde fora encontrada e tomaram notas para o registro do boletim de ocorrência. Após as informações de rotina sobre Giorgio, Florinda e a desaparecida Agnese, fizeram algumas breves perguntas, deixando as verificações mais detalhadas para quando estivessem na delegacia.

— É uma pena que tenha tocado nos objetos encontrados. Dessa maneira, alterou provas que podem ser importantes. — O policial alto, de cabelos pretos, examinou-o com uma expressão contrariada nos olhos verdes. — Sendo advogado, o senhor deveria conhecer os procedimentos e as condutas adequados a situações desse tipo.

— Tem razão, agente, mas coloque-se no meu lugar: Agnese é como uma segunda mãe para mim. No momento em que vi aquele guidão sob o arbusto, perdi a cabeça. Isso sem falar do momento em que encontrei a pulseira...

— Que pulseira?

— A pulseira de Agnese. Estava perto da bicicleta. Procurei também o pingente que ela costumava levar pendurado à pulseira, mas não o encontrei. Enquanto vasculhávamos o local, eu e a senhora Florinda Bini encontramos outro objeto, que não pertencia a Agnese: uma pequena medalha. Esperem que eu já mostro.

Giorgio vasculhou os bolsos, tirou a pulseira e procurou mais um pouco.

— Caramba!

— O que foi, doutor? — perguntou Florinda, preocupada.

O agente o fitou, perplexo.

— Coloquei a pulseira e a medalhinha no bolso, mas não encontro mais a medalha. No entanto, o bolso é profundo e não está furado. Devo ter perdido quando me agachei para procurar o pingente.

— Não se preocupe, o pessoal da perícia já vai chegar e vasculhar palmo a palmo o local todo. Entregue a pulseira e descreva a medalhinha — replicou o agente, sem paciência.

— Era estriada, de ouro amarelo, e parecia ter uns cinquenta anos.

— Policial, o doutor está se esquecendo de uma informação importante: na medalhinha estavam gravadas duas iniciais, um O e um S. E eu fico imaginando a quem podiam pertencer — afirmou Florinda, vermelha de emoção.

— Esse detalhe é importante. Seria bom recuperar a medalhinha, poderia ser uma pista essencial — disse o policial com ar carrancudo. Olhou para Giorgio e Florinda como se os estudasse, depois acrescentou: — Doutor, tem certeza de que a pulseira e a bicicleta pertencem à senhora Agnese?

— Claro, certeza absoluta. A senhora Agnese trabalha para a minha família há mais de trinta anos, e a pulseira, com um pingente, foi um presente que dei a ela de aniversário alguns anos atrás. Ela não a tirava nunca, ontem também estava usando.

— Está disposto a ir hoje à tarde até a delegacia dar queixa do desaparecimento e responder às nossas perguntas? Pode se dirigir diretamente ao delegado Marino. — O policial olhou para Florinda. — A senhora também, naturalmente.

A mulher ficou ainda mais ruborizada.

Giorgio abaixou a cabeça, evitando responder. Entrou no carro e partiu em direção à casa. Tentou ligar novamente para Giulia.

Sempre a mesma mensagem.

Sempre o mesmo ímpeto de náusea.

Parou novamente na beira da estrada e vomitou, dessa vez somente bile. Apoiou a cabeça no encosto do carro. O mundo havia se tornado um carrossel enlouquecido de onde parecia impossível descer. Um movimento contínuo, infernal, sem saída.

Isso não devia acontecer com Agnese. Com qualquer uma, mas não com ela. Não é justo, não é justo.

Olhou fixo à sua frente. O carrossel parecia ter desacelerado: os limites dos bosques, o asfalto, o céu, tudo parecia mais distinto, mais estático. Esperou ainda alguns minutos, prostrado pela náusea e pelo horror, dominado pela incredulidade. Apoiou devagar as mãos no volante. Desgrudou a cabeça do encosto. Estava melhor, já podia dirigir. Deu meia-volta e começou a percorrer as estradas sem destino, sem uma direção precisa.

Na mente, um pensamento fixo:

Não vou voltar para casa, não vou voltar...

Inconscientemente, deu por si ultrapassando Bobbio, indo além de Marsaglia, seguindo a estrada tortuosa em direção a Brugnello. Chegando ao povoado, deixou o carro no estacionamento e subiu a pé até o pico onde ficava a igrejinha com vista para o vale.

Debruçou-se no muro atrás da igreja, que dava para um surpreendente cânion escavado durante séculos pelo rio Trebbia, de uma insólita cor azul sobre um leito de pedras cinzentas, emoldurado pelas margens cobertas de vegetação cor de esmeralda. Ao redor, o silêncio irreal era interrompido apenas pelo grito dos falcões e pelo canto descontínuo dos pintassilgos. Apoiado na balaustrada de ferro, ele ficou imóvel, olhando o precipício que se abria sob seu corpo, imaginando como seria voar.

Uma volta ideal àquele rio onde havia nadado quando criança, àquelas rochas das quais havia se jogado centenas e centenas de vezes, àqueles bosques cujos ângulos mais remotos havia explorado. Imaginou seu corpo planar como os falcões do vale, cair a pique para depois quicar sobre as rochas, tocando apenas as árvores, ficando preso nos recantos do rio, esfacelando-se em fragmentos de carne e sangue, perdendo-se nas águas à procura do esquecimento. Respirou forte dilatando as narinas, de olhos cerrados, oscilando, suspenso entre terra e céu, entre passado e presente.

Pronto para voar, finalmente decidido, de uma vez por todas.

De repente, no bolso, o telefone tocou. Um som forte, que não admitia réplicas. Sem olhar, Giorgio teve absoluta certeza de quem era. Deslizou o dedo sobre a tela.

— Oi, Giulia. Isso é que se chama sincronia.

7

Depois daquele telefonema, Giorgio não conseguiu mais olhar com a mesma intensidade o precipício que se abria diante de si. Ouvir a voz de Giulia o confortou, como se estivesse diante de uma lareira acesa depois de enfrentar o frio de uma tempestade.

Abandonou o muro que dava para o penhasco e sentou-se em um banco que havia ao lado. Deixou-se tocar pelo vento leve, pelo perfume das flores de primavera, pelo sol já quente. Com os olhos fechados, lembrou-se dos dias amenos em que corria sem destino nas colinas, em busca de novas encostas, de rochas abandonadas, de paisagens desconhecidas. A cada dia um lugar novo para descobrir, uma atmosfera jamais experimentada, uma perspectiva inédita. Quando garoto, partia com sua Vespa, sozinho. Voltava já tarde da noite, aproveitando o intervalo das férias de verão, dos dias intermináveis, daquela luz que procurava com anseio pelo resto do ano. De manhã, Agnese ia atrás dele com um pacotinho na mão, um almoço simples: *focaccia* recheada com presunto, um pedaço de omelete com espinafre, alguma fruta já lavada, uma fatia de torta. Depois de explorar pequenos povoados escondidos e bosques isolados, Giorgio sentava-se ali, naquele banco, para se deliciar com aquela paisagem e com as merendas simples e saborosas.

Nunca havia amado alguém como amara Agnese. Não amara assim nem mesmo sua mãe, Dafne, uma mulher fria, distante, fechada em um mundo só dela. Lembrava-se ainda de suas insistentes ausências, os silêncios pesados como pedras maciças, a indiferença diante das punições que o pai frequentemente lhe infligia.

Aquele descaso o havia marcado profundamente, deixando nele feridas sem cura. Quando a polícia batera à porta da casa para anunciar que a mãe tinha morrido queimada em um acidente de carro a poucos metros de distância, Giorgio se agarrara a Agnese, e logo se sentira melhor. Afundara o rosto em seus cabelos, que cheiravam a sabonete de Marselha e a torta de maçã, reconhecera o calor de seu corpo e sentira quase fisicamente a compaixão dela, tão autêntica quanto as rugas que, ainda moça, já sulcavam sua testa.

— Adeus, Agnese. — disse em um sussurro, pensativo, certo da afirmação que acabava de fazer. Balançou a cabeça e abriu os olhos, seguindo a trajetória das nuvens que se adensavam, cada vez mais sombrias.

Levantou-se. Sentiu um tremor nas pernas, tal qual um doente que, depois de muito tempo imobilizado na cama, subitamente fica de pé. Dirigiu-se ao carro com passos hesitantes e partiu rumo a Bobbio.

Na altura da saída que habitualmente pegava para voltar à casa, decidiu continuar reto e prosseguir em direção a Piacenza. Ainda usava a mesma roupa que vestira com pressa pela manhã, na urgência de sair. Apalpou o bolso das calças: por sorte trouxera a carteira.

Não vou voltar para casa.

Repetiu aquela frase inúmeras vezes, como se precisasse rebelar-se contra um dogma imprescindível, um dever ao qual desejasse furtar-se por excesso de horror e desconcerto.

Quase sem perceber, deu por si em Piacenza.

De repente, lembrou-se de que precisava ir à delegacia para testemunhar. Estacionou em frente a um prédio de cimento e vidro e dirigiu-se à portaria, onde o plantonista lhe indicou o escritório do delegado.

Bateu à porta do delegado Marino, que o recebeu em um sala estreita e pouco iluminada.

O homem estava de pé, apoiado à escrivaninha. Giorgio notou sua estatura imponente, as feições definidas e a gravata vistosa que usava com desenvoltura.

Marino convidou-o a se sentar, depois fez o mesmo.

— Doutor Saveri, há quanto tempo Agnese Spelta trabalha na sua casa?

— Há mais de trinta anos.

— O senhor acredita que ela teria algum motivo válido para se afastar voluntariamente?

— De modo algum. Ela teria me avisado.

— Quando a ausência dela começou a provocar suspeitas no senhor? — Marino o fitava intensamente.

— Desde hoje de manhã. Agnese sempre me avisava quando não ia trabalhar, o que acontecia muito raramente. Depois de ligar várias vezes para ela, decidi procurá-la em sua casa para ter certeza de que ela estava bem. A vizinha me disse que não a viu voltar na noite anterior.

— Imagino que ontem Agnese tenha ido regularmente ao trabalho. Ela parecia estar com um humor diferente do usual?

— Talvez levemente preocupada, mas nada de particular.

— Como encontrou a bicicleta?

— Voltando do povoado, vi algo metálico atrás de um arbusto. Fui verificar e a encontrei. Depois achei a pulseira e, em companhia de Florinda, uma medalhinha que eu tinha colocado no bolso e que perdi ao procurar o pingente da pulseira.

— Li o relatório dos dois agentes que foram ao local. É uma pena que tenha perdido aquela medalhinha, podia ser de fato importante. Pode descrevê-la para mim?

— Era estriada, de ouro amarelo, e tinha umas iniciais, acho que um O e um S.

— Neste momento a perícia está no local para fazer as investigações de rotina. Tomara que consigam encontrá-la — declarou Marino em tom condescendente.

— Delegado, me diga o que acha, estou muito preocupado. — Giorgio estava visivelmente emocionado. Sua voz saía com dificuldade.

— O senhor pode intuir isso por si mesmo. As modalidades de sequestro, porque é disso que se trata, são sempre as mesmas. Uma mulher sozinha que subitamente desaparece em uma estrada isolada, sem câmeras. Um roteiro já conhecido. Entendo sua preocupação, doutor... Mas, apesar de nenhuma mulher ter sido encontrada, não devemos perder a esperança. Prometo que faremos tudo para encontrar a senhora Agnese.

Giorgio olhou para ele sem muita convicção. Estava para se levantar e ir embora quando Marino lhe dirigiu outra pergunta:

— Fiquei sabendo que a senhora Spelta tem uma filha. Sabe como podemos entrar em contato com ela?

— Claro. Elisa está fazendo um estágio em Londres. Tenho o celular dela, espere um segundo — disse Giorgio, procurando o número na agenda e passando-o logo em seguida ao delegado.

— Muito obrigado por sua colaboração. Entrarei em contato novamente, portanto peço que permaneça à nossa disposição.

Giorgio assentiu. Levantou-se da cadeira e, ao despedir-se de Marino, viu sua imagem refletida no vidro da porta. As costas curvadas, as olheiras, a barba por fazer: parecia outra pessoa. Fechou devagar a porta atrás de si e voltou para o estacionamento, entrando no carro com um turbilhão de pensamentos na cabeça confusa.

Pensou em Giulia, lembrou-se de sua voz quente, de sua disponibilidade em ouvi-lo, do alívio que havia lhe proporcionado sua empatia imediata quando lhe falara do desaparecimento de Agnese. Tentou ligar para ela apesar de ela ter lhe avisado que, durante o horário de trabalho, o celular ficaria desligado. Dito e feito, a mesma mensagem de aviso.

Quando se falaram mais cedo, Giulia o convidara para ir a sua casa logo após o fechamento da loja. Giorgio se ofereceu para pegá-la na joalheria, mas ela recusara: voltando das colinas, tinha ido diretamente para o trabalho de carro. Além disso, seria mais fácil para ele ir diretamente a Peschiera Borromeo, onde ela morava.

Olhou o relógio do painel: eram três da tarde. Fez um cálculo mentalmente. Em menos de uma hora teria chegado a Milão. Dispunha de uma tarde inteira pela frente. Decidiu, portanto, ir pegar diversos objetos e roupas no apartamento em que tinha vivido com a mulher: podia ser uma boa ocasião para pensar em outras coisas.

***

Encontrar-se novamente na ex-casa conjugal provocou em Giorgio um efeito estranho. Foi como se ele tivesse sido projetado de um só golpe à realidade de alguns anos antes. A decoração do apartamento era minimalista, moderna, apenas algumas peças de antiguidade de luxo para aquecer os ambientes. Fora Eva que se ocupara dos cômodos do apartamento do último andar com vista para o Corso Garibaldi, e não houvera modo de demovê-la da tarefa. Devia ser um apartamento contemporâneo, adequado ao contexto da cidade, e de modo algum uma réplica em miniatura dos espaços apinhados de obras de arte e móveis antigos da casa na colina. Giorgio satisfizera o desejo da esposa, procurando reservar só para si ao menos o terraço cheio de flores em que se refugiava sempre que podia, quando o clima permitia. Nos vasos e nas grades colocara as mesmas plantas do jardim da mansão, para sentir a ilusão de se encontrar ainda imerso na vegetação que amava e conhecia desde sempre.

Foi justamente aquele o primeiro espaço que verificou ao chegar ao apartamento. Estava como o havia deixado, muito limpo e bem-cuidado. Evidentemente, a faxineira e o jardineiro, que na sua ausência se ocupavam da casa e do terraço, tinham desempenhado as tarefas de maneira impecável.

Sentou-se em uma poltrona pequena de vime, embaixo da pérgola de lírios em plena florescência, apoiou a cabeça no espaldar e fechou os olhos.

Um desses dias vou trazer Giulia aqui. Acho que ela vai gostar.

Aquele pensamento lhe permitiu abstrair-se por um momento das imagens que lhe martelavam a cabeça – a bicicleta escondida, a roupa lavada por recolher, o olhar transbordante de amor de Agnese. Seus olhos pousaram em um vaso de barro fabricado na Toscana, que havia sido objeto constante de discussão entre ele e a esposa. Eva achara o objeto vulgar, recusando-o assim que Giorgio chegara com o vaso, mas ele tinha sido inflexível a respeito daquela escolha e da pérgola de lírios, que ela alegava provocar muita sujeira. Sorriu ao recordar as intermináveis discussões a respeito daqueles detalhes insignificantes. Lembrou-se dela, bonita e decidida, dos cabelos louros e lisos e daqueles olhos muito claros, em que parecia ser possível espelhar-se. Ao conhecê-la, apaixonara-se perdidamente. Desde o início a enxergara como uma deusa que se encontrava na terra por milagre: culta, brilhante, a perfeição encarnada em um ser humano. Sentia por ela aquela espécie de sujeição que experimentava desde criança por sua mãe. E, realmente, Eva tinha muitos pontos em comum com Dafne, além do aspecto físico.

Procuramos a própria mãe nas mulheres que escolhemos.

Giorgio concordava com aquele ponto de vista. Quanto amor sentira por Eva. Um sentimento que ela havia sempre retribuído de modo tépido, quase distraída, exatamente como Dafne. E quanto mais ela se afastava, perdida em uma terra de neve e gelo, mais Giorgio tentava conquistá-la, justamente como, quando criança, havia feito com a mãe.

Até o epílogo final.

Todos aqueles jantares organizados com Federico... Aquele entendimento feito de sorrisos, falsa alegria, gracejos sem fim... Aquelas mudanças de humor e de comportamento.

Eu devia ter percebido antes. Sabe-se lá havia quanto tempo aquilo estava acontecendo.

Lembrou-se do dia em que confessara ao sócio sua aflição pela crescente distração e ausência da mulher. Federico o tranquilizara, minimizando qualquer preocupação, e Giorgio sentira-se aliviado. Acreditava nele, na relação que os ligava havia tempo, em sua lealdade.

Depois, a clássica mensagem no celular da esposa, descoberta por acaso.

De repente tudo ficara claro.

Entendeu quem eram realmente Eva e Federico: dois parasitas que cavavam galerias de mentiras, erguiam montanhas de enganos, barricavam fossas de alienação.

Tudo que o rodeava havia sido destruído.

Suspirou, relembrando aquele momento – o mundo esfacelado a seus pés, os muros daquela casa ruindo sobre ele, o túmulo de um amor inexistente. Havia abandonado a casa dos pais por ela, fazendo escolhas difíceis, entrando em conflitos com seu pai – e tudo havia sido inútil.

Procurou afastar aquele pensamento dolorido. Em um impulso, pôs-se de pé. Nunca mais voltara ao apartamento até aquele dia, e fizera bem. O passado continuaria a persegui-lo naquele lugar onde havia cultivado a ilusão de uma vida diferente.

Pegou aleatoriamente alguns objetos que desejava levar consigo, abriu as portas dos armários do quarto de dormir, reviu as roupas de Eva. Aquela visão lhe provocou outra onda de náusea.

Sentou-se na borda do colchão, respirando forte. O passado continuava a assediá-lo com seus espectros implacáveis. Dos armários abertos ainda vinha um leve perfume, Cristalle, de Chanel, que Eva adorava – era fiel àquela fragrância desde mocinha, como ela costumava repetir. Giorgio correu os olhos pelos vestidos caros, sugestivos, todos pretos, esquecidos naquele armário, apesar do cuidado obsessivo que ela manifestava por cada peça de seu guarda-roupa, por cada pequeno acessório. Assim que entrava em casa, Eva se despia e pendurava toda a roupa com cuidado, separando as peças que iriam para a lavanderia.

No entanto, você os deixou aqui. Não servem mais no lugar em que você está agora.

Lembrou-se da angústia, de como havia ficado desesperado, de como havia gritado, praguejado, amaldiçoado. Agnese ficara ao seu lado, enxugara-lhe as lágrimas, acariciando sua testa em silêncio – sempre perto dele, como em todos os momentos difíceis da sua vida.

Agnese.

A lembrança dela o levou para um abismo que parecia não ter fim. As têmporas começaram a pulsar forte, um jorro ácido lhe subiu à garganta.

Preciso sair daqui o mais cedo possível, para o inferno com tudo.

Abandonou os objetos que havia separado dentro de pequenas sacolas, deixou as portas dos armários escancaradas e fugiu para longe daquelas sombras insistentes que se conjuravam para destroçá-lo.

Embaixo, na garagem, entrando no carro, foi dominado pela vontade insuportável de ver Giulia o mais rápido possível. Pensou nela, em seu sorriso luminoso, nos seus olhos grandes.

Conferiu o relógio: cinco e meia. Ela devia estar no trabalho. Pensou em ir à joalheria: na pior das hipóteses, apenas para vê-la por alguns minutos; poderia comprar algo para presenteá-la depois. Tentou ligar, apesar de saber que o celular estaria desligado. A voz seca da caixa-postal retumbou em seus ouvidos. Saiu do carro e continuou o percurso a pé pela via Solferino; estava a poucos passos do Corso Garibaldi.

Chegando à loja, demorou um pouco antes de entrar. Talvez ela não gostasse daquela incursão forçada, daquela insistência de homem demasiadamente solícito, importuno – o que jamais fora. Decidiu-se, pensando que só estava ali por causa de um acontecimento doloroso: o desaparecimento de Agnese.

Hesitante, entrou na butique antiga, de vitrines repletas de objetos de ouro e prata. Dentro do local de pequenas dimensões, deparou-se com um homem em torno dos trinta anos e uma mulher mais ou menos da mesma idade.

— Com licença, procuro a senhorita Giulia.

— Desculpe, aqui não trabalha nenhuma Giulia — respondeu gentilmente a mulher.

A notícia o atingiu como um terrível chute no estômago. O enésimo. Tentou reagir – talvez Giulia fosse conhecida por outro nome.

— Uma moça alta, loira...

— Na loja somos somente eu e meu irmão. Às vezes minha mãe também ajuda — replicou ela sem hesitar.

— Então desculpe, devo ter me enganado. Esta é a única joalheria da via Solferino?

— Tempos atrás havia também a joalheria Montagni, mas fechou há cerca de quatro anos.

Giorgio esboçou um vago gesto de agradecimento e saiu, completamente desorientado.

Aniquilado.

Por que Giulia havia mentido?
A voz dela ecoava em sua mente como um diapasão enlouquecido. Joalheria, via Solferino... tinha certeza de não ter se enganado. Na noite anterior até lhe perguntara se a loja ficava perto de um hortifrúti – um lugar que conhecia bem, onde Eva costumava fazer compras no passado. Giulia lhe contara que ia lá com frequência para comprar um tipo de alface difícil de encontrar.
Por quê?
Aquela pergunta continuava a lhe martelar a cabeça. Tentou ligar para ela mais uma vez, em vão. A voz de sempre recitava a mesma mensagem. Sem se dar conta, voltou para o automóvel e deu a partida, mas em seguida decidiu não sair do lugar. Desligou o motor. Precisava se deitar, mas não queria voltar ao antigo apartamento. Fechou a porta automática, abaixou o banco, procurou acalmar-se. O vulto de Agnese, sorridente e tranquilizador, continuava a persegui-lo. Voltaria para casa e não a encontraria. O único raio de sol que permanecera, a única certeza que lhe anestesiava a inquietude. Pensou novamente no abraço inesperado entre Giulia e Agnese, do qual se sentira excluído sem uma verdadeira razão. Talvez um ciúme maldisfarçado?
Especulou se aquele entendimento entre elas poderia ter, de algum modo, alguma correlação com o desaparecimento de Agnese.
No final das contas, quem era Giulia na verdade?
Certamente uma pessoa que, desde o início, o enganara. Procurou na gaveta do porta-luvas o ansiolítico que costumava guardar ali para qualquer eventualidade.
Tremia. Precisava daquele conforto artificial para tentar raciocinar. Engoliu a pílula sem água, sentindo um gosto amargo na garganta.
Um quarto de hora depois já estava melhor – os detalhes lhe pareciam mais suaves, tudo mais relativo, menos dramático. Pensou em como deveria se comportar com Giulia. Não queria se arriscar a perdê-la, colocá-la contra a parede, provocando uma reação agressiva de sua parte. Talvez houvesse uma boa razão para a sua conduta, quem sabe falando com calma as coisas se esclarecessem. Mas por que mentir sobre uma informação tão determinante como o trabalho? Que

motivos a teriam levado a contar uma mentira? Talvez um emprego mais humilde, algo de que ela sentisse vergonha? Procurou refletir mais um pouco. Giulia não parecia estar em uma situação econômica desfavorável: vestia roupas finas, tinha um carro novo, não dera a perceber qualquer dificuldade nesse sentido.

Pensando bem, havia notado algumas estranhezas. Quando Giulia falava de sua família, seu rosto se anuviava, ela se tornava reticente, evasiva.

Talvez fosse justamente aquela sombra que o atraíra, não apenas sua beleza luminosa. Aquele olhar dolorido, sinal inconfundível de alguém que foi magoado. Lembrou-se da chuva batendo no teto daquele casebre, da sua pele macia, do corpo sinuoso. Reviu os tornozelos finos subindo as escadas da mansão com aquele passo indolente, sugestivo.

Não, não podia perdê-la.

8

Fazia tempo que o celular estava tocando.
Giulia.
Pegara no sono, tomado por aquele torpor paralisante que nos assalta após uma dor insuportável, quando a única coisa a fazer é engolir uma pílula e esperar que o mal se acalme.

Esforçou-se por assumir um tom de voz firme.

— Como vai? Saiu do trabalho?

— Sim, finalmente. Hoje precisei atender dois clientes terríveis, não imagina o tempo que perdi com eles!

— Ah, é? E por quê? — Sua voz tremia enquanto aguardava a resposta de Giulia, antecipando a mentira.

Ela hesitou por alguns segundos e respondeu com uma segurança quase excessiva:

— Um rapaz queria comprar um anel de noivado, mas o dinheiro que tinha não era suficiente. E uma senhora precisava comprar um presente para o aniversário de dezoito anos da neta.

— Não deve ter sido fácil. — comentou Giorgio, dissimulando a amargura.

— Vamos falar de você... de Agnese — ela cortou. — Alguma novidade?

— Nenhuma.

— O que a polícia disse?

— Está investigando.

— E você, como está? — perguntou ela com doçura.

Giorgio não respondeu. Um suspiro longo, profundo, falou por ele.

— Escute, estou saindo da via Solferino agora. Daqui a meia hora devo chegar a Peschiera. Nos vemos lá.

Giorgio aparou o golpe. De repente teve vontade de desmenti-la, de perguntar a razão daquela absurda falsidade. Mas não se manifestou, não disse nada. Não entendia o motivo das mentiras, não sabia quem era Giulia na verdade. Mas naquele exato momento mais uma vez se deu conta de como ela era importante. Perdê-la teria sido muito doloroso, não queria correr o risco de vê-la fugir.

Ela também...

Lembrou-se de Eva e de suas mentiras sem fim. Fechou os olhos, sentindo-se fraco e sem forças, mas não permitiu de modo algum que suas emoções transparecessem.

Giorgio chegou ao endereço que Giulia lhe dera: um edifício de dez andares, anônimo e de aspecto bastante comum. Aquele prédio contrastava com a imagem refinada, sofisticada que Giulia lhe havia transmitido desde o começo. Pela roupa, pela presença, pelo seu modo de falar, teria imaginado que ela morasse em um elegante prédio no centro de Milão. Voltaram-lhe à mente certos olhares seus, perdidos, fugidios. Pensou nela como um quebra-cabeça de peças aparentemente encaixáveis, mas que não se ajustavam umas às outras. Bastava um milímetro a mais ou a menos para impedir que a composição do quadro se completasse.

Ficou esperando-a em frente ao prédio por mais de meia hora. Evidentemente, seu local real de trabalho ficava em uma região completamente diferente do bairro de Brera. Estava pegando o celular para perguntar se houvera algum contratempo quando a viu em frente à janela do carro.

— Chegou há muito tempo? — perguntou ela com um sorriso irresistível.

— Não, não muito — mentiu ele, saindo do carro e olhando-a com atenção.

Tinha os cabelos recolhidos em um rabo de cavalo baixo e o rosto pouco maquiado, e vestia uma blusa simples e jeans. Estava linda, talvez ainda mais do que com as roupas sofisticadas em que costumava vê-la.

— Sair da cidade é um delírio, de Brera então... Não pode imaginar o caos! — Gesticulava, como que tentando enfatizar as justificativas.

Giorgio fitou-a diretamente nos olhos. Ela sustentou o olhar dele sem desviar o seu.

Como mentia bem...

Pareceu-lhe, no entanto, ter captado um lampejo quase imperceptível, um indício daquele jeito perdido que já notara outras vezes.

— Desculpe pela bagunça... Se soubesse antes da sua visita, teria dado um jeito de apresentar a casa em melhores condições.

— Não precisamos ir para a sua casa. Podemos beber um aperitivo e depois jantar em algum lugar.

— Não, Giorgio. Você está com um aspecto horrível, precisa relaxar.

— Obrigado — murmurou ele a mcia-voz.

Por um segundo esqueceu suas mentiras, aquela ambiguidade que o desarmava. Naquele momento sentiu-a carinhosa, empática, cheia de cuidados.

Exatamente como Agnese.

Entraram no prédio. No saguão, as paredes descascadas, a limpeza precária e um insistente bafo de cozinha confirmaram a primeira impressão de Giorgio. O elevador não funcionava. Por sorte, o apartamento ficava no segundo andar.

Ela devia ter intuído a estranheza dele:

— Eu sei, não é nenhuma maravilha. Estou tentando economizar para comprar algo melhor no futuro, e aqui o aluguel é muito conveniente. A minha família não é rica como a sua, não vivo de renda.

Giorgio sorriu debilmente. Não tinha vontade de replicar, não queria fazer nada. Desejava apenas abraçá-la para não ter de pensar em nada. Nem em suas mentiras.

O apartamento era pequeno e sem decoração. Alguns móveis baratos, roupas espalhadas por todo lugar, livros empilhados sobre as mesinhas laterais, na mesa, no chão. Apesar da bagunça, a casa era limpa e harmoniosa.

— Pronto, espero que não fique decepcionado.

— E por que eu deveria? Não estou interessado na sua herança — respondeu ele, esboçando um sorriso cansado.

Menos tensa, ela afastou uma pilha de roupas do sofá e abriu espaço para ele sentar. Sem lhe perguntar, foi para a cozinha e saiu de lá pouco depois com duas taças de *prosecco* gelado.

— Agora procure relaxar.

Olhou-o enquanto esvaziava o copo, sorridente, quase materna.

Levantou-se, foi novamente para a cozinha e voltou com a garrafa inteira. Encheu de novo a sua taça e, em seguida, o guiou até o quarto, fazendo com que se deitasse na cama desfeita, coberta por uma colcha clara.

— Queria lhe dizer que... — balbuciou Giorgio, entorpecido pelo vinho e pelo ansiolítico.

— Psiu... Não fale nada, relaxe. Volto já.

Esgueirou-se para o banheiro. Giorgio se esforçou para não dormir. Dez minutos depois, ela reapareceu.

Esplêndida.

Vestida apenas com um longo robe de renda preto, caminhou com estudado vagar pelo corredor que levava ao quarto, o olhar direto, o sorriso enigmático, os seios balançando ritmicamente por baixo da renda preta. Virou-se, apenas o tempo de procurar um frasco no móvel em frente, oferecendo a visão dos glúteos firmes, de formas perfeitas.

Giorgio sentou-se na cama, esperando ela se aproximar para abraçá-la, mas, uma vez perto dele, Giulia tirou-lhe a camisa e o fez deitar de barriga para baixo. Desatarraxou a tampa do frasco, virou um pouco de óleo sobre em costas e começou a massageá-lo.

Após um arrepio provocado pelo líquido frio sobre a pele, uma leve sensação de bem-estar tomou conta dele. Giulia começou a acariciá-lo com toques experientes, longos e profundos. Giorgio se deixou levar por suas mãos macias, em um abandono total, sentindo sua respiração, o zelo com que ela se dedicava ao corpo dele, o perfume de especiarias, tão diferente do de Eva.

Preso em uma bolha que o abstraía de tudo, esqueceu-se das mentiras, das incongruências, da dor lancinante provocada pelo desaparecimento de Agnese, e permaneceu imóvel, completamente entregue às carícias.

Depois de massagear as costas, os glúteos e as pernas de Giorgio, Giulia o fez girar sobre si mesmo devagar, como um recém-nascido no qual se toca com mil precauções. Colocou-se de quatro sobre ele, passando as mãos pelas têmporas e pelo rosto e, em seguida, descendo para o peito, o ventre e depois o sexo, que alcançou a ereção em poucos segundos. Deitou-se ao seu lado, fitando-lhe os olhos. Poucos segundos depois, Giorgio sentiu sua boca. Úmida, quente, amorosa. Ele não apreciava os beijos íntimos, não gostava da ideia de ficar à mercê de alguém, mas aquele gesto lhe pareceu a coisa certa no momento certo. Ela se empenhou sobre seu sexo com um movimento rítmico, lento, profundo, até fazê-lo explodir em uma ejaculação violenta, descontrolada. Sem se retrair, continuou lambendo, bebendo cada gota do seu esperma. Afastou-se dele apenas quando o orgasmo cessou, apoiando a cabeça sobre seu ventre e acariciando seu quadril com ternura.

Giorgio adormeceu, dominado pela dor, pelo prazer, pela inquietude e pela gratidão.

Quando reabriu os olhos, estava sozinho. Um leve barulho vinha da cozinha, de onde Giulia veio com uma bandeja, duas xicarazinhas de café e um açucareiro.

— Achei que você poderia gostar.

— Do quê, dos beijos de antes ou do café? — replicou ele com um sorriso irônico.

— De ambos.

Giulia sorriu com gosto. Ainda vestia o longo robe de renda, mas o semblante tinha uma expressão diferente, luminosa.

— Já é tarde, vamos jantar fora?

— Não, vamos ficar em casa. Poderíamos pedir uma pizza, o que acha?

Giorgio acenou, concordando, agradecido por aquela ideia, pelo modo como ela cuidava dele. Beberam juntos o café sem conversar, depois Giulia ligou para pedir a pizza e deitou ao seu lado.

O calor daquele corpo o fez sentir-se bem. Torceu para que Giulia lhe propusesse ficar e passar a noite com ela. Não queria voltar à mansão, rever os cômodos que Agnese sempre preenchera com sua doçura, seus gestos lentos e comedidos.

No entanto, quase como se tivesse lido seu pensamento, Giulia disse:

— Infelizmente, amanhã preciso sair de casa muito cedo, e não tenho outro jogo de chaves. Não posso hospedá-lo hoje, mas teremos outras ocasiões.

Atordoado, como se ela de repente o tivesse esfaqueado, Giorgio não teve forças para replicar.

— Por favor, desculpe, aconteceu tudo muito depressa. Não posso desfazer esse compromisso, mas da próxima vez poderá ficar aqui sem problema — continuou ela, tentando se justificar, ao notar a expressão profundamente decepcionada dele.

— Não, não se preocupe, você já foi até muito gentil — conseguiu murmurar Giorgio.

Subitamente lembrou-se das suas mentiras, das suas incoerências. Por que precisaria sair tão cedo? Suspeitou que ela fosse receber um amante tarde da noite – a vida dupla em que jamais gostaria de imaginá-la.

Toda a dor escondida que tentara varrer para baixo do tapete recaiu com força sobre ele, deixando-o sem fôlego.

Começou a se vestir. Uma raiva surda se somou à vontade indomável de gritar a plenos pulmões o que havia descoberto naquela tarde.

Mas conteve-se.

— Para onde vai?

— Não vou mais perturbá-la com a minha presença.

— Pedi a pizza, daqui a pouco chega.

— Perdi a fome.

— Vamos, deixe disso. Por que se aborrecer por uma bobagem dessa?

Giorgio a fitou por um segundo, com seu robe de renda, uma expressão mortificada no rosto e os cantos da boca vincados como os de uma menina decepcionada.

Imaginou-a nos braços de outro, fazendo aquilo que havia pouco fizera com ele. Sentiu um aperto no peito. Sentou-se na cama para colocar as meias, tentando disfarçar a suspeita, a dor.

Giulia sentou-se ao lado dele, acariciou seus cabelos, beijou seu rosto. Mas não voltou atrás, propondo adiar o compromisso ou convidando-o para ficar. Não disse nada.

— Me deixe em paz.

Giorgio se levantou subitamente, pegou as chaves na mesa, abriu a porta da entrada e foi embora quase correndo.

9

Giorgio dirigiu noite adentro com raiva, fazendo os pneus derraparem no asfalto, enfrentando as curvas fechadas em alta velocidade. Conhecia cada uma delas, mas o carro deslizou mais de uma vez, com risco de acabar saindo da estrada.

Quando chegou ao local em que havia encontrado a bicicleta de Agnese, parou, desceu do carro e se agachou no chão, perto da grama, no ponto atrás do arbusto onde percebera o guidão. Tateou ao redor, como querendo acariciar o lugar onde Agnese passara os últimos momentos antes de desaparecer, à procura de um sinal, de um indício do que acontecera.

Lembrou-se das últimas horas em que tinha a visto, daquele abraço apertado entre ela e Giulia, do ciúme que experimentara quando vira as duas próximas assim. Sim, efetivamente os traços de Giulia lembravam os de Elisa, mas a semelhança, a seu ver, não era tão evidente.

Elisa... Certamente a polícia já devia ter-lhe avisado, mas prometeu a si mesmo ligar para ela no dia seguinte, por respeito a Agnese.

Baixou a cabeça, e as lágrimas começaram a descer livremente – aquelas lágrimas que mal conseguira derramar quando Dafne, sua mãe, morrera e quando Eva, sua mulher, o abandonara.

Agnese, a única pessoa que nunca o havia traído, agora já não estava mais ali.

A mesma pergunta continuava a lhe martelar a cabeça: por que justamente ela? Relembrou os últimos momentos em que a vira, a sintonia entre ela e Giulia, a recomendação afetuosa que Agnese tinha feito à moça, quase um presságio do seu desaparecimento.

E Giulia, com suas sombras, suas mentiras, sua vida tão diferente da que ela mesma expunha. Não tinha ideia do que ela escondia.

Agnese sempre fora amorosa, compreensiva com ele. Lembrou-se de quando o pai o fechava na dependência, um cômodo isolado nos confins do terreno da mansão, para castigá-lo, amarrado a uma cadeira de couro vermelho durante horas intermináveis. Agnese chegava com seu passo silencioso, desamarrava-o e abraçava-o, para compensá-lo daqueles castigos cruéis dos quais nem ela conseguia salvá-lo.

A dependência...

Aquele lugar sinistro em que tinha passado momentos horríveis, de puro terror, também lhe falava de Agnese.

Levantou o rosto devastado pelo pranto, os olhos inchados, um esgar raivoso nos lábios. Erguendo-se cambaleante, aproximou-se do carro com dificuldade, como um bêbado. Abriu a porta, deu a partida e foi embora.

Chegando à casa, mudou de ideia ao abrir o portão de entrada e seguiu em direção ao caminho que conduzia à dependência, na parte oposta do jardim.

Abriu a porta no mais absoluto silêncio. Engoliu em seco, pigarreou e entrou com passo seguro.

Pela primeira vez, cruzando aquela entrada, não se sentiu o menino amedrontado e subjugado que fora durante muito tempo.

Procuraria por Agnese em cada canto da casa, mas, principalmente, ali.

Para não perder a lembrança dela.

10

Giorgio ainda nem havia fechado as cortinas adamascadas. Refugiara-se na cama, abraçando a almofada como fazia na infância, quando achava que não conseguiria suportar a pressão de uma vida tão diferente da dos outros meninos. Frequentemente, ficava confinado em seu quarto ou naquele jardim imenso, transbordante de flores e plantas raras, insuportavelmente belo e solitário. Jamais podia convidar alguém, fazer os deveres com algum colega de classe, encontrar algum amigo. As festas de aniversário e qualquer outra ocasião de diversão lhe eram vetadas.

Certa vez o pai o surpreendera brincando através da grade do portão com uma menina que morava em um pequeno chalé não muito longe dali. Ela sempre passava em frente a casa dele quando voltava do povoado. Ainda lembrava o nome dela: Lucia. Era baixinha, tinha os cabelos castanhos presos e olhos pretos que pareciam esquadrinhar o seu interior. Com frequência voltavam juntos da escola, e Giorgio chegara a acreditar que seu pai tolerava a amizade deles. Naquele dia, Lucia tinha levado consigo um jogo de figuras e dispusera as cartas à beira da estrada, em um canteiro além da grade. Seu pai voltara do trabalho mais cedo e os observara brincar em silêncio, chegando a trocar algumas palavras com aquela menina frágil, tímida, que na escola só falava com Giorgio. Não a convidara para entrar, o que evitaria que as duas crianças continuassem a brincar divididas pela grade, limitara-se a discursar sobre o tempo e os deveres de escola com a cordialidade gelada que sempre o definia. Naquele exato momento, Giorgio compreendera o alto preço que aquela brincadeira lhe custaria.

Uma vez em casa, seu pai o enchera de socos e pontapés, chegando quase a matá-lo. Somente Agnese fora capaz de deter sua fúria destrutiva.

Naquela vez, Giorgio ficara tão machucado pelos maus-tratos recebidos, que conseguira evitar que o pai o amarrasse na cadeira de couro vermelho. Refugiara-se no seu quarto sem jantar, magoado pelas contusões e pela humilhação.

Apesar de tudo, não conseguia odiar o pai.

De tanto ouvir a repetição de que era diferente dos moradores do povoado e de que não devia se misturar às outras crianças, terminara por se convencer disso, a ponto de sentir um profundo sentimento de culpa sempre que percebia que suas necessidades eram diferentes das que seu pai considerava apropriadas.

Sentou-se na cama, com a almofada grudada no ventre. Aquele tormento o havia perseguido durante toda a infância e a adolescência, havia feito com que ele se sentisse diferente, errado em tudo. Errado para o pai: nunca conseguia deixá-lo contente, entrar perfeitamente na pele do personagem que Ottorino queria que ele interpretasse. Errado para os outros: era o rico e estranho, quase um alienígena para as crianças da sua idade. Somente com Agnese sentia que podia ser ele mesmo, sem máscaras, sem papéis preestabelecidos. Afundou a cabeça na almofada. Soluçou tão profundamente que chegou a ficar sem fôlego.

Levantou a cabeça apenas um segundo para ver que horas eram. Quatro da manhã. Com certeza não poderia ligar para Giulia naquele horário. Por um momento fugaz, viu-a novamente debruçada sobre seu sexo como uma humilde criada desejosa de agradar ao patrão. De vez em quando levantava os olhos e o fitava. Aquele olhar, mais do que qualquer outro detalhe, ficara impresso em sua mente.

Ela foi tão ferida quanto eu.

Sentiu-a próxima, perdida naquela expressão que dizia mais do que mil palavras.

Talvez ela tenha uma boa razão para as mentiras que me contou.

Deitou-se de costas na cama, fitando as cortinas do dossel e os afrescos do teto.

Todas as obras de arte, os cortinados e a mobília haviam sido escolhidos pelo pai, assim como as escolas, as amizades, as decisões profissionais de Giorgio.

Somente Eva tinha escapado de todas aquelas imposições.

Relembrou o dia em que, ao abrir a mensagem do celular, havia descoberto a traição. Seu pai, impenetrável como sempre, mesmo sem perguntar nada a ele, logo entendera tudo. Olhara-o com um esgar entre a satisfação e o desprezo. Estava certo, como sempre.

Giorgio apertou os olhos e engoliu o refluxo ácido que lhe subira à garganta. Levantou-se de um salto, pegou um atiçador da lareira ao lado e, empunhando-o como se quisesse experimentar sua robustez, atacou com ele tudo o que aparecia à sua frente: as pinturas do século XVI, que esquartejou junto com as molduras, a escrivaninha do final do século XVIII, as poltronas de seda adamascada, as cortinas do dossel, os vasos gêmeos de porcelana francesa, o genuflexório estilo Luís XIV, a cristaleira dourada veneziana do século XVIII.

Parou para observar o apocalipse ao seu redor e ficou satisfeito de não ter deixado quase nada por destruir. Em poucos minutos havia acabado com obras de valor inestimável. Imaginou a expressão de Ottorino à vista daquele desastre. Um sorriso despontou nos seus lábios, quase um esgar.

Muitas vezes, no passado, tivera vontade de destruir tudo, mas sempre se contivera para não magoar Agnese. Ela era um baluarte de razoabilidade, bom senso, comedimento. Era a fronteira além da qual nunca tivera coragem de se aventurar. Mas agora... agora não se importava mais com nada nem com ninguém.

Talvez não. Importava-se com Giulia – demais.

Aquele sim era um problema.

Deixou cair o atiçador e acabou ele mesmo indo ao chão, desmoronando como um saco vazio. Estirou-se sobre o piso de madeira, esperando nascer o novo dia, afastando cacos de porcelana, lascas de madeira antiga, fragmentos de espelho.

Pegou no sono, com os olhos de Giulia a palpitar dentro de si.

11

Às dez da manhã o delegado Marino bateu à porta da mansão. Giorgio, que havia acordado poucos minutos antes, tentou se recompor às pressas, alcançando o robe de veludo cor de vinho em cima da cama e vestindo-o depois de sacudi-lo para limpar os restos da destruição noturna. Usou o comando eletrônico para abrir o portão e torceu para que a polícia não dispusesse de um mandado de busca, considerando o estado deplorável do quarto de dormir, a respeito do qual teria que dar explicações. Observou-se rapidamente ao espelho do banheiro: olheiras profundas, pele amarelada, olhar estranho. Passou uma água fria no rosto, penteou os cabelos. Agora parecia mais apresentável.

O delegado estava em companhia de outro agente, o mesmo que tinha atendido ao chamado de Giorgio quando ele encontrara a bicicleta de Agnese. Juntos, atravessaram a passos largos o salão dos afrescos. No semblante, a mesma expressão impressionada de todos aqueles que entravam pela primeira vez na mansão. Olharam ao redor sem dizer uma palavra e, em seguida, estenderam a mão ao dono da casa em um gesto de cumprimento.

Pelo olhar perplexo de ambos, Giorgio intuiu que seu aspecto não era dos melhores. Procurou assumir um sorriso convencional, exibir uma nesga de cordialidade.

— Alguma notícia, delegado?

— Lamentavelmente, não, doutor. Agnese desapareceu do nada, exatamente como as outras mulheres.

— Em que posso ajudar?

— Avisamos Elisa, a filha. Ela vai chegar hoje à tarde de Londres. Também está muito preocupada, como pode imaginar.

Giorgio assentiu em silêncio.

— A senhora Agnese trabalha há muitos anos para a sua família, passa boa parte do dia aqui, na sua casa. Gostaria de conversar com o senhor para saber mais detalhes, por exemplo: como Agnese gerencia o tempo livre, quais são as suas amizades, quem frequenta a sua casa. Sabemos que Elisa usa apenas o sobrenome da mãe. Ninguém no povoado soube me indicar quem seria o pai. O senhor pode me esclarecer a esse respeito?

— Lamento, delegado. Agnese jamais revelou quem era o pai de Elisa. É um segredo que sempre guardou muito bem.

— Sei que quando ela engravidou já trabalhava para vocês. Seria possível que, em tantos anos, nunca tenha dito nada que não tenha confiado seu segredo a ninguém?

— Infelizmente, sim. Agnese sempre foi muito reservada sobre todos os aspectos da sua vida — respondeu Giorgio com firmeza.

— Está bem... Nem uma suspeita, talvez alguém que frequentasse a casa naquela época? — insistiu Marino.

— Como já disse, não posso ajudá-lo. Desculpe, mas que importância pode ter um fato acontecido tantos anos atrás em relação ao desaparecimento dela?

— Nenhuma, no momento. Simplesmente, quando me encarrego de um caso, procuro sempre compor um quadro bem preciso da vida das pessoas que estou investigando.

Ouvindo aquelas palavras, Giorgio foi assaltado por um pensamento repentino. Lembrou-se da análise que havia feito sobre Giulia e sua vida: um quebra-cabeça incompreensível. Fechando os olhos, suspirou profundamente – um momento imperceptível, infinitesimal, que não escapou ao delegado.

— Lembrou-se de algo? — perguntou ele, esperançoso.

— Não, nada. Estava apenas refletindo sobre a consideração que fez agora há pouco. Tem razão, pode-se entender muito de uma pessoa pela vida que leva. No caso de Agnese, tirando o mistério sobre o pai de Elisa, posso lhe assegurar que ela levava uma vida tranquila, em casa e no trabalho. Uma mulher serena e bem-resolvida.

— Conhece Elisa? Como ela é?

— Uma boa moça, talvez um pouco mimada. Formou-se em economia, e agora está fazendo um estágio em Londres. De qualquer modo, logo vão conhecê-la.

— Mantêm boas relações?

— Ótimas. Ela é como uma irmã para mim.

— Vou repetir uma pergunta que já lhe fiz ontem: ultimamente Agnese lhe parecia diferente? Sei lá, preocupada, pensativa?

— Sentia muito a falta da filha. Falou dela justamente no dia anterior ao seu desaparecimento. Sim, talvez estivesse um pouco triste por não ver Elisa há tanto tempo.

Evitou mencionar Giulia. Não queria envolvê-la naquela história, fazer com que fosse chamada para prestar depoimento em uma delegacia qualquer. Além disso, ela só havia conversado com Agnese por alguns instantes. Lembrou-se do abraço delas. Breves segundos, mas, para Agnese, cheios de significado e emoção. Exatamente depois daquele abraço, ela desaparecera.

Giulia não tem nada a ver com isso. Entrou nessa história toda por acaso.

Contudo, um clarão lhe atravessou a mente. Não fora justamente Agnese que a alertara sobre os misteriosos desaparecimentos que haviam ocorrido naquela região? Cerrou os lábios, como se temesse que seus pensamentos pudessem vazar. Algo lhe escapava, uma inquietude incômoda que não o abandonava nunca – uma intuição que não conseguia vir à tona.

Nesse meio-tempo, o delegado Marino vagava pelo salão, olhando pelos cantos. Parecia observar com interesse as obras de arte expostas, mas era claro que sua atenção não se restringia aos objetos.

— Posso ajudá-los com algo mais? — perguntou Giorgio, aborrecido com aquela ronda prolongada pelo salão.

— Não, obrigado. Já terminei, não vou mais incomodar você. Mas quero pedir que entre em contato comigo caso se lembre de algum detalhe que possa ser útil para a investigação — respondeu Marino, fitando-o nos olhos. O outro policial também olhava para ele com atenção.

Giorgio se limitou-se a acenar, concordando. Não via a hora de se livrar daqueles dois.

— Ah, ia me esquecendo. Você se lembra de qual foi a última vez que viu a senhora Agnese? — voltou a perguntar o delegado. — Pode também me dizer o que fazia na noite em que ela supostamente desapareceu?

— Foi aqui na casa, exatamente duas noites atrás. Depois, fui jantar com uma amiga e saí de casa por volta das sete e meia da noite. Aquela foi a última vez em que vi Agnese.

— Onde foi o jantar?

— Na taberna I Tre Re, em Colli. Voltei por volta das onze e meia. Agnese, como sempre, já tinha ido embora.

— A que horas ela geralmente termina as tarefas aqui?

— Às oito da noite. Mas às vezes volta para casa antes, dependendo do dia.

— No dia seguinte não veio trabalhar e também não avisou, certo?

— Exato.

— E o senhor logo se preocupou. A vizinha nos confirmou que foi procurar Agnese em casa. E a senhora Florinda Bini, a mulher do proprietário da taberna Il Sole, o encontrou depois de o senhor ter achado a bicicleta de sua governanta.

Giorgio confirmou com um sinal afirmativo de cabeça.

— A propósito, não encontramos a medalhinha de que nos falou. Verificou se por acaso caiu no seu automóvel ou em algum outro lugar? É um elemento muito importante, presumivelmente se trata de um objeto pertencente à pessoa que raptou a senhora Agnese Spelta.

— Infelizmente, não a encontrei — disse Giorgio, encolhendo os ombros.

— A senhora Bini lembrava perfeitamente que a medalhinha tinha duas iniciais gravadas, um O e um S. Ela nos disse que essas duas letras a levaram a desconfiar de um possível suspeito, um certo Ottavio Sperti, um homem de uns cinquenta anos, cliente da taberna — afirmou Marino, franzindo a testa.

— Sim, Florinda me falou dessa sua hipótese, mas eu a aconselhei a ser prudente, pois é preciso muito pouco para crucificar alguém sem razão.

— Verificamos a ficha penal do senhor Sperti. Sabia que ele chegou a ser denunciado quatro vezes por assédio sexual? Além do mais, a senhora Bini nos lembrou que Sperti mora na mesma rua da moça que desapareceu algum tempo atrás. Um detalhe importante, não acha? — perguntou Marino, plantando-se diante de Giorgio. O outro agente também interrompeu os apontamentos para examiná-lo, aguardando uma reação.

— Conheço Ottavio, toda sexta jogamos baralho, com outros dois amigos. Não conhecia seus antecedentes criminais. Ele sempre me pareceu uma pessoa um tanto quanto diferente, mas nada que fosse grave. Não saberia dizer... — Giorgio gesticulava com as mãos, como se estivesse sem jeito.

— Não lhe parece uma coincidência estranha?

— Não tenho ideia. Falaram com ele?

— Certamente. Sperti afirma que nunca teve uma medalhinha daquele tipo e, como é óbvio, nega qualquer suspeita. Infelizmente para ele, não tem álibi algum para aquela noite. Disse que ficou em casa. — Marino havia levantado o tom de voz, como se desejasse dar mais peso ao que acabara de afirmar.

— Como sabem, antes de me aposentar eu era advogado criminalista. Por minha experiência, não acredito que haja elementos suficientes para incriminar o senhor Sperti.

— Parece que não faz questão de achar Agnese. — O rosto de Marino era uma máscara de puro sarcasmo.

— Muito pelo contrário. Mas discordo de tentar encontrar um culpado a qualquer custo. Isso não traria Agnese de volta — afirmou Giorgio, aproximando-se de Marino e olhando-o fixo nos olhos, como se quisesse desafiá-lo.

— Vamos continuar com as investigações. Logo saberemos — replicou o delegado, intimidado pela atitude firme de Giorgio.

Os dois policiais saíram logo, despedindo-se friamente.

Assim que Giorgio fechou o portão, o silêncio o envolveu como um calor insuportável. Pegou o celular. Enquanto falava com Marino, sentira o celular vibrar: era Giulia querendo falar com ele. O recado o fez sentir-se melhor. Sentou-se na poltrona de veludo verde e ligou para ela em seguida.

— Até que enfim, como vai? Por que foi embora daquele jeito ontem à noite? — A voz dela era quente, carinhosa.

— Achei que estava incomodando — respondeu Giorgio, sentido.

— Infelizmente não havia outro jeito, me desculpe.

— Você poderia ter me deixado ficar de qualquer modo. No dia seguinte poderíamos ter saído juntos, mas você nem pensou nessa possibilidade.

— É verdade, mas não queria obrigá-lo a madrugar. Hoje de manhã sai de casa às seis. — A voz dela continuava persuasiva, mas um pouco forçada, como se ela estivesse tentando ser razoável e gentil a todo custo.

— Você poderia ter me perguntado, para mim não teria sido um peso. Ah, outra coisa: por que não consegue me ligar durante o trabalho?

— Dei uma fugida até Valenza para retirar umas mercadorias para a loja. Estou voltando para Milão de carro — disse Giulia apressada, levemente irritada.

Giorgio fechou os olhos e mordeu o lábio.

Sabe-se lá aonde ela foi de verdade...

— Tem notícias de Agnese? — perguntou ela, voltando de repente ao tom disponível e cordial de antes.

— Nenhuma. Acabo de conversar com os policiais, eles passaram aqui em casa.

Falou da breve conversa que tivera com Marino e das suspeitas levantadas sobre Ottavio.

— Acha que pode ter sido ele que raptou Agnese e as outras mulheres?

— Não tenho ideia. Acho que devem investigar mais. Os indícios ainda são poucos.

— O que vai fazer hoje à noite? Estou livre.

— Nada de mais, acho que vou ficar em casa. — Giorgio sentiu um espasmo no peito. A esperança de vê-la lhe provocava uma emoção que não conseguia esconder nem de si mesmo.

— E se eu fosse à sua casa? — A voz de Giulia era ainda mais sedutora.

— Me parece uma ótima ideia — respondeu ele, lacônico.

— Eu poderia chegar lá pelas nove, o que acha?

Giorgio quase retrucou que, em vista da hora, pediria para Agnese preparar o jantar em casa, mas logo mordeu o lábio. Por um momento, foi como se o salão tivesse escurecido. Esperou alguns segundos antes de falar, para ter tempo de se recuperar.

Vai levar tempo, muito tempo.

— Giorgio? Você ainda está aí? — A voz de Giulia soava mais alta, um pouco estridente.

— Estou aqui, desculpe. Tudo bem se eu comprar algo pronto no povoado? Não estou muito no clima de jantar fora.

— Claro. Se você quiser, ficarei para dormir. Amanhã tenho metade do dia livre.

— Eu não costumo expulsar as pessoas, e as recebo mesmo quando não as conheço — replicou Giorgio, frisando as palavras.

— Nunca vai me perdoar, não é? Não tinha ideia de que você fosse tão sensível — respondeu ela, num tom divertido.

Giorgio permaneceu em silêncio. Não tinha vontade de brincar, de se alegrar, de desanuviar. Naquele momento, só queria saber dela e de seu corpo. Para sufocar cada pensamento pesado, cada aflição.

Lembrou-se dos seus tornozelos finos, dos pulsos de menina.

— Já vou avisando: hoje à noite vamos brincar do meu jeito. Você tem muito de que se desculpar. — Não conseguiu controlar um tremor na voz.

Desligou rapidamente para não ter que ouvir a voz de Giulia protestando.

12

Quando entrou na salsicharia Fermi, Giorgio imediatamente se deu conta de que teria de contar a Igino cada detalhe relativo ao sumiço da sua governanta. Sempre zombara de Agnese pelo galanteio intenso, talvez um pouco rústico de Igino. Ele nunca a presenteava com rosas ou joias, mas com salames ou nacos de queijo que Agnese dava a Giorgio, rindo com gosto. Ela nunca aceitara os convites de Igino, mas cada vez que falava dele, do seu cortejo pouco refinado mas sincero, exibia uma expressão leve, de mocinha.

— Doutor, teve notícias? — O rosto em geral corado do salsicheiro agora parecia murcho, como se tivesse secado em poucos dias.

Giorgio lhe relatou os últimos acontecimentos, deixando de lado as suspeitas que pairavam sobre Ottavio, mas Igino, provavelmente alertado pelos comentários cada vez mais insistentes dos habitantes do povoado, perguntou-lhe:

— Já ouviu o que estão falando de Sperti? Eu sempre disse que ele era um sujeito estranho. A polícia deveria ficar no calcanhar dele.

— Não sei, Igino. Acho que não há provas suficientes para incriminá-lo.

— Pelo menos poderiam ficar de olho nele — rebateu o homem. — Talvez Agnese e as outras mulheres desaparecidas ainda estejam vivas.

— Acho que é isso que estão fazendo.

— Ontem à noite eu o vi andando de bicicleta, mas ninguém o seguia, tenho certeza.

Giorgio assentiu sem replicar. Ottavio havia se tornado o principal suspeito. Sempre o considerara um personagem peculiar, estranho, mas responsabilizá-lo por todos os desaparecimentos recentes daquela região parecia-lhe, no mínimo, precipitado.

Pegou uma bandeja de crepes, um pouco de vitela ao molho de atum, uma mistura de frios, pagou e saiu à praça principal. Entrou na taberna em que costumava jogar baralho às sextas-feiras e tomou um café. Era uma hora tranquila: no balcão havia apenas uma moça que substituía os donos nos períodos menos cheios do dia. Já estava quase suspirando de alívio por não ter encontrado Florinda quando a viu chegar pela praça.

— Salve, doutor, tem alguma notícia de Agnese? — perguntou a mulher, ofegando ao peso das sacolas que carregava.

— Nada ainda, infelizmente. — Giorgio fez menção de sair, mas ela lhe obstruiu a passagem.

— Fui à polícia e falei de Ottavio. Sabia que ele tem antecedentes criminais? Faz ideia de que temos um monstro entre nós? Além do mais, ainda está solto! A justiça italiana não vale nada, realmente!

— Calma, Florinda! Não há provas suficientes para incriminá-lo; uma medalhinha não significa nada.

— Sim, mas ele mora perto de Vanna, a moça que desapareceu. Isso sem mencionar os casos de assédio sexual...

Giorgio decidiu parar de responder. O dilúvio de palavras e suposições pseudoinvestigativas de Florinda era incontrolável. Esperou pacientemente que ela acabasse de falar, acenando a cada sentença, sem rebater. Quando, depois de uns bons quinze minutos, ela esgotou o falatório, despediu-se apressado e saiu.

Antes de voltar para a mansão, tentou passar novamente pela casa de Agnese – não na esperança de que ela tivesse milagrosamente voltado como se nada tivesse acontecido, mas pela ideia de rever o lugar onde ela morava. Isso o confortava, permitindo-lhe ainda viver a ilusão de que ela não havia desaparecido.

Ao chegar à casinha modesta, custou a acreditar nos seus olhos: o portão estava aberto. Pela porta entreaberta viu uma cabeleira loira.

Elisa.

Estava explicado o motivo do portão escancarado.

Giorgio estacionou o carro e se dirigiu à entrada da casa. De tão esmagado que estava pela dor e pela raiva, tinha se esquecido de ligar para a moça, mas ao menos devia ter ido cumprimentá-la.

Logo que o avistou, ela o recebeu com um sorriso triste.

— Quando chegou? — perguntou ele.

— Faz uma hora. Ainda não consigo acreditar... Falei com mamãe justamente na manhã do desaparecimento, e no dia seguinte chegou o telefonema da polícia. Como isso aconteceu?

— Foi quando ela estava voltando para casa. Alguém a sequestrou e depois escondeu sua bicicleta. É a única coisa que sabemos.

— Como alguém pode desaparecer em um povoado em que se está constantemente sob o olhar de todos? — Elisa estava desesperada.

— Sua mãe foi raptada no caminho que ela fazia todos os dias da mansão ao povoado. É um trecho isolado; boa parte passa pelo bosque, e pouquíssimos carros circulam por ali — explicou ele. — Além do mais, Agnese fazia o mesmo caminho no mesmo horário diariamente. Mamão com açúcar para alguém mal intencionado.

— Mas por que justamente a mamãe? Até agora desapareceram apenas mulheres jovens; a mais velha tinha menos de trinta anos.

O último comentário chamou a atenção de Giorgio. Ninguém pensara nisso, nem a polícia. Aquele detalhe teria passado despercebido a todos?

Olhou para ela. Era sem dúvida uma bela moça. A mudança para Londres lhe dera um certo refinamento na forma de se vestir, de se maquiar, no modo de falar. Procurou a semelhança que Agnese havia identificado em Giulia, mas sua opinião continuou a mesma: fora a cor dos cabelos, a forma dos olhos e o nariz levemente arrebitado, as duas moças não tinham assim tantos pontos em comum. No corpo, então, não eram nada parecidas: Giulia era alta e esbelta, e Elisa, mais baixa e de membros mais curtos.

Ela o olhou com ar de interrogação, esperando uma resposta, alguma posição. No rosto imóvel, quase cristalizado, as lágrimas começaram a correr, primeiro escassas, depois cada vez mais abundantes, até que ela explodiu em soluços.

Giorgio a abraçou, sentindo também aquela comoção, aquela dor que, desajeitado, não conseguia manifestar. Limitou-se a abraçá-la, deixando que suas lágrimas o molhassem, sentindo profundamente aquela perda. Afastou-se logo, sem graça, e levou-a para dentro de casa. Já não estavam sozinhos. Os vizinhos que passavam os observavam, curiosos, fazendo comentários.

Sentaram-se no sofá com toalhinhas de crochê nos braços e no encosto. Em todo lugar era possível sentir o cheiro de lavanda de Agnese, proveniente de cada cômodo. Ao lado do sofá, o cesto com a malha de tricô que ela estava fazendo; na cozinha, a mesa posta para o jantar. Tudo asseado e em ordem como ela própria ao longo de toda a vida.

Enxugando as lágrimas com um lencinho que Giorgio lhe oferecera, Elisa recomeçou a falar sem esperar resposta:

— Ela me ligou justamente na manhã anterior ao desaparecimento, dizendo que desejava ir embora daqui e ir para Londres, para ficar perto de mim e me ver mais vezes. Eu a desencorajei. Ela precisaria aprender inglês, encontrar um trabalho, sem ter certeza de que poderia ficar. Ela desligou depois de se despedir, sem protestar. Eu a rejeitei, Giorgio, entende? Minha mãe! Sem pensar nem por um momento que ela devia estar se sentindo sozinha, que precisava da minha ajuda. Depois de todos os sacrifícios que ela fez por mim... — disse ela com a voz quebrada pelos soluços descontrolados.

Diante daquelas afirmações, Giorgio ficou estarrecido.

Agnese queria deixá-lo.

Desejava ir embora.

E para o exterior.

Havia escolhido Elisa, sua verdadeira filha. Giorgio engoliu o refluxo ácido que involuntariamente lhe havia subido à garganta.

Ela queria partir, anulando de um só golpe toda a vida que tinham passado juntos, o cotidiano, a cumplicidade, o afeto que haviam compartilhado dia após dia.

Ela era igual a todos aqueles que o haviam abandonado.

Petrificado, procurou entender melhor. A voz lhe saiu rouca, falha:

— Ela lhe explicou os motivos dessa decisão?

Elisa o olhou como se não soubesse responder. Mordeu o lábio. Em seguida, suspirando longamente, como para ganhar coragem, respondeu:

— Sim, Giorgio. Ela me disse que queria ir embora daqui, que havia chegado a hora de partir. Que havia tolerado por muito tempo. Sim, ela disse exatamente isso: *tolerado*.

Giorgio arregalou os olhos. Devia ter ficado muito pálido, porque Elisa o fitou com preocupação.

— E o que mais ela disse? — balbuciou.

— Nada mais, somente isso. Eu perguntei se alguém a tinha tratado mal, mas ela me tranquilizou. Disse que era melhor mudar de ares.

— Ela disse exatamente isso?

— Exatamente. Mas aconteceu alguma coisa, Giorgio? Mamãe passava quase o tempo todo trabalhando na sua casa... Não imaginava que depois de todos esses anos ela pudesse se sentir tão mal a ponto de querer ir embora.

— Ela nunca me disse nada.

Giorgio estava cada vez mais pálido; as forças pareciam abandoná-lo. Apoiou-se em um aparador, sentindo-se fraquíssimo.

— Você está bem? Está com uma cara... — disse Elisa, preocupada.

— Estou bem, só estou me sentindo um pouco fraco. Posso sentar?

— Claro! Quer um café?

— Não, obrigado. Já vou melhorar.

Sentou-se novamente no sofá, apoiando a cabeça no espaldar. Em uma mesinha em frente havia dois porta-retratos: um com a foto de Giorgio criança, o outro com a foto de Elisa – ambos com mais ou menos a mesma idade.

Agnese conservava aquela foto, e, no entanto, queria ir embora, fugir. Deixá-lo sozinho.

Sempre pensei que ela me quisesse bem.

Giorgio levantou-se de repente, procurando manter o equilíbrio. Tudo parecia girar à sua volta. Alcançando a mesinha, agarrou sua foto de criança.

— Você se incomoda se essa ficar comigo? Acho que Agnese não devia fazer muita questão dela.

Elisa olhou para ele, desorientada. Fez que sim com a cabeça e acompanhou-o à porta.

— Vamos manter contato no caso de um de nós ter notícias — conseguiu dizer antes de Giorgio sair apressado pelo portão e dar partida no carro.

Sentado no balcão de Brugnello, Giorgio observava a passagem lenta do rio turvo. Segurava o porta-retrato com a sua foto. Lembrava-se bem do momento em que havia sido tirada: na escola, para os cartões de Natal, com o uniforme preto, a fita azul e o ar tranquilizador de bom menino.

Abrindo a parte de trás da moldura, tirou a foto e olhou-a uma última vez antes de rasgá-la em mil pedaços e jogá-la no rio, como as cinzas de um ente querido. Depois contemplou longamente aqueles pedaços de papel branco e preto que voavam como lúgubres borboletas acima do vale resplandecente de sol e de vida.

13

Giorgio pôs a mesa, colocou os crepes no forno e dispôs na travessa os frios e o salame. Teve a impressão de voltar à sensação de bem-estar que experimentava toda vez que entrava na cozinha e cada prato havia sido preparado com esmero.

Mas agora Agnese não estava ali.

Relembrou as palavras de Elisa, as revelações que ouvira, incrédulo. Sentou-se no sofá fixando o vazio, sem estímulos, sem vontade, sem conseguir ainda acreditar que Agnese quisera deixá-lo depois de tantos anos.

Em seguida o celular tocou.

— Vou sair agora. Estou um pouco atrasada — disse Giulia em tom agitado.

Giorgio olhou o relógio: oito e quinze. Suspirou. Imaginou-a chegando sabe-se lá de onde, ela e aquela aura de mentira e mistério que cercavam sua vida. Limitou-se a responder que não havia problema, que tudo já estava pronto, recomendando prudência na direção.

Baixou a temperatura do forno para manter os crepes aquecidos sem o risco de queimá-los e sentou-se novamente. Suspirou, olhando além das copas das árvores que podiam ser vistas da janela. Desejava o corpo sinuoso de Giulia, aquela entrega total, incondicional. Não, não conseguiria abrir mão dela, não no momento pelo qual passava.

Giulia tornava-se cada vez mais necessária.

Pensou em Dafne, sua mãe. Viu-se menino esperando por ela, passando e repassando diante do portão da casa. Ela fazia a mesma coisa que Giulia. Desaparecia por horas, contando ter ido a lugares em que nunca havia estado. Lembrava-se ainda do pai, que a aguardava irado até tarde, das brigas intermináveis entre eles, da atmosfera tensa que durava dias. E ele, criança, esperando que tudo acabasse, tremendo de ansiedade e tristeza.

Inconscientemente, restara-lhe a propensão para mulheres fugidias, que se ofereciam e se negavam, presentes somente pela metade. Eva também era assim. Uma réplica perfeita de sua vida passada, os mesmos vazios, as mesmas angústias. Exatamente aquelas que estava começando a experimentar com Giulia. E, quanto mais ela era ambígua, evidentemente mentirosa, mais sentia a necessidade de tê-la somente para si.

O celular tocou novamente. Dessa vez era Elisa.

— Giorgio, posso passar por aí amanhã? Encontrei um cofrinho no quarto da mamãe, mas não consigo abrir... Você me ajudaria?

Combinaram o encontro para o dia seguinte, no início da tarde. Giorgio tentou imaginar qual poderia ser o conteúdo do cofre. Agnese não gostava de joias, tinha pouquíssimas, e mais de uma vez lhe dissera que as guardava no banco havia anos. O salário era depositado no mesmo banco, de onde também transferia as remessas para Elisa.

Que necessidade havia de conservar um cofre trancado?

O mistério seria desvendado no dia seguinte. De qualquer maneira, lhe pareceu estranho que Elisa não tivesse encontrado a chave.

Meia hora mais tarde, ouviu o som do interfone. Giulia chegara. Viu-a subir a escadaria usando um vestido semitransparente de chiffon preto e botinhas curtas. Nas costas, o sobretudo de cetim impermeável preto que usava na noite em que a conhecera.

Estava estonteante.

Junto ao prazer de vê-la sentiu a mordida raivosa do ciúme. Sabe-se lá de onde ela viria já arrumada daquele jeito.

— Vai trabalhar com roupas que deixam pouco espaço para a imaginação — disse ele quando Giulia transpôs a entrada do salão.

— Eu não estava vestida assim na loja, é claro. Cheguei atrasada porque demorei para me arrumar, queria estar o melhor possível para você — replicou ela, sorrindo.

Giorgio meneou a cabeça, procurando devolver o sorriso. O que saiu, no entanto, foi uma careta mal disfarçada.

Lembrou-se do dia anterior, quando ela tinha voltado para casa de calça jeans e blusa. Provavelmente ela estava dizendo a verdade: para o seu trabalho real não precisava vestir roupas elegantes.

— Estou esfomeada, espero que seus dotes na cozinha não me decepcionem.

— Não cozinhei nada, comprei todo o jantar no Igino.

— E quem é Igino?

Giorgio lhe falou de seu breve giro pelo povoado, das perguntas do salsicheiro, do papo insistente de Florinda. Depois, relutante, decidiu narrar o que Elisa havia contado.

— É verdade que Agnese queria ir embora? Me parece estranho, ela me disse que não conseguia se afastar da mansão nem por alguns dias. Sentia falta da filha, mas dizia que não podia visitá-la por conta do trabalho, o que me pareceu bastante curioso. Você é um patrão assim tão exigente?

— De maneira alguma. Mais de uma vez lhe pedi que tirasse umas férias para descansar e ir ver Elisa, mas ela nunca foi — respondeu Giorgio, sinceramente surpreendido.

— Então não compreendo. Elisa está certa de ter entendido bem o que a mãe queria lhe dizer?

— Ela entendeu muitíssimo bem. Agnese ainda acrescentou que "era melhor mudar de ares", essas foram exatamente as suas palavras.

— Vocês brigaram?

— Nunca brigamos, jamais tivemos a menor divergência. — Giorgio abaixou a cabeça, o rosto anuviado. Em seguida a ergueu, dando-se conta de estar manifestando muito abertamente seu abatimento, mas mesmo assim não conseguiu sustentar o olhar de Giulia.

— Sente-se mal por isso, não é? Não deve ter sido bom saber que Agnese queria ir embora... Para você ela era como uma mãe.

95

Ele permaneceu imóvel por alguns minutos, depois fez que sim, cansado.

Giulia se aproximou para lhe fazer um carinho.

— O que pode tê-la forçado a uma decisão dessas?

— Não sei. Agnese levava uma vida monótona, não tinha um companheiro, nem amigos. Estava sempre aqui ou na casa dela. Não consigo imaginar o que pode ter acontecido.

— Ela estava bastante amedrontada por conta dos casos das mulheres desaparecidas nessas redondezas. Lembra? Recomendou que eu ficasse atenta. Não pode ter sido essa a causa?

— Me parece uma reação exagerada. Claro, ela não se sentia tranquila a respeito, mas daí a decidir ir embora...

— Vocês conheciam as mulheres que sumiram? Uma vivia aqui.

— Vanna? Claro, todos a conheciam. Trabalhava na padaria da praça, a mais frequentada.

— E a moça que desapareceu em Bobbio? — continuou ela, fazendo-lhe uma carícia.

— Não, nem as outras duas, as que desapareceram em Parma e em Lodi. A única que conhecíamos era Vanna, como todos aqui no povoado. E então, terminou a sua investigação particular? — respondeu ele, afastando sua mão com firmeza. — Desculpe, mas não gosto que me acariciem o rosto — acrescentou logo em seguida, levando-a para a cozinha.

— Às vezes você consegue ser bem rude — queixou-se ela com um sorriso forçado.

Giorgio não respondeu, imerso em seus pensamentos.

Sentaram-se à mesa em silêncio. Ele a olhou de soslaio: podia intuir seu corpo sob o véu do chiffon. Giulia comia e se deixava observar, sem procurar estabelecer um mínimo de conversa, esperando um sinal dele, como se tivesse entendido que, naquele momento, era melhor não falar.

Ainda estavam jantando quando ele começou a lhe tocar levemente as pernas sob a mesa.

— Você tem uns tornozelos lindos — sussurrou com os olhos reduzidos a duas fendas.

— Só eles?

— Claro que não. Mas seus tornozelos me chamaram a atenção desde quando veio pela primeira vez aqui em casa.

Pegou-a pela mão e, sem dizer mais nada, conduziu-a ao longo de uma escada que levava ao andar de baixo. Entraram em um cômodo quase vazio: no centro, posicionada na vertical e apoiada em uma base de metal, uma grande cruz em forma de X, de madeira maciça, com a parte central acolchoada e cintas de couro nas extremidades.

Ela o fitou, perplexa.

— O que é essa geringonça? — perguntou, curiosa.

— É uma cruz de Santo André, um clássico das práticas de sadomasoquismo.

— Então você costuma praticar o gênero? — perguntou Giulia com a foz fraca, apesar do sorriso irônico.

— Não exatamente. Meu pai comprou essa cruz de um antiquário há muitos anos, acho que é do início do século XX. Ficou sempre neste cômodo, nesse mesmo canto. Quando vi os seus tornozelos, os seus pulsos tão finos, confesso que logo pensei em experimentá-la — disse Giorgio com a voz rouca de excitação, satisfeito em vê-la tão agitada. Pelo menos dessa vez seria ele que conduziria a brincadeira.

— Duvido muito que você já não tenha experimentado isso com alguma outra mulher.

— Mas é verdade. Eva não gostava de fantasiar. Sempre achei que ela era frígida, pelo menos ela sempre me deu essa impressão.

— Com certeza você não fez sexo apenas com a sua esposa — disse ela em tom de provocação.

— Nenhuma das mulheres com quem estive, antes e depois dela, jamais estiveram aqui. Esse privilégio é apenas seu.

— Espere um pouco, e quem lhe disse que quero usar essa geringonça? E como diabo isso funciona?

Depois do primeiro momento de desorientação, Giulia começava a reagir.

— Tenho certeza de que você vai consentir. Não vou machucá-la, só vou amarrar você àquelas cintas e apertá-las ao redor dos seus pulsos e de seus lindos tornozelos. Você mesma vai decidir quando começa e quando acaba nosso jogo.

— Nada de surpresas, certo? Não estou a fim de joguinhos depravados — disse ela em um tom quase estridente.

— É apenas uma maneira diferente de fazer amor. Vamos, confie em mim. Se eu quisesse machucá-la, teria aproveitado logo na primeira noite, não acha? — sussurrou, começando a acariciar seus seios.

— Tudo bem, mas se eu não gostar de alguma coisa, prometa que vai parar imediatamente.

Em seu olhar brilhava aquele lampejo de sofrimento que ele já conhecia.

Giorgio concordou, afundando logo em seguida a cabeça em seu decote. Procurou febrilmente o fecho, encontrando-o nas costas do vestido de chiffon. Tirou-o com delicadeza. Ela usava um conjunto de sutiã meia-taça de renda preta e calcinha que combinava com as meias e a cinta-liga.

Ele tirou sua calcinha e o sutiã e lambeu os bicos dos seios. Ela se enrijeceu, agitada por arrepios que talvez não fossem de prazer. Giorgio, ao contrário, sentia a excitação crescer, o pênis duro pulsando.

Aproximou-a da cruz. Ela se deixou conduzir sem protestos. Relutante, mas dócil. Como sempre fora.

Apoiou-a à estrutura em X de costas para ele, amarrando-lhe os pulsos e os tornozelos com as cintas de couro. Contemplou suas costas brancas, a pele lisa de menina, os glúteos sólidos, as pernas longas e torneadas.

O corpo de Giulia tremia. Um estremecimento leve e difuso lhe percorria, arrepiando-lhe a pele.

Agora ela estava imobilizada, sob a posse dele. Esse pensamento o excitou ainda mais. Despiu-se rapidamente, e o fato de Giulia não poder vê-lo aumentou o seu frenesi. Sentia-se livre de obrigações, de normas a respeitar, de regras de boa educação. Aproximando-se dela, começou a tocá-la como se ela fosse uma flor preciosa cujas pétalas não quisesse estragar. Sem parar de tremer, emudecida, Giulia aceitou suas carícias docilmente, sem protestar. Apoiando-se nela, continuou a acariciar seus seios até alcançar o púbis úmido, fremente. Ajoelhou-se, abraçando as pernas dela e afundando o rosto entre os glúteos expostos. Começou a lambê-la por algum tempo até fazê-la arrepiar-se languidamente de prazer, sentindo-a finalmente relaxada, disponível. Depois afastou-se dela, sentando-se a seus pés em silêncio.

Permaneceu imóvel a contemplá-la.

Giulia estava ali.

Para além das mentiras, das verdades silenciadas, da ambiguidade que envolvia sua existência.

Não poderia ir embora, como todas as mulheres da sua vida. Não poderia escapar.

Naquele momento ela era sua, única e exclusivamente sua.

Aquela sensação de poder o inebriou.

Sentia-se onipotente.

Permaneceu imóvel, perdido em sua contemplação.

— Giorgio, onde você está? — ecoou a voz de Giulia, desorientada.

Ele sentiu aumentar a excitação. Não respondeu logo, deixou que ela chamasse mais um pouco.

Quando percebeu que ela estava prestes a gritar, alarmada com a ausência dele, decidiu responder.

— Estou aqui.

Giulia se contentou com a resposta, como se tivesse compreendido. Não falou mais, limitando-se a curvar imperceptivelmente as costas em um chamado sutil.

Novamente dócil, como sempre fora.

Giorgio a fitou com as pupilas dilatadas, a respiração curta, o sexo pulsando a ponto de estourar. Aproximou-se dela de joelhos, recomeçando a lambê-la demoradamente. Em seguida, se levantou e se apoiou no seu corpo, procurando um espaço entre os glúteos, enquanto acariciava seu sexo. Penetrou-a, ouvindo-a gemer sem se importar se era de dor ou de prazer. Naquele momento, não queria pensar em nada, desejava apenas gozar e nada mais. Atingiu o orgasmo poucos minutos depois, ouvindo-a suspirar ao mesmo tempo que ele, a respiração acelerada, convulsa. Por fim, abraçou-a languidamente, cheio daquela ternura que poucos minutos antes não havia conseguido demonstrar. Livrou-a das cintas de couro e a conduziu na direção da escada que levava aos andares superiores.

Quando chegaram ao quarto, Giorgio a deitou com delicadeza, desejando que aquela noite durasse para sempre.

Giulia se mostrava hermética, dócil, gélida.

Como todas as mulheres de sua vida.

14

Ele a manteve abraçada ao seu corpo a noite toda, como se temesse seu desaparecimento de uma hora para outra, como acontecera com Agnese. Pela primeira vez conseguiu dormir enlaçado a alguém. Isso nunca havia acontecido, nem com Eva. Tinham ido dormir em outro quarto, por causa da destruição operada na noite anterior. Seriam necessários muitos dias de trabalho para que pudesse ocupar novamente o antigo quarto. Quando passaram diante da porta fechada, Giorgio mencionou por alto a necessidade de uma reforma, e Giulia não fez pergunta alguma.

Colado ao corpo dela, ele permaneceu a olhar para o teto, ouvindo sua respiração regular. Sentia-se melhor quando estava ao seu lado – as angústias tornavam-se menos prementes, as lembranças se esfumaçavam. Ouvindo-a falar no sono, procurou entender o que dizia, tentando esclarecer os mistérios que a envolviam. Giulia balbuciara algumas frases incompreensíveis, em que ele intuíra mais uma vez uma profunda angústia.

Ele se perguntou o motivo daquele sofrimento encoberto, daquele olhar abatido, perceptível mesmo por trás do mais luminoso sorriso. O que teria encontrado se raspasse a camada edulcorada que a encobria, bem como a sua vida? O único elemento certo que conhecera, a casa dela, revelara-se desconcertante. Um prédio comum, um apartamento pobre – indícios que contrastavam de maneira gritante com a imagem elegante e de classe que ela apresentava.

Olhou o despertador na mesinha de cabeceira: já eram onze da manhã. Lembrou-se subitamente do telefonema de Elisa, daquele cofre que Agnese guardava em casa.

Não sei se terei condições de abri-lo.

Lembrou-se de que tivera problemas no passado com a fechadura de uma gaveta. Um cliente seu havia explicado a ele por telefone como forçá-la usando um grampo de cabelo e uma pequena chave de fenda. Depois de ter insistido naquele método sem sucesso, decidira-se por algo mais drástico: inserira a chave de fenda acima da fechadura, dando alguns golpes com um martelo. A fechadura quebrara, mas ele finalmente conseguira abrir a gaveta que continha documentos essenciais para o debate de um processo.

Ótimo, farei isso.

Levantou-se e vestiu um robe, fazendo o mínimo de barulho possível, para não acordar Giulia, mas ela, ao deixar de sentir o calor e a proximidade do seu corpo, logo abriu os olhos.

— Aonde vai?

— Desculpe, não queria acordá-la. Como já é tarde, podemos pular o café e ir direto ao almoço, o que acha?

— Mas já é tão tarde? — perguntou Giulia, esfregando os olhos.

— Onze horas. Depois do almoço preciso voltar para casa porque Elisa vai passar por aqui.

— Por quê?

— Preciso ajudá-la a abrir um cofre que a mãe dela conservava em casa.

— Não sabia que você tinha habilidades de arrombador de cofres — afirmou Giulia, rindo.

— Antigamente achava que tinha. Hoje vou direto à força bruta — brincou ele.

Saíram menos de uma hora depois sob um sol quase veranil. No ar, o inconfundível perfume de plantas nascendo, de prados renovados, de flores vibrantes de cor. A primavera se preparava para mostrar seu espetáculo mais sedutor. Depois de algumas curvas, em vinte minutos chegaram a um pequeno restaurante, uma casinha de pedra numa colina em frente à Pietra Perduca. Diante deles, um singular espigão de rocha escura. Logo acima, incrustada, uma igrejinha medieval.

— Este lugar é lindo! — exclamou Giulia saindo do carro e esticando-se um pouco.

— Quando era rapazinho eu vinha aqui com frequência. Sabia que perto da igreja existem algumas piscinas naturais que foram escavadas na rocha há séculos? Dizem que ali eram praticados rituais celtas. Naquelas piscinas ainda vivem anfíbios raríssimos, tritões-de-crista.

— Gostaria de vê-los.

— Não temos muito tempo, Elisa vai chegar em duas horas. Se preferir, em vez de almoçar no restaurante, podemos pegar comida para viagem e fazer um passeio.

— Fechado.

Pediram sanduíches e encaminharam-se à estrada branca que conduzia à Pietra Perduca. Depois de uma breve subida, chegaram ao topo. A igrejinha estava fechada, mas em compensação conseguiram encontrar os tritões que Giorgio havia mencionado, procurando na água estagnada das antigas piscinas de rocha. Desceram para uma planície verde mais próxima ao vale. Comeram os sanduíches sentados na grama, sob o sol insolitamente quente. Ao redor, colinas verdes cobertas de relva nova, árvores em flor, bosques de coníferas, minúsculos aglomerados de casas de pedra e, dominando tudo, o maciço escuro e inquietante da Pietra Perduca, uma montanha negra de rocha ígnea.

— Posso entender o desconforto que você sente em uma cidade grande como Milão. Lugares como este são idílicos.

Enquanto comia o sanduíche, Giulia não conseguia desgrudar os olhos do vale.

— Infelizmente, Eva não queria saber disso. Ela se entediava aqui. Nunca gostou dessas colinas.

— Você devia gostar muito dela para decidir mudar radicalmente de vida.

— Na verdade, sentia que precisava crescer profissionalmente. Em Milão havia oportunidades de trabalho mais interessantes, principalmente para um advogado criminalista como eu. Em Piacenza, para a sorte de seus habitantes, nunca acontece nada.

— Eu não diria isso, considerando, por exemplo, todas as mulheres que desapareceram por aqui — objetou Giulia.

— São casos isolados, e todos levam a uma única matriz.

— Tudo bem, mas parece inconcebível que ainda não tenham prendido os culpados, caso se trate de mais de uma pessoa. Isso vem acontecendo há anos, outro dia vi uma matéria na televisão sobre o assunto. É impressionante: no período de dez anos, aqui e nas províncias próximas, houve pelo menos doze casos com as mesmas características, sem considerar aqueles que apresentam indícios ainda dúbios.

Pensativo, Giorgio não replicou. De repente seu semblante se anuviou.

Giulia olhou para ele, consternada.

— Está pensando em Agnese, não é? Desculpe, não queria...

— Não se preocupe, estou bem.

— Você acha que não vão mais encontrá-la?

Ele não respondeu imediatamente. Depois de um longo silêncio, acrescentou apenas:

— Em todos esses anos, nenhuma delas voltou para casa.

— Acha que existe um denominador comum entre as vítimas? Algum elemento que o sequestrador procure em cada uma delas?

— Não tenho ideia. Elisa comentou que todas as mulheres desaparecidas eram jovens com, no máximo, trinta anos, o que não é o caso de Agnese.

— É verdade, eu também reparei nesse detalhe. Na matéria da tevê falavam que as mulheres eram muito diferentes entre si, física e culturalmente. Por exemplo, a moça que trabalhava na Abadia de São Columbano, em Bobbio, formou-se em vários cursos; já a vendedora da padaria do seu povoado era uma moça simples, que só completou o ensino fundamental.

— Por falar nisso, reparei que havia diversas equipes de televisão no povoado. Daqui a pouco seremos analisados e estudados como animais de laboratório — comentou Giorgio com uma careta de desagrado.

— Quando Vanna sumiu aconteceu a mesma coisa?

— Sim. O que mais me aborrece é a presunção de certos jornalistas de querer conduzir investigações pessoais, fazendo entrevistas e tirando conclusões que atrapalham e, em alguns casos, chegam a inutilizar a operação policial.

— Não é sempre que isso acontece. Alguns dados recolhidos em entrevistas e inspeções locais chegaram a ser utilizados também em processos.

— Isso é muito raro. Em geral, o único objetivo é agradar aos espectadores lunáticos que querem dar uma de Sherlock Holmes. Para compensar sua vidinha mesquinha, precisam a todo custo escarafunchar a miséria alheia à procura da verdadeira essência do mal.

— É compreensível que desejem se informar melhor — ela objetou.

— Nada justifica invadir um povoado inteiro sem se importar com a privacidade alheia, causando tamanha confusão apenas para ter um pouco mais de audiência. Você vai ver: em breve seremos todos investigados.

Giorgio se ergueu subitamente, com o semblante anuviado. Abaixando-se, recolheu o pacote vazio dos sanduíches e em seguida ficou aguardando Giulia se aproximar para irem embora. Ela o olhou, perplexa, levantando-se em seguida. Dirigiram-se à viela que levava ao carro, cada qual mergulhado em seus pensamentos.

— Essas suas mudanças repentinas de humor são muito desagradáveis. E também o fato de você sempre achar que tem razão. Você não é o dono da verdade universal — desabafou Giulia com irritação alguns minutos depois.

— Vamos esquecer esse assunto.

Giorgio amassou o pacotinho que carregava até deixá-lo minúsculo. Caminhava depressa, como para aumentar a distância entre eles.

Giulia alongou o passo ao lado dele, batendo mais de uma vez em seu ombro para chamar a atenção.

— Claro, vamos deixar para lá. O que você fez a vida inteira.

— Mas quem é você para dizer o que fiz ou não de errado na minha vida? O que sabe de mim? E, principalmente, o que sei eu sobre você?

Giorgio virou-se de repente, pegando-a pelo queixo e olhando-a fixamente nos olhos. Depois, dando-se conta, talvez, da agressividade daquele gesto, abandonou-a e continuou andando.

Ela parou por um instante, desorientada, e, em seguida, tentou alcançá-lo, acelerando o passo.

— Desculpe, eu não tinha esse direito. Me expressei mal.

Giulia andava colada a ele, como uma criança arrependida persegue a mãe para pedir perdão pelo que aprontou. Pôs a mão em seu ombro para que ele desacelerasse. Sua expressão arrependida e, seu esforço para alcançá-lo o enterneceram. Ela se rebelara por um momento, mas logo voltara ao seu devido lugar.

Era perfeita.

Logo, porém, um lampejo maligno lhe lembrou suas mentiras. O trabalho hipotético que fantasiava ter.

Não, você não é perfeita. Preciso descobrir o mais cedo possível qual é o seu grau de imperfeição.

Preciso.

Abraçou-a, seguindo um impulso que não conseguia refrear. Ela retribuiu, afundando o rosto no peito dele.

Sentada em sua bicicleta diante do portão da casa, Elisa já se encontrava à espera.

— Agnese tinha razão. Ela se parece muito comigo — murmurou Giulia logo que a viu, antes de sair do carro.

Giorgio não replicou, evitando contrariá-la de novo. Foi ao encontro de Elisa com um sorriso aberto.

— Faz muito tempo que está esperando?

Depois, dando-se conta do ar de interrogação dela, acrescentou:

— Esta é Giulia, uma amiga querida.

— Muito prazer, sou Elisa. Desculpe pelo incômodo que estou causando, Giorgio. E não se preocupe, acabei de chegar.

O rosto de Elisa estava muito pálido. Duas olheiras azuladas acentuavam a pele exangue.

— Incômodo nenhum. Trouxe o cofrinho com você?

— Aqui está — disse ela, mostrando um cofre de metal azul. — Não consegui encontrar a chave em canto algum.

— Não vamos ficar aqui na porta, entrem. Vou logo avisando que como arrombador deixo muito a desejar, mas acho que consigo abrir a fechadura — disse Giorgio, tentando amenizar a tensão de Elisa.

Assim que entraram na casa, Giulia se aproximou de Elisa, sorrindo e pousando a mão em seu ombro.

— Conheci sua mãe antes que tudo isso acontecesse, uma mulher muito querida.

— Obrigada — respondeu com dificuldade a moça. A palidez do seu rosto estava ainda mais acentuada.

Giorgio as conduziu ao salão da casa e foi para a garagem pegar as ferramentas que pretendia usar.

Quando voltou, as duas moças estavam conversando sobre Londres, cidade que ambas conheciam muito bem.

— Pensa em voltar para a Inglaterra? — perguntava Giulia em tom amigável.

— Não sei. Depende de como vão ficar as coisas com mamãe. Não me mexo daqui até que ela volte.

Seu rosto, cuja cor havia se reavivado, empalideceu novamente.

— Em todo caso, posso providenciar qualquer coisa de que possa necessitar, Elisa. Precisa de dinheiro? — Giorgio interveio.

— Obrigada, mas por enquanto consigo me virar sozinha — comentou Elisa, esboçando um sorriso forçado.

— Estou aqui para qualquer eventualidade, não se esqueça.

Giorgio apertou seu braço com delicadeza para reforçar a afirmação.

De olhos baixos, Elisa assentiu, envolvendo o cofre nos braços como se fosse um bem precioso. Como se ali dentro estivesse guardada a receita para conduzir Agnese de volta para casa.

— Bem, parece que chegou o momento de colocar à prova minhas capacidades de arrombador. O que acha, Elisa, vamos apoiar o cofrinho na mesa? — perguntou Giorgio em tom de brincadeira, para aliviar a tensão. No entanto, a testa franzida e o leve tremor das mãos revelavam o seu nervosismo.

Como fizera anos antes para abrir a gaveta, inseriu a chave de fenda no buraco da fechadura, dando golpes decididos com um martelo. Após diversas tentativas, o cofre se abriu.

Dentro, dois maços de notas de cem euros, um vestidinho de batizado, velhos cartões-postais e um diário com capa de couro, fechado com um pequeno cadeado.

Elisa afastou com delicadeza a minúscula roupa branca de renda ainda íntegra, cujos bordados a essa altura estavam bem amarelados. Passou rapidamente pelos maços de notas, observou os velhos cartões e levantou o diário, examinando-o.

— A julgar pelo volume dos maços de notas, poderá ficar tranquila por algum tempo — comentou Giorgio, calculando aproximadamente o valor das cédulas.

— Mamãe sempre foi muito econômica. Vivia me dizendo para não me preocupar, pois tinha reservado algum dinheiro para emergências — afirmou Elisa em voz rouca, examinando os cartões enviados pelos amigos no decorrer dos anos. Desdobrou o vestido com que fora batizada. Engoliu a saliva, sem conseguir reter as lágrimas e enxugando-as logo com a manga da camisa, sem esperar que Giulia lhe oferecesse um pacote de lencinhos.

Giorgio se aproximou e abraçou-a, enternecido pela torrente irrefreável que começara a lhe escorrer pelas faces, por aquele passado que voltava por meio dos objetos, dos pequenos gestos de amor, das lembranças conservadas por Agnese. Enquanto a abraçava, notou, com o canto do olho, um bilhete que tinha dado de presente a Agnese quando criança para lhe declarar todo o seu amor. Era apenas um desenho: uma casa ao fundo, escura, estreita. Ao lado da casa, uma árvore de dimensões desproporcionais, com os ramos despidos, altos e inquietantes. Embaixo, uma figura feminina segurava pela mão um menino muito menor. As mãos, desenhadas grosseiramente, sobrepunham-se uma à outra, tornando-se uma só. O céu era plúmbeo, não havia sol, mas as duas figuras estavam rodeadas por uma grama verde da mesma tonalidade das colinas na primavera – o mesmo matiz que resplandecia pouco antes nos campos próximos à Pietra Perduca. Lembrava-se perfeitamente do momento em que tinha feito o desenho, esboçando-o na cama com movimentos febris. Queria agradecer a Agnese por tê-lo defendido de uma das tantas punições do pai. Jamais esqueceria a gratidão, o afeto, o alívio e o desespero daqueles momentos.

Nunca se esqueceria de Agnese.

Fechou os olhos e enxugou-os disfarçadamente com a mão, em um esforço para se conter.

— Sabia que sua mãe mantinha um diário?

Giulia revirava entre as mãos o caderno encapado de couro. O cadeado trancado a impedia de folheá-lo, de dar uma espiada em seu conteúdo.

Elisa e Giorgio se soltaram lentamente daquele abraço comovido e se voltaram para Giulia, fria e distante, como se quisesse chamá-los de volta à realidade.

— Talvez aqui haja elementos que possam ser úteis para achar sua mãe — acrescentou ela, erguendo as sobrancelhas.

— Não sabia que mamãe tinha um diário. E não posso abri-lo sem a chave.

Elisa estudou o caderno, observando a capa e o fecho.

— O arrombador ainda está disponível — ironizou Giorgio, procurando amenizar a comoção dos instantes anteriores.

— Vi em casa uma chave muito pequena, de repente pode ser aquela. Está no pratinho do aparador. Talvez possa tentar com ela.

— Caso não seja a da fechadura, pode cortar a liga de couro com uma tesoura — sugeriu Giulia.

Subitamente a campainha da entrada soou. Giorgio foi ver a câmera do interfone.

Era Ottavio Sperti. Surpreso, a princípio pensou em não responder, mas logo a curiosidade prevaleceu.

— Olá, Ottavio, o que aconteceu?

— Preciso falar com você, posso entrar? — O tom agitado da voz denotava uma profunda ansiedade; a mesma que o dominava no bar às sextas-feiras quando as cartas eram ruins e ele não conseguia blefar.

Ottavio entrou na casa ofegante, subindo a escadaria depressa. Tinha o rosto avermelhado e grandes olheiras, mais fundas do que o normal. Pelo hálito horrível, era evidente que havia bebido.

— Doutor, precisa me ajudar. Me tornei o monstro do povoado, ninguém fala mais comigo... É um pesadelo! Todos acham que sequestrei a sua governanta, e também Vanna e as outras mulheres! Mas como eu poderia ter feito isso tudo?

Falara em um ímpeto, sem reparar que Giorgio não estava sozinho. Seu olhar fixava-se apenas nele, como quando jogavam baralho, com uma concentração da qual ninguém podia desviá-lo.

A certa altura, depois de despejar o que tinha a dizer, olhou ao redor e se deu conta de que no salão havia também duas mulheres. Observou-as, emudecendo a seguir.

— Ottavio, não sei o que dizer — replicou Giorgio com pesar. — Lamentavelmente, não exerço mais a profissão. Posso lhe indicar um colega que terá prazer em se ocupar do seu caso sem cobrar, considerando o clamor midiático que esse fato está provocando. Não há mais nada que eu possa fazer. Lamento por você, caso seja inocente, mas lamento sobretudo por Agnese.

— É só isso que tem para me dizer, doutor? Acha que sou culpado? Realmente acha que fui eu? — Os olhos arregalados pareciam querer saltar-lhe das órbitas.

— Infelizmente você tem antecedentes criminais e não tem nenhum álibi. Florinda notou que as iniciais da medalhinha recuperada eram as mesmas do seu nome. Para todos, você é o culpado ideal. Não sei o que dizer, Ottavio. Por mim, não há elementos suficientes para incriminá-lo, mas eu sou advogado, não me deixo influenciar como fazem os demais.

Ottavio o olhou fixamente:

— Isso quer dizer que acha que não sou culpado?

Em seguida, vendo que uma das mulheres era Elisa, a filha de Agnese, dirigiu-se a ela também, erguendo a voz:

— Eu não sequestrei sua mãe, juro. Nunca raptei ninguém. — Tomado pela exasperação, deu alguns passos na direção de Elisa e a agarrou pelos ombros, prestes a sacudi-la.

— Eu nem falava com a sua mãe, ela era somente uma velha, e nunca gostei de velhas! — gritou-lhe na cara.

De olhos esbugalhados, com o corpo trêmulo e a respiração ofegante, Elisa não conseguia reagir.

Estava paralisada.

Foi tudo tão rápido que Giorgio não teve como evitá-lo. Assim que se deu conta do que estava acontecendo, saltou sobre Ottavio e jogou-o no chão com violência. Giulia, que assistira impotente àquela cena, correu para junto de Elisa a fim de se certificar de que ela estivesse bem. Tirando o susto, não havia se machucado.

Erguendo-se com dificuldade, Ottavio se sentou no chão, soluçando ruidosamente. Giorgio se aproximou e ajudou-o a ficar de pé. Em seguida, olhando para ele com extrema frieza, disse:

— Está assinando sua sentença sozinho. Continue com esse comportamento e, culpado ou não, vai acabar muito mal.

— Me desculpem, me desculpem todos, eu não queria fazer mal a ninguém — replicou Ottavio sem parar de soluçar.

— Agora volte para casa. Hoje à noite ligue para o meu colega e diga que fui eu que lhe dei o contato dele. Mais tarde lhe enviarei o número.

Ottavio fez que sim. Giorgio o acompanhou à porta e se assegurou de que ele atravessasse o portão, fechando-o logo em seguida com o controle automático.

Quando voltou para o salão, encontrou Elisa tremendo, com o olhar perdido, aterrorizado. Giulia lhe segurava a mão.

— Giorgio, acha que pode ter sido ele? — perguntou ela à queima-roupa.

— Não tenho ideia. Ele me parece demasiado bronco, grosseiro, mas incapaz de uma coisa desse tipo. A menos que sofra de dupla personalidade — respondeu Giorgio calmamente.

Giulia o olhava, incrédula. Nunca havia pensado naquela hipótese.

— Você quer dizer que as coisas poderiam ser diferentes daquilo que aparentam?

— Não seria a primeira vez que me confronto com um caso do gênero. De qualquer modo, não temos nenhum elemento para confirmar essa hipótese. Esperamos que os investigadores façam seu trabalho — disse Giorgio em um tom profissional, um pouco distante.

— Acha que pode ser perigoso para Elisa permanecer no povoado? Ele sabe perfeitamente onde fica a casa de Agnese.

— Não acredito que, com as investigações em curso e toda a atenção da mídia sobre o caso, Ottavio possa fazer mal a ela. Seria loucura, e quem sequestrou todas as mulheres nesses anos não tem nada de louco, sabe muito bem se movimentar, como e quando atacar.

— Elisa, quer vir ficar comigo? — disse Giulia de repente, envolvendo-a com o braço.

— Aqui você também é sempre bem-vinda — acrescentou Giorgio.

— Não. Agradeço, mas prefiro ficar na casa da minha mãe. Se precisar, eu ligo imediatamente, Giorgio. Muito obrigada. Agora vou embora, quero descansar e ler o diário, tomara que possa ser útil.

Elisa havia se recuperado, mas seu rosto estava ainda mais lívido do que ao chegar.

— Posso lhe dar uma carona — propôs Giulia.

— Deixe a bicicleta aqui, depois eu a levo para você — acrescentou Giorgio.

— Não se preocupem, posso voltar para casa sozinha. Se surgir algum problema, eu ligo para vocês imediatamente — assegurou.

Agora estava mais tranquila. Finalmente tinha parado de tremer e retomara o controle de si mesma.

Giulia olhou para ela com ar protetor.

— Vamos fazer assim: eu sigo você de carro até em casa, o que acha? Tenho que passar pelo povoado para voltar a Milão.

— Posso levar as duas, assim ficaria mais tranquilo — propôs Giorgio.

— Não é preciso. Assim que chegarmos, ligaremos para você. Não somos garotinhas inexperientes.

Giulia se mostrava decidida, combativa. Muito diferente de como costumava se comportar com ele.

— Agnese também não era — respondeu Giorgio laconicamente.

— Agnese andava de bicicleta sozinha e não imaginava estar em perigo.

No momento em que Giulia pronunciou aquelas palavras, Elisa inclinou a cabeça, levantando-a logo em seguida, com o olhar perdido. Recuperando-se rapidamente, recolocou todo o conteúdo do cofre em um saco e dirigiu-se à escadaria com Giulia.

Giorgio as observou sair pelo portão e lembrou-se da frase pronunciada pouco antes: *Agnese não imaginava estar em perigo.*

Olhou para o desenho dos dois de mãos dadas. Elisa lhe permitira ficar com ele. Suspirou fundo. Lembrava-se perfeitamente da dor, da raiva, da desolação daquela enésima punição. Do passo leve de Agnese aproximando-se do quarto onde ele estava fechado, amarrado à cadeira de couro vermelho. Antes de mais nada ela o acarinhava, depois o desamarrava com delicadeza, abraçava-o e levava-o consigo até a cozinha, para que bebesse e comesse.

Enquanto esperava que Elisa e Giulia telefonassem para lhe assegurar de que haviam chegado em casa, dirigiu-se à dependência.

Ali também tudo lhe falava dela.

15

Giorgio montou na Vespa que usava desde rapaz e foi a um restaurante perto dali. Não queria ficar em casa, não queria pensar em Agnese. Ela não gostaria das condições em que se encontrava a mansão e, sobretudo, não ficaria contente com ele e com as suas decisões.

Ou, melhor dizendo, com sua falta de decisão.

Demonstrava-lhe isso desde criança, com aqueles olhos indulgentes e ligeiramente apreensivos com que, não raro, o observava sem dizer nada. Aquele olhar lhe lembrava de que era uma pessoa pela metade – aparentemente forte, decidido, de caráter, quando, na verdade, nada mais era do que um fantoche que permitira que toda a sua vida desmoronasse.

Eu devia ter cuidado dela, tê-la incentivado a ir embora, e não o fiz.
Por puro egoísmo, para não a perder.
Agora tudo está perdido.

Tinha ficado horas observando os outros frequentadores jogarem baralho, papeando sem muito interesse e bebendo várias taças de vinho branco. Quando saiu do local já estava escuro. O vinho deixara as suas pernas trêmulas, e tudo parecia confuso: as casas, as árvores e a estrada. Não levara o celular, e quando, sem saber como, conseguiu chegar à casa, foi a primeira coisa que quis verificar. Havia só dois telefonemas, ambos de Elisa. Ligou para ela imediatamente, mas não obteve resposta – apenas a voz impessoal da secretária eletrônica. Tentou meia hora depois. Ainda a mensagem da caixa-postal. Fechou os olhos, sentou-se no sofá. Estava bêbado, mal conseguia controlar os pensamentos e os movimentos. Apoiou a cabeça no espaldar, flutuando em uma confusão que o afastava de tudo. Ficou feliz, era justamente o que queria: não refletir, não entender, não sentir nada. De repente, quando se deu conta de que Giulia ainda não havia ligado, tateou à procura do telefone e, de algum modo, conseguiu encontrar o número dela. Mas dessa vez também não obteve resposta, nem da secretária eletrônica. A ligação caiu no vazio.

Vá saber em que raio de lugar ela está.

Naquele momento, Giorgio se alegrou por não estar lúcido, por flutuar em uma espécie de limbo de onde observava a realidade ao longe. Dormiu no sofá, acordando apenas com as primeiras luzes da aurora. Quando escancarou os olhos, foi como se tivesse um prego cravado no cérebro. Foi até a cozinha preparar um café e, em seguida, ao banheiro para tomar uma ducha. Na casa reinava um silêncio absoluto, ainda pior que a dor de cabeça. Procurou o telefone e encontrou-o onde o havia deixado, no sofá. Na tela, nenhuma mensagem. Ligou novamente para Giulia, sem resposta, e, em seguida, para Elisa. Mais uma vez a voz da secretária.

Tenho que ir à casa de Agnese.

Mandou uma mensagem breve e seca para Giulia e, após se vestir, pegou o carro e dirigiu-se ao povoado.

Na frente da casa de Agnese, uma equipe de televisão estava entrevistando Palmira, a vizinha. Decidiu esperar no carro para não correr o risco de ser submetido ao mesmo interrogatório. A última coisa que desejava era aparecer na mídia; já havia notado alguns furgões de emissoras de televisão rondando a sua casa a uma pequena distância. Talvez devesse colocar alguma placa no início da estrada para mantê-los distantes, já que boa parte do caminho que conduzia à mansão era particular. Graças aos céus, não podiam se instalar em frente ao seu portão, como haviam feito na casa de Agnese.

Quando os jornalistas foram embora, Giorgio saiu do carro e tocou o interfone para falar com Elisa. Sem resposta. Tentou de novo. Na segunda tentativa, Palmira apareceu.

Não parecia mais a mesma pessoa. Em vez do robe florido de sempre, usava uma roupa cinza. Nos pés, rasteirinhas pretas. Parecia que a presença das equipes de televisão no povoado a fizeram mudar radicalmente o modo de vestir. Fizera até uma escova nos cabelos. Giorgio não pôde deixar de rir consigo mesmo: Palmira também estava vivendo seu momento de celebridade, e queria apresentar-se às câmeras da melhor maneira.

— Doutor, está procurando Elisa? — perguntou-lhe direta.

— Bom dia, Palmira. Sim, ela me ligou ontem, mas depois não consegui encontrá-la. Quando ligo, é a secretária eletrônica que atende. Tem ideia de onde ela possa estar?

— Já me fiz essa mesma pergunta. Ela chegou de bicicleta ontem à tarde e em seguida saiu, menos de uma hora depois. Daquele momento em diante, não voltou mais. Não vou lhe esconder que estou preocupada. Aonde ela pode ter ido? — Palmira gesticulava, demonstrando uma grande agitação.

— A senhora sabe se ela tem alguma amiga no povoado? Se ela pode estar na casa de alguém?

— Falei com ela ontem, justamente. Ela me disse que a essa altura já não tem mais amigos aqui no povoado. A única que sobrou é uma moça de Piacenza, mas não acredito que ela tenha ido encontrá-la de bicicleta.

— Elisa saiu logo em seguida com a bicicleta?

— Sim. Ontem ela tinha voltado escoltada por um carro, um Fiat 500. Uma moça saiu do carro, abraçou-a e partiu em seguida.

Palmira chegou perto de Giorgio com ar de conspiração.

— Vamos procurar evitar falar em voz alta. A polícia me recomendou que não falasse muito com a imprensa, porque agora os jornalistas aparecem a cada esquina quando menos se espera — cochichou, olhando-o nos olhos como se estivesse falando com um agente secreto.

— Mas antes eles a estavam entrevistando — objetou Giorgio em tom ligeiramente polêmico.

— Sim, mas eu não conto tudo — confidenciou ela, piscando um olho em sinal de cumplicidade.

— Ah, Palmira, mais uma pergunta. A moça do Fiat 500 entrou em casa com Elisa?

— Não, só cumprimentou e logo foi embora.

A precisão demonstrada por Palmira ao relatar os movimentos de Elisa levou Giorgio a pensar que a maioria dos moradores daquele povoado poderia trabalhar na CIA – todos incansáveis observadores da vida alheia. Apesar disso, Agnese tinha desaparecido do nada; dois anos antes, Vanna, e agora Elisa.

Giorgio se despediu da vizinha e voltou para o carro, refletindo sobre o que fazer. Era o caso de revelar à polícia aquela súbita ausência de Elisa ou seria melhor aguardar um pouco? Ligar para o delegado Marino lhe pareceu a opção mais lógica.

— Bom dia, aqui é o doutor Saveri, advogado. Talvez isso não signifique nada, mas acho melhor informá-lo. Ontem recebi dois telefonemas de Elisa, a filha de Agnese Spelta. Lamentavelmente, não pude responder porque havia saído e deixado o celular em casa. Quando retornei as ligações, caía sempre na caixa-postal. Tentei encontrá-la na casa dela, mas a vizinha me disse que não a via desde ontem. Achei melhor mantê-lo a par dos fatos.

— Fez muito bem, doutor. Pode vir à delegacia, assim conversamos sobre isso de maneira mais detalhada? — perguntou Marino com inusitada gentileza.

— Com certeza, é só o tempo de chegar aí.

Deu um profundo suspiro. Tentou ligar novamente para Giulia. Sempre o mesmo silêncio. Provavelmente já estava no trabalho.

Perguntou-se por que ela não tinha ligado para ele de volta, apesar de todas as vezes que a procurara.

Apoiou a cabeça na janela. Ainda se sentia atordoado pelo álcool, pela noite passada no sofá, pela angústia que cada vez mais se apoderava dele. Por sorte dispunha do ansiolítico. Tirou a caixa do porta-luvas e engoliu o comprimido sem água. Abençoou o momento em que havia pensado em deixar uma caixa também no carro, pronta para qualquer eventualidade.

De repente, tocou o celular. Giulia.

— Oi, Giorgio, desculpe. Tive um problema com o telefone, não conseguia fazer nem receber chamadas. Parece que resolveram o problema, mas decidi trocar de operadora o quanto antes.

Sua voz era doce, afetuosa, como em todas as vezes em que desejava se fazer perdoar.

— Podia ter ligado de um outro telefone, não? — respondeu Giorgio, aborrecido.

— Tem razão, deveria. Desculpe.

Giulia não fez o menor esforço para continuar a se justificar. Limitara-se a dar uma desculpa esfarrapada, apenas isso. Mais do que ninguém, ela realmente conseguia ser desconcertante.

Giorgio decidiu não mais insistir naquele assunto. Ligou o carro e colocou os fones de ouvido para continuar falando com ela. Uma patrulha da polícia estava parada na entrada do povoado. Aquele lugar já estava blindado.

— Estou indo para a delegacia de Piacenza. Ontem à tarde Elisa saiu de casa e não voltou mais — informou ele secamente.

— Não vai me dizer que ela também sumiu! Não é possível! — disse ela aflita, erguendo a voz.

— Fique calma, ninguém disse que ela desapareceu. Pode ter ido visitar uma amiga. A propósito, ela comentou alguma coisa quando voltou para casa? A respeito do diário? — Já começava a perceber o efeito relaxante do ansiolítico. Sentia-se menos ansioso, decididamente mais dono da situação.

— Não, nós nos despedimos, e ela logo entrou em casa. Não falei mais com ela, também, como poderia? Não tenho o número do seu celular.

Giulia parecia estar sendo sincera. Giorgio relaxou um pouco mais.

— Ela me ligou algumas vezes ontem à tarde. Tentei retornar as ligações, mas caía sempre na caixa-postal — acrescentou ele.

Contou-lhe brevemente a conversa que tivera com a vizinha.

— Você acha que o diário pode esclarecer alguma coisa? — perguntou Giulia, que, ao contrário de Giorgio, se mostrava cada vez mais ansiosa.

— Não tenho ideia.

— Posso te pedir um favor? Não fale de mim à polícia, não quero ser envolvida em toda essa história.

— Tudo bem. A vizinha viu você se despedir de Elisa, mas não acho que tenha chegado ao ponto de anotar o número da sua placa.

Giorgio a tranquilizou, mas ficou surpreendido com a veemência com que Giulia lhe pedira para não mencionar o nome dela. Aquela relutância à ideia de ser investigada pela polícia seria normal, ou haveria algo mais?

— Efetivamente, parei só alguns segundos e fui embora logo depois. Agora preciso voltar ao trabalho. Nos vemos hoje à noite? Você vem para a minha casa?

Giorgio ficou surpreso com aquele convite, a última coisa que poderia esperar depois de ela ter sumido por horas. Combinaram de se encontrar para jantar. Em seguida, dirigiu-se a Piacenza.

Enquanto ele guiava, sua mente corria solta, distraída por pensamentos que mudavam de forma, de cor, de assunto. A estrada atravessava prados, colinas, casarios – uma paisagem que já conhecia de cor. Pensou em Elisa, naquele misto de afeto e ciúme que sentia por ela desde que nascera. Lembrou-se em detalhes da manhã em que fora ao hospital saudar a recém-nascida: tinha dezesseis anos, o rosto devastado pelas espinhas e um medo terrível de perder Agnese para sempre. A essa altura órfão de mãe, aquela mulher pequena e gentil havia se tornado a sua boia no mar tempestuoso. Quando a viu na cama do hospital segurando nos braços aquele embrulhinho que berrava a plenos pulmões, sentiu o coração falhar. Os olhos de Agnese iluminavam o quarto com um brilho que ele nunca vira. Naquele dia Giorgio foi tomado por um sentimento hostil, ambivalente. Um sentido de proteção, de ternura por aquele ser minúsculo, e, ao mesmo tempo, o desejo de que aquele bebê desaparecesse subitamente, para que ele voltasse a ser o único objeto do amor de Agnese. Após o parto, ela e a menina se transferiram por algum tempo para a mansão; foi um dos períodos mais serenos da vida dele. Até Ottorino parecia ter ficado mais doce com a presença de Elisa. Mas o idílio durou pouco. Um dia os ouviu discutir. Agnese queria colocar Elisa na creche do povoado, e, pelo que conseguira ouvir, seu pai não concordava. Ottorino gritou e a humilhou como somente ele era capaz de fazer. Uma hora depois, Agnese arrumou suas coisas e partiu com a menina, o carrinho e uma grande mala. Giorgio receou que ela tivesse ido embora para sempre. No entanto, após um mês, Agnese voltou.

Sozinha.

Durante o dia a menina ficava em casa com uma moça do povoado. À noite, depois do trabalho, Agnese voltava para Elisa. Giorgio se lembrou do sentimento de pesar que experimentava quando Agnese pegava a trilha e desaparecia com a sua bicicleta. Não olhava para trás. Pedalava célere para voltar o mais rápido possível para a sua menina.

A sua verdadeira filha.

Vez ou outra, quando não tinha com quem deixá-la, Agnese a levava consigo para a mansão. Quando isso acontecia, Elisa o cumprimentava educadamente, mas não brincava com ele, não procurava a sua companhia, como se pressentisse a hostilidade subjacente que Giorgio sentia por ela.

Giorgio se perguntou por que razão ela tinha ido à casa dele no dia anterior pedindo que ele abrisse o cofre. Fazia anos que não se encontravam, que não se falavam. Lembrou-se das palavras de Palmira. Ela não tinha mais ninguém no povoado, e talvez ele fosse o único que sobrara, o único em quem confiava.

Agnese, me perdoe. Não consegui defender você nem sua filha.

Apesar de ter tomado o ansiolítico, uma grande inquietude lhe invadiu o peito – uma sensação nefasta que lhe subia pela garganta e se expandia pelo cérebro, uma angústia destilada em sua essência mais pura.

Estacionou à margem da estrada, com o coração martelando a ponto de explodir e a vista turva. Apoiou a cabeça no encosto e contou até dez, tentando se concentrar na respiração, esperando que aquilo passasse. Às vezes achava que poderia morrer durante aqueles ataques de pânico, mas depois tudo terminava, colocava a máscara novamente e voltava a interpretar seu papel, como sempre.

Quando se sentiu melhor, endireitou-se no assento e guiou devagar até Piacenza.

Na delegacia, Marino o acolheu imediatamente em seu escritório. Intuindo a gravidade daquela ausência prolongada, já tinha dado ordem à patrulha para procurar Elisa no povoado.

— Doutor Saveri, me conte o que aconteceu — disse ele sem muitos preâmbulos.

— Elisa foi ontem à minha casa porque não achava a chave de um cofre. Nós o abrimos juntos, e ela voltou para a sua casa em seguida.

— O que continha o cofre?

— Dinheiro, um vestido de batismo, alguns cartões-postais e um diário — respondeu Giorgio, procurando ser preciso.

— Leram o diário? De quem era? — perguntou ainda Marino, apertando os olhos como se focalizasse melhor o que Giorgio tinha acabado de contar.

— Acho que era o diário de Agnese. Não o lemos por que estava fechado com um cadeado. Elisa o colocou em uma bolsa com outras coisas e depois voltou para casa.

— Falou depois com ela sobre o conteúdo do diário?

— Ela me ligou duas vezes, mas eu tinha saído, e, infelizmente, havia deixado o celular em casa. Quando voltei, tentei ligar para ela, mas só dava caixa-postal — replicou Giorgio, brincando nervosamente com a caneta que tinha encontrado sobre a mesa.

— Não falou mais com ela?

— Não. Hoje pela manhã fui até a casa de sua mãe verificar se estava tudo bem, mas não a encontrei. A vizinha me disse que ela havia saído ontem à tarde de bicicleta e que não tinha voltado.

Giorgio apoiou a caneta na mesa e fitou Marino.

— Acredita que Elisa também tenha sido sequestrada? — perguntou à queima-roupa.

— Claro, o relato que acaba de fazer não é tranquilizador... Mais uma pergunta: quanto dinheiro havia no cofre? Mais ou menos.

— Pelo menos quinze ou vinte mil euros.

— Não acha estranho que sua governanta dispusesse de tanto dinheiro assim?

— Acredito que fossem as economias de uma vida. Agnese sempre dizia a Elisa que queria estar prevenida em caso de possíveis imprevistos e que faria tudo para ajudá-la a realizar seus sonhos.

— Então, não considera suspeito que ela tivesse aquele dinheiro em casa? — insistiu Marino fixando-o nos olhos.

— Se está sugerindo que ela possa ter roubado esse dinheiro da minha casa ou que possa estar envolvida em algo suspeito, asseguro-lhe que não. Confio em Agnese mais do que em mim mesmo. Não, eram somente as economias de uma vida, posso jurar.

— Bem, resta a questão do diário. Provavelmente havia ali alguma coisa bem quente.

Giorgio assentiu, dando razão ao delegado. Não objetou, não disse nada.

— Quando saiu sem telefone ontem à tarde, aonde foi? — perguntou subitamente Marino, abrindo a pasta que estava em cima da mesa.

— Eu também sou suspeito? — Giorgio sorriu, sarcástico.

Marino levantou os olhos e fixou-o ainda mais intensamente.

— Não, doutor. Era apenas uma pergunta.

— Sai com a Vespa e fui a um restaurante em Scrivellano, chamado Da Ennio. Fiquei lá por algumas horas, queria me distrair um pouco. Sabe, para mim Agnese era como uma mãe. Rever sua filha, suas coisas, me provocou muita tristeza — disse Giorgio com os lábios crispados em uma dobra amarga.

— Está bem, doutor, agradeço. Fique à disposição, e recomendo que não se esqueça mais de levar o celular. — Marino levantou e apertou sua mão com vigor.

Giorgio já estava cruzando a soleira da porta quando o delegado o chamou novamente.

— Doutor, só mais um minuto. Me fale de Ottavio Sperti. Pelo que parece, ele continua sendo o suspeito número um.

— Ottavio foi à minha casa ontem. Estava desesperado. Eu o aconselhei a recorrer a um colega meu, um advogado criminalista.

— O senhor estava sozinho em casa?

Marino estava surpreso, provavelmente não esperava aquela revelação.

— É verdade, que tonto! Ele foi à minha casa justamente quando Elisa estava lá! — disse Giorgio, batendo a mão na testa.

— Acha pouco? Por que não me contou isso logo? — perguntou o delegado, levantando a voz.

— Tem razão, mas foi uma visita muito breve, durou apenas alguns minutos. Ele me pediu um conselho, respondi que lhe passaria o contato de um colega, e ele foi logo embora.

Giorgio pensou que era estranho não ter se lembrado desde o início de contar sobre um episódio tão determinante como aquele. Pensou em Giulia, na vontade de mantê-la fora de toda aquela história. Talvez inconscientemente tivesse evitado falar naquilo para não ter de contar sobre ela.

— O senhor é um advogado criminalista, sugiro que evite as reticências. Me explique direito o que aconteceu.

— Enquanto ajudava Elisa a abrir o cofre de que lhe falei, o interfone tocou. Era Ottavio, profundamente perturbado. Procurei acalmá-lo e lhe ofereci a possibilidade de ser assessorado legalmente por um colega meu — explicou Giorgio com muita calma.

— Sperti também falou com Elisa? — pressionou Marino.

— Ele disse apenas que não tinha nada a ver com o desaparecimento de sua mãe. Elisa naturalmente ficou abalada — acrescentou Giorgio.

— Por que não mencionou um detalhe tão importante? Não percebe que isso poderia ter ligação com o desaparecimento de Elisa? — Marino se levantou novamente da cadeira, sobrepujando-o com seu metro e noventa de altura.

Giorgio ficou alguns momentos sem palavras perante a reação dele, justo o tempo de se recuperar. Aproximando-se, olhou-o fixamente nos olhos.

— Calma, delegado, não me lembrei desse episódio no primeiro momento. Pode me explicar por que eu esconderia isso? O que eu tenho a ver com Ottavio Sperti? — interpelou, erguendo a voz.

— Não faço ideia. Sei apenas que me parece mais interessado em defender aquele traste do que em esclarecer os fatos que estamos investigando.

Marino não se deixou intimidar, convicto do seu ponto de vista. Sentia uma antipatia instintiva pelos advogados, e para ele Giorgio não passava de um rico ocioso.

— Sua teoria é muito interessante, mas por qual razão eu estaria defendendo Sperti? Não tenho nada a ver com ele, a não ser jogar baralho uma vez por semana com mais duas pessoas que agora o tratam como a um leproso, assim como todo o restante do povoado. Sou um criminalista, costumo compreender as personalidades criminosas. Não acredito que Ottavio possa ter orquestrado tudo isso. Não passa de um pobre coitado, jamais conseguiria lidar com uma situação complexa como essa.

— Não estou nem aí para as suas teorias. Devia pensar em não ser evasivo. Também estudei direito. Sabe como a sua atitude poderia ser definida do ponto de vista jurídico? Favorecimento.

Com o rosto afogueado, Marino havia levantado ainda mais a voz. Endireitou os óculos que tinham caído sobre o nariz e ajeitou a gravata, como se aquele gesto bastasse para fazê-lo recuperar a calma.

— Acha que eu me comprometeria a defender um marginal para quem não dou a mínima? Está brincando? Já que estudou jurisprudência, deve saber perfeitamente que eu poderia denunciá-lo por abuso de poder — rosnou Giorgio.

— Vamos moderar o tom, doutor — apressou-se a dizer Marino em tom conciliador.

— Modere o seu, delegado! — disse Giorgio, e saiu da sala batendo a porta.

Estava fora de si. Assim que entrou no carro, pensou em tomar mais um ansiolítico, mas achou melhor deixar passar o momento. Precisava dirigir até Milão, precisava ver Giulia. Procurou recuperar a calma. Perguntou-se por que havia omitido aquele fato involuntariamente. Certamente tinha a ver com Giulia e com a presença dela naquela tarde. Queria protegê-la, deixá-la fora daquilo, mas não à custa de colocar a si mesmo em perigo. Não seria preciso muito para que ele, de repente, se visse envolvido em uma caça às bruxas, da mesma maneira que Ottavio já havia sido condenado por meras, absurdas coincidências.

Partiu rumo a Milão, pensando no humilde apartamento de Giulia naquele canto de periferia, no meio do mato descuidado e daqueles prédios enormes.

Imerso em pensamentos obscuros e sem se dar conta, Giorgio chegou a Peschiera. O Fiat 500 não estava estacionado na rua. Naturalmente, ela ainda não estava em casa. Aproveitou a espera para pensar onde poderiam ir jantar. Uma escolha obrigatória, considerando o estado em que se encontrava a cozinha de Giulia: tinha todo o ar de estar sendo usada somente para cafés da manhã frugais e refeições de emergência. Pensou nas opções de restaurantes nas proximidades. Escolheu um local em Brera, informal, mas na moda. Queria se distrair, lembrar-se dos primeiros momentos em que vivia em Milão. Sua vida naquela época se reduzia a trabalho, diversão e belos locais. Esforçara-se para pôr de lado a natural vocação de provinciano, a indolência dos horizontes limitados, a propensão a um ritmo de vida simples e sempre igual. Quando Eva partira, o cotidiano milanês lhe parecera inútil, vazio, infrutífero. Um caminho que não o levaria a lugar algum.

Pensou na eventualidade de ir dormir no antigo apartamento conjugal em vez do esquálido apartamentinho de Giulia, mas logo descartou a hipótese. Ao menos naquele momento, preferia não voltar ao apartamento que lhe trazia tantas lembranças, alegrias e dores terríveis. Lembrou-se da desorientação que experimentara alguns dias antes ao voltar àquele local. Rever as roupas de Eva, sentir novamente seu perfume, sua presença em cada cômodo o desestabilizara. Apoiou a cabeça no encosto, respirando forte. Esperava que Giulia chegasse logo.

Vinte minutos depois, ela estacionou o carro e correu em sua direção. Afobada, despenteada, bateu na janela.

— Desculpe, acabei mais tarde do que costume. Vou só tomar uma ducha rápida. Sobe comigo ou espera aqui? — perguntou com um largo sorriso desconcertante.

— Fico aqui mesmo, não se preocupe — respondeu Giorgio, esforçando-se para não se aborrecer por ter de esperar.

Ela atravessou a porta de entrada e desapareceu no hall. Vinte minutos depois já estava de volta. Usava os escarpins altíssimos com a desenvoltura de uma modelo. Vestia uma camisa de seda branca praticamente transparente e uma saia preta tão justa que ressaltava cada curva, cada movimento. Pousado nos ombros, um *blazer* do mesmo tecido da saia. Giorgio a observou avançar a passos rápidos, hipnotizado pelos seios dela, que, cobertos apenas por um sutiã semitransparente, entreviam-se perfeitamente sob o tecido.

— Está deslumbrante. Como sempre, todos os olhares serão para você: com essa roupa, não sobra nada para a imaginação — disse ele assim que Giulia entrou no carro.

— Para mim, a coisa mais importante é fisgar o seu olhar.

— Se o objetivo era esse, fez um bom trabalho.

Evitando tocá-la, Giorgio limitou-se a um rápido beijo nos lábios. Ela não usava meia-calça. Suas pernas longas e esguias se elevavam dos escarpins pretos. Giorgio as acariciou com os olhos enquanto ligava o carro.

O local era o mesmo de que ele se lembrava. Luzes baixas, atmosfera acolhedora, uma cozinha pouco acima de medíocre e muita gente ansiosa para ver e ser vista.

Quando Giulia entrou no restaurante, todos se viraram para admirar o porte de rainha, o conjunto audaz que exibia o corpo perfeito, o rosto de boneca. Observando o olhar dos outros homens, sua inveja, o desejo deles, Giorgio sentiu que a queria ainda mais. Giulia tinha o mágico poder de fazê-lo abstrair-se dos pensamentos mais obscuros, das reflexões mais amargas.

— Bonito esse restaurante, já veio aqui outras vezes? — perguntou ela enquanto se sentava à mesa, perfeitamente consciente da tensão que seu ingresso na sala havia causado.

— Sim, imaginei que você gostaria — disse Giorgio com um sorriso satisfeito, hipnotizado pelos seios que ela escondia e exibia ao mesmo tempo.

— Notícias de Elisa? — perguntou Giulia, mudando rapidamente de assunto.

— Nenhuma. Ela também desapareceu do nada, exatamente como a mãe. — Giorgio engoliu um refluxo ácido. Gostaria de manter a conversa em tons mais leves, descompromissados.

A realidade recaiu sobre ele como um fardo difícil de carregar.

— Mas como é possível? Entre as equipes da imprensa e a polícia, o povoado está blindado — objetou ela incrédula, elevando a voz e enrugando a testa.

— A essa altura estão todos convencidos de ter encontrado o culpado perfeito em Ottavio. Hoje, o delegado encarregado das investigações me chamou duramente a atenção por não ter me lembrado logo da visita de Sperti à minha casa — disse Giorgio, procurando não se alterar ao lembrar a conversa que tivera com Marino.

— Você citou o meu nome? — ela perguntou, escancarando os olhos.

— Não, não se preocupe. Mas torço para que Palmira não tenha anotado o número da sua placa. Nesse caso, poderão chegar a você num piscar de olhos. De qualquer forma, por que está preocupada? Você só deu carona a Elisa até a casa dela. — Giorgio se concentrou na expressão ansiosa de Giulia. Por que razão ela tinha tanto medo de falar com a polícia?

— Tem toda a razão, mas preferia não me envolver em toda essa história. Você acha que o diário pode ter um papel relevante no desaparecimento de Elisa?

— Não faço ideia. Talvez ela tenha sido sequestrada do mesmo modo, talvez não. Não consigo me perdoar, não pude proteger nem

Agnese nem Elisa. — Giorgio abaixou o olhar, examinando nervosamente o guardanapo. — Me sinto culpado. Devia ter insistido para que ela ficasse na minha casa em vez de deixá-la voltar para a dela.

Sorrindo, Giulia pousou a mão sobre a dele.

— Não é culpa sua. Mesmo que a tivesse hospedado na sua casa, mais cedo ou mais tarde ela sairia. Não poderia protegê-la para sempre. Fico me perguntando como ela pode ter desaparecido completamente. Será possível que ninguém tenha visto nada?

— Vão fazer as devidas investigações, alguma coisa vai aparecer.

— Como você pode estar tão certo de que Sperti não tem nada a ver com o caso? Ontem ele me pareceu muito alterado...

— Não posso ter certeza, mas me parece bastante improvável. A não ser que ele sofra de dupla personalidade, como lhe disse.

De comum acordo, decidiram falar de outras coisas. Giorgio afundara novamente em um humor sombrio. Quando acabaram de jantar, voltaram logo para casa. Giorgio a desejava – um desejo que alimentara a noite toda, uma urgência que não conseguia mais adiar.

O elevador ainda estava quebrado. Subiram as escadas sujas, de paredes descascadas. Depois do primeiro lance, dois jovens discutiam no patamar – talvez negociando droga.

— Como pode viver em um lugar tão degradado? Tomara que ninguém mexa no meu carro — desabafou Giorgio quando chegaram ao apartamento.

— Nem todos têm a sorte de nascer em uma família rica como a sua. A realidade é dura lá fora, *baby*. E eu tenho unhas para me defender — respondeu Giulia com uma expressão sarcástica.

— O apartamento de Brera onde eu vivia com minha ex-mulher está desocupado, você pode se mudar para lá. Além do mais, estaria mais perto do seu trabalho.

Subitamente Giorgio se lembrou do dia em que a procurara em vão na joalheria da via Solferino. Não conseguiu evitar um suspiro.

— Agradeço muito, mas prefiro ser independente. A gente se conhece há pouco tempo, quem sabe o que vai acontecer com o nosso relacionamento? De repente, daqui a dois meses pode estar tudo acabado.

Giorgio a observou. Estava linda, mesmo sob a luz fria daquele buraco mal decorado. Gostava do misto de segurança e vulnerabilidade que ela exibia — toda aquela desilusão, aquele cinismo disfarçado, mas sempre presente. Mesmo nos momentos mais alegres, seus olhos exibiam um brilho desencantado.

— Mais cedo ou mais tarde terá que me falar de você, da sua família, da sua vida. Você é um mistério. — Queria entender o que se escondia atrás da camada dourada que ela tentava exibir a todo custo.

— Vou contar tudo, prometo. Agora vamos pensar na gente.

Giulia passou os braços ao redor do seu pescoço e colou os lábios nos dele, em um beijo longo, apaixonado. Olhou-o nos olhos:

— Comigo você pode ser o que quiser. Sem mentiras, sem um papel preestabelecido.

Uma profunda agitação se apoderou dele. A atitude dela sugeria uma perigosa atração pelo jogo. Exatamente como ele – sempre se equilibrando à beira de um precipício prestes a despencar.

— Se você quiser, podemos inverter os papéis — sussurrou Giulia ao seu ouvido.

Excitado, encharcado de suor, Giorgio se perguntou o que significaria aquela proposta.

Giulia o observou por alguns minutos, como se quisesse estudá-lo. Em seguida pegou-o pela mão e o levou para o quarto. Em pé, despiu-o com estudada lentidão, acariciando-o devagar, evitando com cuidado as partes íntimas, saboreando cada gesto.

Estendeu-o sobre um tapete entre a cama e uma cômoda. O corpo de Giorgio cobria perfeitamente a distância que dividia os dois móveis. Giulia o fez abrir as pernas e estender os braços atrás da cabeça, e, em seguida, desapareceu. Voltou com duas cordas e uma tesoura. Completamente nu sobre o tapete, imóvel, Giorgio estava à sua espera. Um tremor lhe atravessou a pele, em parte pela excitação, em parte por não saber o que aconteceria. Giulia trocara a roupa que usava por uma saia curta e um par de botas de saltos incrivelmente altos.

Depois de cortar as cordas no cumprimento certo, ela lhe amarrou os pulsos à base da cama e os tornozelos aos pés da cômoda no estilo do século XIX.

Erguendo-se, ela o admirou com ar satisfeito, naquela posição em X em que o havia colocado.

— Você parece ter bastante experiência — comentou Giorgio em tom irônico. Giulia era um autêntico caleidoscópio de surpresas.

— Tive alguns amantes adeptos de *bondage*, entre outras coisas — sorriu ela com malícia. — Experiências interessantes do passado.

Mordido de ciúme, ele a sentia ainda mais misteriosa, uma desconhecida. Talvez também por isso, sua excitação foi crescendo enquanto a observava e procurava entender as suas intenções. Giulia o olhou do alto, em pé, com as pernas separadas sobre o corpo dele. Sem roupa de baixo, a pele rosada dos grandes lábios se mostrava entre as pernas quilométricas. Giorgio engoliu em seco, afogueado de excitação, perturbado, totalmente envolvido. Ela lhe sorriu, provocante e sedutora ao mesmo tempo. Deslocou-se para o lado com calculada lentidão, passando de um lado ao outro do corpo amarrado com as pernas sempre separadas, perfeitamente consciente do efeito provocado pela visão do seu sexo totalmente depilado.

Naquela espera espasmódica, a excitação o dominava cada vez mais, tornando-o totalmente dependente de cada olhar dela, de cada gesto, de cada expressão do seu rosto.

A um certo ponto, Giulia parou à sua frente, ergueu o pé esquerdo e o girou ostensivamente diante do rosto dele.

— Gosta das minhas botas? Viu que saltos pontudos? — perguntou, olhando-o nos olhos. Eram de couro preto, amarradas na frente, com saltos quilométricos, e cobriam as pernas e os joelhos — um clássico da iconografia BDSM.

Ela começou a roçá-lo com aquele mortífero salto dezoito, começando pelos dedos do pé, subindo ao longo das pernas, aproximando-se do púbis para retirar-se logo em seguida e continuar roçando o ventre, o peito, o pescoço. Quando chegou ao rosto, Giorgio suou frio. Com aquele estilete pontiagudo, amarrado como estava, ela poderia matá-lo em poucos segundos, afundando o salto na órbita ocular. Leve, com um equilíbrio e um domínio de gestos notáveis, Giulia lhe acariciou a face. Apoiando o pé no chão, posicionou-se centralmente e o fitou.

— Está pronto? — perguntou, sem esperar a resposta.

Demonstrando grande segurança, subiu em seu peito com ambos os pés. Olhando-o fixamente para não perder um único segundo da sua reação, procurou se equilibrar.

Giorgio estava estupefato: jamais teria imaginado que ela pudesse chegar a tanto. A dor provocada pelos saltos enterrados na carne se destacava sobre qualquer percepção, aumentando sua excitação.

Giulia desceu do seu peito e aproximou um pequeno sofá do corpo dele.

— Assim é melhor — comentou, sem se preocupar se ele estava de acordo em prosseguir com aquela experiência.

Apoiando-se no espaldar do sofá para se equilibrar melhor, subiu mais uma vez sobre o seu corpo. Virando-lhe as costas, começou a andar sobre seu peito e em seguida passou pelo ventre, chegando ao quadril. Apoiou de novo os pés no chão e se virou. Cutucou com um salto a glande e desceu até os testículos, acariciando-os, para depois subir até o pênis. Parou, recuando com a bota na direção dos glúteos, insinuando o salto pontiagudo entre as nádegas, sem empurrar muito fundo. Sorrindo maliciosamente, retomou o percurso até o peito, apoiando a sola de uma bota em seu rosto, com o salto apontado para o pomo de Adão. Bastaria apertá-lo com mais força para lhe atravessar a garganta, penetrar no esôfago, estraçalhar a jugular. Agora seu sorriso era enigmático, quase diabólico, como se ela estivesse perfeitamente consciente do poder de vida e de morte que tinha sobre ele naquele momento.

Giorgio não podia fazer nada a não ser submeter-se a cada gesto, passando do alarme à exaltação, ciente de estar totalmente à mercê dela, inerme perante a sua vontade.

Deixando de sorrir, Giulia apertou um pouco mais a sola da bota sobre o rosto dele, o salto na garganta.

Foram apenas alguns minutos, mas, para Giorgio, pareceu uma eternidade. Giulia se agachou, acariciou-o e montou no corpo trêmulo, fazendo-se penetrar por seu sexo e parando tão logo o sentiu gemer mais forte. Erguendo-se, abriu as pernas sobre o seu corpo como fizera antes, fitando-o nos olhos e acariciando os grandes lábios por um tempo que a ele pareceu não acabar nunca. Por fim estendeu-se novamente sobre ele, recebendo-o dentro de si até ele chegar a um orgasmo longo e violento, a ponto de deixá-lo sem fôlego.

Ficaram um sobre o outro, exaustos, sem forças. Em seguida Giulia o desamarrou, ajudou-o a se levantar e o acompanhou até a cama.

Giorgio a olhou como se ela fosse uma alienígena que ele jamais conheceria realmente.

Em seguida foi vencido pelo sono como havia muito tempo não acontecia.

16

Quando abriu os olhos, viu-a debruçada sobre ele com uma bandeja na mão. Um forte aroma de café havia invadido a casa, um perfume que o acariciou, levando-o para momentos que não viveria nunca mais. Sentando-se na cama, se deu conta da dor que sentia em diversas partes do corpo, lembrando-se de repente de tudo que acontecera na noite anterior.

— Bom dia. Lamento, mas preciso apressá-lo, daqui a meia hora vou ter que ir para o trabalho. Ainda não tive tempo de providenciar uma cópia das chaves. — Giulia exibia o sorriso desnorteante de sempre, aquele que reservava quando queria que ele a perdoasse por alguma coisa.

— Está bem, está bem — disse ele, evitando qualquer tipo de polêmica.

Apoiou a bandeja nas pernas e tomou o café. Não era muito bom, mas estava quente e forte. Em um prato ao lado da xícara havia alguns biscoitos. Experimentou um, mas desistiu logo. Tinha gosto de mofo.

Giulia já estava pronta. Vestia uma calça jeans desbotada e uma camisa de algodão azul. Nos pés, um par de tênis.

— Você sempre vai para o trabalho com roupa casual... Os seus chefes não reclamam? Afinal, você trabalha em uma joalheria — observou ele, aguardando a reação dela.

— Os donos são pessoas informais, não me obrigam a me vestir de maneira elegante. E eu me sinto mais confortável assim.

Como sempre, Giulia não mordia a isca, e Giorgio surpreendeu-se mais uma vez com a sua capacidade de mentir. Não se notava qualquer inflexão estranha na voz, nem incerteza alguma.

Imerso naquelas reflexões, levantou da cama e dirigiu-se ao banheiro para tomar uma ducha. Antes de entrar, notou as cordas apoiadas no espaldar de uma cadeira, as mesmas que Giulia tinha utilizado na noite anterior. Pensou nas incríveis sensações que experimentara, na impressionante capacidade que ela tinha de identificar e tocar cada um de seus pontos fracos. Em certo sentido, Giulia o tinha na palma da mão: a segurança com que ela agia, a habilidade com que tocava seus impulsos mais profundos, sintonizando-se com cada desejo seu, até o menos confessável, o faziam sentir-se completamente indefeso.

Saíram juntos como dois amantes clandestinos, correndo apressados.

— Quando nos veremos? — perguntou Giorgio entrando em seu carro.

Giulia se esquivou da pergunta:

— Nos falamos mais tarde — respondeu, dando a partida no carro e desaparecendo em direção a Milão.

Se pudesse seguir seu instinto, Giorgio a teria seguido para descobrir alguma coisa mais sobre ela, seu verdadeiro trabalho e a razão de suas insistentes mentiras. Em vez disso, pegou a autoestrada Del Sole, saindo quarenta minutos depois na altura de Piacenza. Quando chegou ao povoado se deu conta de que algo grave devia ter acontecido. Na praça, além da normal concentração de viaturas da polícia e furgões das redes televisivas, justamente em frente ao bar onde tinha o hábito de ir jogar baralho formara-se um denso agrupamento de pessoas. Parou o carro e caminhou em direção à entrada do café.

Florinda bloqueou sua passagem.

— Doutor, já soube? — indagou ela agarrando-lhe o braço abruptamente para chamar sua atenção.

— O que aconteceu?

— Algumas horas atrás encontraram Ottavio pendurado em uma árvore no bosque. Ele se suicidou! — informou ela, agitada.

Giorgio abriu a boca, abismado. O esgotamento nervoso de Ottavio era evidente, mas ele jamais teria imaginado um epílogo tão definitivo.

— Ele deixou um bilhete afirmando sua inocência, mas ninguém acredita nele. Todos acham que ele se suicidou por vergonha de ter sido descoberto — prosseguiu ela com extrema convicção.

— Para falar a verdade, vocês é que o mataram com suas suspeitas e acusações. Ottavio era um pobre coitado, não um sequestrador de mulheres. Ele não tinha capacidade para planejar um crime como esse!

Giorgio estava furioso. O que tinha acontecido com Sperti demonstrava perfeitamente como, a partir de pouquíssimos indícios, se podia criar um monstro e eleger um culpado.

As pessoas são estúpidas, e a polícia mais ainda. Deixam-se guiar pelas aparências, por meras coincidências. Não tem coragem nem inteligência para chegar às verdadeiras raízes do mal.

Ela o fitou com um ar alheio. Depois, como se nada tivesse acontecido, continuou a comentar o assunto com outro frequentador do bar. Giorgio aproveitou para se afastar da praça a passos rápidos, sem se despedir de Florinda e dos outros conhecidos.

Ao entrar no carro, deu de cara com Marino, que acabara de descer de uma viatura policial.

— Olá, delegado, tem alguma notícia para me dar? — perguntou, aproximando-se dele.

— Infelizmente, não. Como já deve ter sabido, Sperti se suicidou durante a noite. Provavelmente sentiu-se encurralado — respondeu Marino em tom condescendente.

— É claro que ele se sentiu encurralado, e aposto que injustamente. — Giorgio procurou manter a calma, mas era possível intuir a raiva que se avolumava em seu peito a cada uma de suas palavras, a cada gesto seu.

— Outra vez essa história? Eu, ao contrário, estou convencido de que Sperti não tinha nada de inocente. Só receio que ele tenha levado seus segredos para a tumba. Vasculhamos a casa dele hoje de manhã, mas não encontramos nada de útil para as investigações. Suspeitamos que ele usava algum outro lugar para sua atividade criminosa. — Marino olhou fixamente para Giorgio. — Tomara que encontremos logo esse lugar, pois disso depende também a vida de Agnese e de Elisa, se é que isso lhe interessa.

— Tem alguma dúvida? — desafiou Giorgio, mirando o delegado com um olhar de escárnio.

— Esqueça as dúvidas e concentre-se nas certezas. E fique à nossa disposição — cortou Marino, dirigindo-se ao aglomerado de gente reunida em frente ao café.

Giorgio não replicou. Pegou o carro e tomou o caminho de casa.

Diante do portão, um bando de jornalistas com câmeras e microfones estava à sua espera para entrevistá-lo. Amaldiçoou-se por não ter instalado os cartazes proibindo a entrada na rua particular onde morava. Logo que se aproximou com o carro da entrada, foi assediado por pelo menos dez repórteres à procura de notícias inéditas. Alguns chegaram ao ponto de bater com insistência no vidro do automóvel, outros ligaram os flashes e começaram a filmá-lo. Três homens munidos de câmeras se puseram diante do carro, obrigando-o a parar.

Educadamente, Giorgio abaixou a janela para pedir que saíssem do caminho.

— Estão em uma propriedade particular, não podem entrar nesta rua. Por gentileza, retirem-se, não quero ser entrevistado.

— Doutor Saveri, pode nos dizer algo sobre o desaparecimento das duas mulheres? — perguntou um jornalista, totalmente indiferente ao apelo que Giorgio acabara de fazer.

— É verdade que o senhor conhecia Sperti? Acha que ele pode ser mesmo o culpado? — gritou um outro.

— A dona do bar da praça disse que o senhor costumava jogar baralho com o suspeito. Nunca notou algum comportamento estranho? Sperti conhecia Agnese e Elisa? É verdade que ele frequentava a sua casa? — perguntou uma mulher aproximando o microfone da boca de Giorgio e fazendo sinal ao cameraman ao seu lado para que o filmasse.

Aquela pergunta deixou Giorgio enfurecido. Evidentemente alguém, com certeza Florinda, havia contado aos jornalistas todos os detalhes do desaparecimento, sem o mínimo respeito à sua privacidade. Pensou também em Marino. De uma maneira ou de outra, o delegado cobraria caro por tê-lo enfrentado na véspera.

Foi tentado a reagir de maneira agressiva àquela invasão em massa, mas obrigou-se a manter uma atitude equilibrada.

— Por favor, senhores, informo que esta rua é particular. Não podem entrar aqui. Por favor, retirem-se. Não quero dar entrevistas.

— Diga apenas se acha que foi Sperti que sequestrou todas aquelas mulheres. Estão dizendo por aí que o senhor não concorda com a teoria do delegado Marino — insistiu um jornalista sem dar a mínima para o pedido dele.

Giorgio o fulminou com o olhar, mas procurou conter-se. Com toda a calma, pediu novamente:

— Retirem-se, por gentileza. Estão cometendo uma violação de domicílio. Vou ter que chamar a polícia?

O agrupamento começou a se dispersar lentamente depois daquelas palavras, em meio a resmungos e desapontamento. Giorgio estava a ponto de atravessar o portão quando lhe pareceu vislumbrar um vulto familiar no meio do pequeno grupo que se desfazia – nada além de uma impressão passageira que se dissipou assim que ele entrou no jardim.

Em casa, imediatamente procurou na internet notícias relativas ao suicídio de Ottavio. Todos os maiores jornais on-line destacavam a notícia em letras garrafais. Incrivelmente, muitos jornalistas davam por certo que Sperti fosse o autor dos sequestros, enquanto um número sensivelmente menor se mostrava cauteloso em relação à sua culpa. Quase todos os artigos estampavam uma foto de Ottavio e uma imagem da recuperação do corpo.

Giorgio ligou a televisão e sintonizou em diversos canais: ali também a notícia do suicídio era dada com destaque. Torceu para que nenhum dos jornalistas que se apinhavam na entrada da mansão o tivesse incluído em alguma reportagem. Lembrou-se de que precisava confeccionar os cartazes para colocar no início da rua da sua casa, e subitamente o interfone tocou.

Malditos jornalistas. Agora vou ter que chamar a polícia.

Suspirou, imaginando que Marino não devia estar muito disposto a mandar uma viatura somente para preservar a sua privacidade. Mais uma vez amaldiçoou a si próprio por não ter sido mais conciliador com ele.

Olhou o monitor do interfone: era uma mulher, justamente a que entrevira pouco antes no meio da concentração de jornalistas. A imagem era imprecisa, mas ainda assim teve a impressão de conhecê-la.

— Lamento, mas já disse antes que não vou dar entrevistas — disse ele secamente.

— Giorgio, não se lembra de mim? Cursamos o colegial juntos. Meu nome é Marta Vigevani.

Aquele nome o remeteu a um passado longínquo.

Então era dela o rosto que ele tinha vislumbrado pouco antes.

Atordoado, observou a mulher que lhe falava pelo monitor, indeciso sobre o que fazer.

Ela esperou pacientemente, mas depois, alarmada pela falta de resposta, começou a repetir:

— Giorgio, está me ouvindo? Sou eu, não me reconhece?

Subitamente ele se decidiu. Levou a mão ao botão de comando da entrada e abriu. Marta se encaminhou rapidamente à escadaria e logo alcançou a porta.

Como por efeito de uma diabólica máquina do tempo, a visão dela o fez voltar mais de vinte anos.

— Achei mesmo que fosse você, não mudou nada. O que fazia na frente da minha casa? Não vai me dizer que também é jornalista.

— Não vai beijar a sua velha amiga do colegial? — respondeu ela com um largo sorriso.

Abraçaram-se com grande cordialidade, felizes de se rever depois de todos aqueles anos. Giorgio parecia ter reencontrado um pouco daquela dimensão leve, sem limites nem fronteiras que experimentara no colegial.

Observou-a melhor: Marta realmente não havia mudado. Os mesmos cabelos encaracolados vermelho-escuros, em que alguns poucos fios brancos se destacavam. Os olhos grandes, verdes, tinham a mesma expressão curiosa de quando era moça. Não estava magrinha como no passado, mas tinha conservado a constituição frágil, de qualquer modo, vagamente andrógina.

— Logo que o vi me veio à cabeça aquele dia do passeio da escola em que fugimos pela janela do hotel. Tem ideia de como arriscamos a vida? Éramos uns loucos furiosos — ela disse, rindo com gosto.

— Lembro muito bem. E quando fizemos aquela pegadinha com o professor Perazzi? Acho que nunca ri tanto na minha vida como naquele dia.

A lembrança bastara para provocar nele uma repentina mudança de humor: um profundo bem-estar que se dilatara em seu peito, fazendo com que esquecesse, mesmo que por algum tempo, as angústias que o acompanhavam.

— Como está você? Lamento muito por Agnese e Elisa, tomara que possam ser encontradas o mais rápido possível. Eu me lembro bem de Agnese, ela ia com frequência pegar você na escola. Um pessoa encantadora — disse ela, olhando-o nos olhos.

— Pois é, Agnese... — De repente, toda aquela leveza, a inconsciência, as bravatas voltaram ao passado. Pontual, o presente havia retornado com seu fardo de dor, de um vazio insondável.

— Posso imaginar como ela lhe faz falta. Você sempre dizia que ela era como uma mãe para você. Sinto muito.

Marta lhe dirigiu um olhar compreensivo, tocando de leve sua mão. O gesto o remeteu novamente ao passado, quando, adolescente, a vira acariciando os cachorros dos quais cuidava como voluntária do canil municipal.

Uma tarde, junto a outros colegas, tinha ido encontrá-la. Quando Marta passava entre as gaiolas, era como se ela emitisse um fluido misterioso: nenhum cachorro latia, à espera de um carinho, de um pequeno gesto.

— Estou muito feliz com este reencontro. Nunca lhe confessei que era apaixonada por você no colegial. Mas você nunca me dirigiu um olhar — disse ela, rindo sem jeito.

— Nunca percebi... Está falando sério? — Giorgio olhou para ela, espantado. Sempre imaginara que ela estivesse interessada apenas nos seus adorados cães e nas outras milhares de atividades de voluntariado em que se envolvia.

— Sim, é verdade. Você sempre foi misterioso, como se vivesse em uma outra dimensão. Sempre me atraiu aquele seu olhar presente, mas longínquo, como se você se isolasse em pensamentos que ninguém podia compreender — revelou Marta, olhando para ele com uma intensidade que o forçou a abaixar os olhos.

— Nunca tive uma vida fácil, apesar das aparências — admitiu Giorgio, constatando surpreendido que o olhar dela conseguisse ultrapassar a armadura atrás da qual se protegia e chegar ao âmago do seu ser.

— Eu sempre entendi isso, sabia? Você nunca convidava ninguém para a sua casa, encerrado em sua prisão dourada, sozinho o tempo todo. Isso me enternecia.

— Então você se apaixonou por mim apenas por piedade — brincou ele.

— Deixa disso... Sabe muito bem o que quero dizer. E eu não fui a única apaixonada por você, mas você era inacessível.

— Imagina! Se eu soubesse disso antes...

Giorgio estava surpreso. Na adolescência, sentia-se estabanado e insignificante – uma sensação que o acompanhara, desde menino. Quando começara a frequentar a universidade, alguma coisa mudara. Sentia-se mais seguro de si, tinha mais autonomia. E começara a ter mais iniciativa com as moças, com resultados mais satisfatórios.

— Fico muito feliz em revê-lo. Pena que a ocasião seja tão difícil.

— Pois é.

Giorgio esboçou uma careta amarga. Depois, espantando aquele pensamento desagradável, deu um passo para trás para deixá-la entrar.

— Não fique aí parada... Entre.

Ao contrário dos raros visitantes que frequentavam a casa, Marta não parou para admirar as pinturas, as obras de arte e a magnificência dos salões da casa. Seus olhos não se desviavam dele, como os de um fiel escudeiro que não perde o amo de vista.

Giorgio lhe indicou um dos grandes sofás adamascados e lhe ofereceu uma bebida.

— Um copo d'água, obrigada — respondeu Marta, perfeitamente à vontade.

Depois de se afastar por alguns minutos, Giorgio voltou com uma bandeja, dois copos e uma garrafa e sentou-se ao seu lado.

— Imagino que você esteja aqui porque trabalha para algum jornal ou canal de televisão, e não para vir cumprimentar um velho colega do colegial — principiou.

Não podia evitar: o ceticismo e a desilusão permaneciam sempre ao seu lado, como companheiros devotos.

— Sim, trabalho para um jornal local cujas vendas dispararam desde os novos desaparecimentos que ocorreram nesta região. Já estou aqui há três dias. Fui a primeira a chegar. Eu que tirei as fotos do cadáver de Sperti.

— Sempre dizia que queria ser jornalista... Conseguiu realizar o seu sonho.

— Na verdade, minha grande aspiração era escrever para um jornal nacional, mas minha mãe adoeceu, e precisei cuidar dela — disse Marta com uma expressão amarga no rosto

Ela enrolava os cabelos entre os dedos, como fazia desde a juventude quando se sentia pouco à vontade.

— Como está ela? — perguntou Giorgio, solícito.

— Infelizmente, faleceu cinco anos atrás. Depois da sua morte eu poderia ter mudado de vida, mas preferi ficar em Piacenza.

— Você se casou, tem filhos?

— Continuo solteira e não tenho filhos. É isso. E você? Ouvi dizer que você se casou. — Marta pousou o copo na mesinha em frente e o esquadrinhou com seu olhar magnético.

— É verdade. Pena que minha mulher tenha me deixado para ficar com meu melhor amigo e sócio — contou Giorgio, franzindo a testa e gesticulando nervosamente. Era mais forte do que ele; nem depois de todo aquele tempo conseguia esconder a frustração.

— Desculpe por ter perguntado. Pelo que entendi, não deve ter sido fácil. — Marta mordeu o lábio, arrependida de ter tocado naquele assunto.

Ele acenou sem replicar. Em seguida, tentando se recuperar das lembranças incômodas, levantou e foi até a estante.

— Estou procurando alguma foto nossa da época do colégio. Como erámos ridículos! — comentou sem jeito, tentando esboçar um sorriso.

— Ei, fale por você! — respondeu ela rindo.

Giorgio correu o olhar pela vasta estante que ocupava uma parede do salão. As prateleiras abrigavam uma coleção de volumes raros do século XVIII, textos de medicina e publicações de anatomia patológica de seu pai, livros de direto civil e criminal, vários gêneros de ficção. Seus olhos pousaram sobre um álbum de capa de couro semiescondido em um canto. Pegou-o e folheou-o rapidamente enquanto caminhava de volta para o sofá.

— Veja só que cara de bobo — disse, rindo, mostrando-lhe uma foto descolorida.

— Lembro muito bem: estávamos em Alto Adige. Chovia, como sempre acontecia nos passeios da escola. Você sempre foi alérgico aos guarda-chuvas, não é de admirar que estivesse ensopado.

— Fiquei um tempão com bronquite.

Folhearam juntos o álbum cheio de lembranças. As fotos da época do colégio eram poucas, apenas alguns instantâneos tirados durante os passeios e as típicas fotos da classe toda no fim do ano.

— A gente se vestia de um jeito... Nesta aqui eu é que estou com cara de tonta — observou Marta, rindo com gosto.

Percorrendo as páginas do álbum, encontraram fotos da infância de Giorgio.

— Posso dar uma olhada? — perguntou Marta.

Giorgio fez que sim sem muita convicção. Não gostava de rever aqueles velhos retratos que lhe traziam muitas lembranças dolorosas, angústias nunca superadas, emoções que oscilavam entre a irrealidade e a consciência.

Marta quis começar pelas primeiras páginas, repletas de fotos que remontavam aos anos 1970 – um período fácil de identificar pelo tipo de roupa, pelos tons alaranjados dos retratos e pelos cortes de cabelo.

— São os seus pais? — perguntou Marta, indicando diversas fotos de um homem e uma mulher por volta dos vinte e cinco, trinta anos.

— Sim, Dafne e Ottorino.

— Seu pai não era exatamente um adônis, mas tinha um jeito intrigante. Sua mãe era realmente uma linda mulher, parecia uma atriz.

— Pena que, fisicamente, eu não tenha puxado a ela — comentou Giorgio.

O pai, alto e magro, com uma expressão pensativa, inspirava temor desde jovem. O nariz aquilino se destacava no rosto encovado, encimado pela testa alta e evidenciada por uma calvície precoce. Já sua mãe tinha traços perfeitos, quase esculpidos, grandes olhos azuis e cabelos louro-platinados. Os lábios carnudos e sensuais harmonizavam-se com a linha delicada do nariz e o oval sutil do rosto. Alta e longilínea, aparecia em muitos retratos usando com grande desenvoltura conjuntos elegantes e *tailleurs* clássicos.

— Sua mãe tinha uma elegância inata. Você devia ser muito apegado a ela.

Giorgio acariciou com os dedos uma foto de Dafne em primeiro plano.

— Ela era lindíssima, mas gélida e afiada como uma estalactite.

— Aqui ela dá a impressão de uma criatura angelical.

— De modo algum — retrucou ele.

— É uma pena que você tenha essas lembranças dela. Principalmente para um filho homem, a frieza de uma mãe pode ser muito frustrante.

Giorgio ficou em silêncio, folheando as páginas rapidamente para não ver aqueles retratos.

— Seus pais eram muito apaixonados?

— Acho que sim. Meu pai era extremamente ciumento. Ainda me lembro das cenas terríveis que ele fazia, da sua raiva. Por sorte esta casa fica num lugar isolado.

— Ele batia em você? — perguntou Marta, olhando-o fixo nos olhos.

— Por que está perguntando isso? — indagou ele, evitando o seu olhar.

— No verão, principalmente nos primeiros anos do colégio, muitas vezes você tinha hematomas nas pernas e nos braços.

— Quem lhe disse que foi o meu pai? Talvez eu tivesse brigado com alguém — disfarçou Giorgio evitando olhá-la no rosto.

— Você era tão solitário, tão esquivo... Sempre iam buscá-lo na escola. Você não tinha amigos — observou ela, sem parar de fitá-lo.

— O que é isso, uma sessão de terapia? — desconversou ele em tom de brincadeira.

Aquela preocupação a seu respeito, acompanhada de detalhes tão minuciosos de uma época longínqua, provocou-lhe sensações contrastantes. De um lado, uma vaga irritação por sentir-se descoberto diante dela. Marta tinha o dom incomum de ir além das aparências, ultrapassando os preconceitos e os juízos predefinidos. Por outro lado, ela lhe transmitia de maneira quase física a impressão de realmente se importar com ele.

— Você tem algum compromisso? Poderíamos ir almoçar juntos — propôs de supetão, como se uma outra pessoa estivesse falando por ele. Queria sentir a atenção de Marta sobre si, aquele olhar atento e doce, que desde que Agnese havia desaparecido não fazia mais parte da sua vida.

Ela aceitou com grande entusiasmo e um sorriso luminoso no rosto.

— Não quero ficar nas redondezas. A essa altura dos acontecimentos, seremos perseguidos por seus colegas em um raio de pelo menos trinta quilômetros — disse Giorgio.

— Poderíamos ir a Piacenza, o que acha?

— Você está de carro?

— Não. Com o que me pagam, não posso me dar ao luxo de ter um automóvel. Ando de ônibus, não mudou nada desde os tempos do colégio.

Giorgio olhou para ela com ternura. Naquele momento teve vontade de abraçá-la, mas conteve-se. Ela era tão ingênua que parecia irreal.

* * *

Em Piacenza, resolveram almoçar em uma pizzaria aonde costumavam ir quando jovens com alguns colegas da escola. A decoração era a mesma daquela época, assim como as pizzas grandes e não tão saborosas.

— É incrível como esse local permanece o mesmo. Aqueles dois garçons envelheceram junto com a mobília.

Ela, ao contrário, não havia mudado nada. Giorgio teve a sensação de ter sido catapultado ao passado. O celular tocou. Olhou para ele um instante e em seguida desligou o som. Era Giulia. Não queria responder para não chamar a atenção de Marta, para não demonstrar que estava saindo com outra mulher. Decidiu ligar para ela mais tarde, depois do almoço. Em cima da mesa, o telefone acendeu várias vezes. Giorgio estava surpreendido com a insistência de Giulia.

— Por que não atende? Não vou ficar ofendida se você atender — disse Marta, franzindo os olhos como fazia sempre que não entendia alguma coisa.

— Não é importante — replicou Giorgio, escondendo com dificuldade um certo nervosismo.

— Pela insistência, deve ser.

— Vamos falar de coisas sérias: por que você e seus colegas estavam em frente à minha casa? O que queriam saber? — perguntou brutalmente, em um tom que não teria usado poucos minutos antes. Havia feito um esforço para não tocar naquele assunto, mas nesse momento, irritado pelas ligações insistentes de Giulia, não conseguiu se calar.

— Bem, por várias razões: Agnese trabalhava na sua casa, Elisa é filha dela, e você jogava baralho com Ottavio e outras duas pessoas sempre no mesmo bar. O conjunto desses elementos provoca curiosidade e perguntas.

Giorgio arqueou as sobrancelhas, pousando o garfo sobre a mesa com um gesto irritado.

— O próximo culpado serei eu? Devo me preparar para ser condenado pela mídia como fizeram com Ottavio, com os resultados que conhecemos?

— Eu também não acredito que tenha sido Ottavio, um homem simples demais para ter arquitetado esses sequestros. Mas por que você leva isso para o lado pessoal? É evidente que todos querem entrevistá-lo para compreender melhor esse caso absurdo.

— Pode dizer aos seus colegas: não vou permitir que ninguém me entreviste. Não sou um caipira provinciano como Palmira e Florinda, do café da praça.

— Tem razão. Sabe que eu também reparei nisso? Aquelas duas estão vivendo seus momentos de glória. Florinda é aquela mulher corpulenta? Ontem, quando a entrevistamos, ela estava usando um conjunto com estampa de oncinha, um verdadeiro espetáculo! — disse Marta, desatando a rir.

Aquele comentário ajudou a aliviar a tensão. Giorgio deixou escapar um sorrisinho irônico, a princípio tímido, mas que acabou se transformando em uma risada irrefreável.

— De qualquer maneira, prometo que não vou me aproveitar da nossa amizade para lhe fazer perguntas nem para entrevistá-lo. Na verdade, fui até a sua casa apenas para revê-lo — confessou ela com um brilho nos olhos.

Surpreso, Giorgio esticou a mão e, sem se dar conta, acariciou-lhe o rosto.

— Agora não vou mais lavar o rosto, como eu costumava dizer quando era garota. — Seus olhos pareciam brilhar ainda mais.

— Então você ainda é apaixonada por mim? — perguntou ele, incrédulo.

— Quem sabe? Nunca deixe os homens muito seguros de si, como costuma aconselhar minha colega que escreve a coluna sentimental.

— Você é única, sabia? — disse ele com sinceridade. Comovido, abaixou o olhar para não mostrar que agora quem estava com os olhos brilhantes era ele.

— Preciso ir para o jornal. Espero que nos vejamos logo.

Marta lhe deu um beijo no rosto e o fitou demoradamente com aqueles olhos verdes.

Saíram juntos do restaurante, não sem antes trocar os respectivos números de telefone.

Em seguida ela se afastou rapidamente, com aquele jeito de andar meio desajeitado que tinha desde garota.

17

Giorgio não ligou logo para Giulia. Ficou vagando pelas ruas de Piacenza sem um destino preciso. Como por um instinto inexplicável, acabou parando em frente ao colégio que frequentara, uma construção dos anos 1930 de linhas quadradas, típica da arquitetura racionalista daquela época. O prédio não havia sofrido alterações; faltavam apenas as árvores que, na época em que estudava lá, ficavam em frente ao prédio principal. Lembrou a ansiedade que o dominava quando deparava com aquela estrutura austera, a angústia que cerrava sua garganta quando atravessava suas portas. Pensou em Marta, no que ela havia lhe contado pouco antes, em seus cabelos vermelhos rajados de alguns fios brancos, na intensidade do seu olhar.

Olhou o relógio, já eram três da tarde. Finalmente decidiu telefonar para Giulia, considerando que logo ela ficaria fora de alcance por causa do trabalho.

— Liguei para você diversas vezes, por que não me respondeu? — cobrou ela em tom de acusação.

Giorgio deu a primeira desculpa que lhe veio à cabeça. Não queria falar de Marta, suscitar ciúmes inúteis.

— Não notei que o telefone estava no modo silencioso.

— Vou fazer de conta que acredito — respondeu ela num tom condescendente.

Giorgio começou a se irritar:

— Que direito tem você de falar comigo desse jeito? Justo você, que nunca atende quando ligo de dia?

— Não é culpa minha. Não posso atender ao telefone no horário de trabalho — respondeu ela em tom firme, decidido.

— Se eu precisasse falar com você, seria impossível. Pelo menos poderia me dar o número da joalheria, para o caso de uma emergência.

Giorgio sentia necessidade de provocá-la só para ver a sua reação, mesmo já conhecendo a resposta.

— Sinto muito, mas os meus patrões não concordariam — respondeu ela, como era de se prever.

Giorgio continuou a provocá-la:

— Nem em caso de emergência?

— De que emergência você está falando? Não seja insistente! — cortou ela, evidentemente pouco à vontade.

Ele não replicou. Suspirou forte, cerrou os lábios e obrigou-se a encerrar aquela discussão, que não levava a nada. Já conhecia a verdade: Giulia tinha algo a esconder a propósito do lugar onde trabalhava.

— Você ainda está aí? Pode-se saber o que há com você? — perguntou ela, traindo o nervosismo.

— Nada. O que vai fazer hoje à noite?

— Hoje tenho compromisso com uma amiga. Podemos nos ver amanhã.

Giorgio ficou sem palavras. Já imaginava que experimentariam novamente sensações sobre as quais fantasiaria no dia seguinte. Tal como haviam feito na noite anterior: utopias transformadas em realidade, desejos que Giorgio nunca teria sonhado concretizar a não ser em suas fantasias mais secretas.

A decepção o pegou de surpresa. Apenas uma hora antes, em companhia de Marta, sentira-se leve, liberto da crescente dependência de Giulia. Não se tratava de necessidade física, nem de mero sexo, mas de uma afinidade indecifrável, uma ligação sutil que os havia aproximado e os mantinha conectados sem necessidade de explicações, de palavras. Um sentimento instintivo, primordial, que não havia experimentado com nenhuma outra mulher.

Tentou parecer desenvolto, mas conseguiu apenas replicar:

— Como quiser.

— Podemos nos ver amanhã e ficar juntos também no domingo, se quiser.

Giorgio desligou bruscamente. Foi tomado por um desejo irrefreável de ligar de volta para ela e demonstrar seu desapontamento, deixando de lado a hesitação, ignorando o orgulho. Mas não o fez. Obrigou-se a ser razoável: não queria demonstrar sua dependência, expor sua fragilidade, resignar-se à rendição incondicional.

Sentou-se em um banco, observando aturdido o prédio que acompanhara sua juventude: mais uma vez sentiu-se fraco, exposto. Pensou de novo em Marta. Poderia convidá-la para jantar, ela certamente teria concordado, mas não era o que desejava naquele momento. Agora, além da frustração, da sensação de estar perdido, crescia nele uma suspeita insinuante, penosa, que lhe tirava a lucidez.

Imaginou Giulia nos braços de outro homem, seu corpo suado, ofegante, colado a outro corpo. Procurou deter aquela fantasia, mas ela se tornava um espectro cada vez mais tangível.

Olhou para o relógio: tinha apenas o tempo de fazer compras. Geralmente era Agnese que provia todas as necessidades da casa, mas agora precisava ocupar-se delas pessoalmente.

Às seis e meia, depois de comprar os alimentos necessários e descarregá-los em casa, decidiu ir a Milão na perua que usara para carregar as sacolas das provisões, para não ser reconhecido. Não tinha planos nem estratégias. Queria apenas rever Giulia, procurar entender o que havia por trás daquele mistério.

Assim que chegou diante do prédio dela, estacionou em um lugar em que não podia ser visto. Esperou pacientemente que ela chegasse, sem ter a mínima certeza de que a veria. Giulia poderia ter começado a noite partindo diretamente da misteriosa sede do trabalho. No entanto, ela chegou alguns minutos antes das oito, esbaforida e vestida, como nas outras vezes, com uma roupa decididamente esportiva. Giorgio observou que, de calça jeans e camisa, de longe ela parecia pouco mais do que uma adolescente. Um quarto de hora depois a viu sair novamente. Mudara de roupa, agora estava com um vestido curto e botas de salto médio, um conjunto elegante, mas que em nada lembrava as roupas sofisticadas que usara para sair com ele.

Giorgio deu a partida, decidido a segui-la, mas permanecendo a uma distância razoável para não causar suspeitas. Um par de vezes pensou tê-la perdido de vista. Giulia guiava em velocidade normal, e seu carro, um modelo bastante comum, confundia-se com os outros. Ela parou perto de um famoso restaurante de Brera, estacionou em uma vaga pouco distante dali, saiu com pressa e foi ao encontro de uma moça alta, de cabelos longos e encaracolados, alguns anos mais jovem.

Então ela disse a verdade.

Suspirou de alívio, sentindo-se melhor. Giulia não havia contado uma mentira, não tinha encontros com outros homens.

No entanto, mal relaxou, ocorreu-lhe outra possibilidade.

Talvez seja um encontro de casais...

A suspeita voltou a pressioná-lo. Giulia e sua amiga poderiam ter marcado com outros dois homens no interior do local. Ponderou como verificar aquela hipótese sem ser visto. Deu uma olhada nas vidraças do restaurante: amplas, bem-iluminadas. Conhecia aquele lugar, sabia que havia duas salas de frente para a rua e uma mais interna. Decidiu sair cautelosamente do automóvel para dar uma olhada nas salas que podiam ser vistas da rua. Fingindo dar um telefonema, olhou para o interior do restaurante com discrição: Giulia e sua amiga estavam sentadas no fundo da primeira sala, a uma mesinha para duas pessoas. Evidentemente, não esperavam ninguém.

Giorgio as observou, escondendo-se atrás de um arbusto que ficava ao lado da entrada.

Pálida, Giulia conversava com a amiga sentada à sua frente. Parecia preocupada, até mesmo angustiada. Passava repetidamente as mãos no rosto, como a vira fazer diante do espelho em sua casa e também, de maneira mais dissimulada, no restaurante onde haviam jantado poucos dias antes. A moça lhe deu uma palmadinha na mão para tranquilizá-la. Giorgio conjecturou se Giulia estaria falando dele, e aquele pensamento o emocionou. A mesa delas era pequena, para duas pessoas apenas. Pelo menos no jantar estariam sozinhas, pensou com um sorriso.

Voltou para o carro, resolvido a continuar suas investigações, imaginando que depois do jantar as duas moças poderiam ter outros encontros em algum outro local.

No carro, mirando-se no espelho retrovisor, sentiu-se ridículo. Não era a primeira vez que espionava alguém. Lembrou-se dos últimos tempos com Eva, da angústia que o acometia durante aquelas tocaias, do medo de descobrir o que ela escondia. Eva tivera sorte: nas vezes em que a seguira, não vira nada suspeito. Ele concluíra que a frieza que ela lhe demonstrava, aquele alheamento cada vez mais evidente, devia-se a um momento de cansaço, ou talvez ao temperamento glacial da mulher, tão parecido com o da mãe dele.

Depois, tudo tinha ido às favas.

Ficou durante muito tempo vigiando a entrada do restaurante, tentando não pegar no sono. Menos de duas horas mais tarde, as duas moças saíram do local, rindo muito.

Giulia parecia outra, bem diferente da moça triste que entrevira à mesa pouco antes.

As duas entraram no carro de Giulia. Ele deu a partida e continuou a segui-las, certo de que a noite terminaria em algum local do centro. No entanto, ao contrário do que esperava, o carro se afastou do centro até chegar ao prédio enorme onde ficava o apartamento de Giulia.

Giorgio estava confuso.

As duas moças desceram de braço dado rumo à porta da entrada. Enquanto Giulia procurava as chaves na bolsa, a outra moça se aproximou para abraçá-la. Giulia não retribuiu. Elas trocaram algumas palavras, como se estivessem discutindo calmamente. Giulia se afastou da amiga e ficou alguns instantes parada à sua frente, com uma expressão de dúvida no rosto. Sem se desencorajar, a amiga voltou a abraçá-la, acariciando seus cabelos e roçando os seus lábios.

Giorgio observou aquela cena com estupor. Apoiou-se petrificado no banco do carro, recusando-se a acreditar no que via: na penumbra do saguão da entrada, as duas moças trocaram um beijo furtivo, apaixonado. Em seguida, desapareceram atrás da porta de vidro.

18

Giorgio se sentiu como se alguém tivesse lhe dado um soco mortal em pleno rosto – imóvel, com as mãos apoiadas ao volante, a respiração curta, os olhos fixos. Teve a impressão de estar imerso em um pesadelo inimaginável. Ficou naquele estado por tempo indefinido.

Quando começou a voltar à realidade, deu-se conta de que o que tinha visto havia de fato acontecido. Pensou em sair do carro, bater à porta de Giulia, confrontá-la com a enésima revelação desconcertante de que fora espectador. Mais uma vez obrigou-se a manter a calma. Procurou raciocinar, evitando assumir uma atitude que poderia levar a soluções definitivas.

Não queria chegar a tanto.

Não queria perdê-la.

Pegou o telefone. Havia dito que ligaria no fim do dia, mas já era meia-noite – provavelmente ela não atenderia mais.

No entanto, contra toda e qualquer previsão, depois de ligar várias vezes, Giulia respondeu:

— Finalmente decidiu me procurar.

— Desculpe, atrasei um pouco. Como vai? — perguntou ele, procurando dissimular a emoção. Sua voz tremia. A raiva e a desilusão se avolumavam em seu peito.

— Tudo bem, eu e Camilla jantamos em um restaurante de Brera e já estamos em casa... viu que boas meninas? — respondeu Giulia com uma ironia certamente involuntária.

— A sua amiga vai dormir na sua casa?

— Sim, não tínhamos vontade de sair por aí. Temos muito o que conversar, melhor ficarmos tranquilas em casa — respondeu Giulia com um tom de voz delicado como o de uma menina.

Giulia parecia estar sendo sincera. Tudo que dissera correspondia a uma tranquila noite entre amigas. Tudo, menos aquele beijo apaixonado que vislumbrara.

— Agora preciso desligar, Camilla está me chamando. Nos vemos amanhã. Vou chegar à sua casa para o jantar e, se você concordar, ficarei até segunda-feira.

Giorgio respondeu com um grunhido e desligou. Pensou no que ela dissera ao se despedir: "Camilla está me chamando".

Quem era Giulia realmente? O que pensava, sentia, queria? Imaginou-a nua na cama fazendo amor com a amiga – um enquadramento de filme pornô, a clássica cena que teria feito delirar a quase totalidade dos homens heterossexuais. No entanto, o que experimentava não era excitação, mas raiva, desorientação, insegurança.

Acabou se perdendo nas ruas desoladas e escuras da periferia de Milão, sem conseguir encontrar a via de acesso da autoestrada, amaldiçoando a si próprio por ter se rendido ao desejo de seguir Giulia. Pegou o celular, indeciso. Digitou o número e, em seguida, anulou a chamada, uma, duas, três vezes. Na quarta vez esperou que o telefone tocasse. Estava quase desligando quando uma voz sonolenta respondeu:

— Mas quem é?

— Olá, Marta, desculpe o horário. É Giorgio... — disse ele, hesitante.

— Aconteceu alguma coisa? Que horas são?

Podia imaginá-la sentada na cama, acordada por sua voz, os cabelos vermelhos despenteados.

— Não foi nada, estou voltando de Milão e tive vontade de ouvir sua voz.

— Você parece triste, tem certeza de que está bem? — perguntou ela, solícita.

A solidariedade que a voz dela emanava lhe provocou um suspiro profundo que lhe dilatou o peito.

— Sim, estou me sentindo um pouco deprimido, mas vai passar.

— Quer vir tomar um chá e conversar um pouco?

— Já é tarde...

— Amanhã é sábado, meu dia livre. Além do mais, agora que o reencontrei não quero perdê-lo de vista.

Giorgio não esperou duas vezes. Não queria voltar para casa e correr o risco de destruir mais um cômodo, devido a tensão que crescia cada vez mais forte dentro de si.

Quando chegou a Piacenza, seguiu as indicações de Marta. Ela ainda morava no apartamento onde vivera com os pais. Giorgio entrou no pátio de um prédio no estilo do final do século XIX, um edifício austero em pleno centro histórico, com uma entrada lustrosa e bem-cuidada. Subiu ao terceiro andar e tocou a campainha; na plaquinha, apenas o primeiro nome junto ao desenho de um gato.

Ela foi abrir de pijama, com os cabelos desgrenhados e os olhos sonolentos, exatamente como ele imaginava.

— Agora sente aí e me conte tudo — intimou ela, dirigindo-se à cozinha para preparar um chá.

Giorgio olhou ao redor – as vigas de madeira no teto, o chão de pedra antiga. Os móveis, poucos e sóbrios, completavam a sensação de calor e de acolhimento. Sobre a mesinha, provavelmente por causa da visita, Marta acendera diversas velas perfumadas. Ele se sentou no sofá, apoiando a cabeça no espaldar e procurando relaxar completamente. Um gato branco de olhos verdes, surpreendentemente da mesma cor dos de Marta, esfregou-se em suas pernas e depois se encolheu ao seu lado, no braço do sofá.

Ela voltou da cozinha com duas xícaras fumegantes e um sorriso compreensivo.

— Você está assim deprimido por causa de uma mulher, não é?

— Não sei se é sofrimento ou decepção.

— Bom, a decepção provoca sofrimento. Um estado não exclui o outro. Está a fim de falar sobre isso?

Giorgio conjecturou se seria o caso de expor cada detalhe da sua relação com Giulia. Decidiu contar somente os fatos mais importantes, evitando falar dos aspectos mais íntimos da relação. Marta o ouviu em religioso silêncio, deixando as perguntas para o final.

— Então você acredita que Giulia esconde uma vida dupla? E, pelo que pude entender, essa vida dupla se refere somente ao trabalho?

Marta se sentara ao seu lado no sofá e acariciava lentamente o gato, que nesse meio-tempo se estendera sobre as suas pernas.

— Não é só isso. Esta noite eu a segui — admitiu Giorgio, baixando a cabeça.

— Você a seguiu? — perguntou Marta, arregalando os grandes olhos verdes. Acordado pela reação da dona, o gato levantou a cabeça e fixou Giorgio do mesmo modo.

A cena era digna de uma foto: o gato e sua dona identificados pelo mesmo olhar.

Constrangido, Giorgio desviou a conversa:

— Escolheu o gato pela cor dos olhos? É a mesma tonalidade dos seus.

— Eu a encontrei no dia em que minha mãe morreu. Ela parecia estar à minha espera, enrolada perto da entrada do prédio. Estava suja e desnutrida e tremia de frio. Quando a vi, achei que o céu estava me dando um presente. Minha mãe tinha olhos verdes como os meus, herdei isso dela. A gata se chama Sarina, como ela — disse Marta, estreitando a gata contra o peito.

Giorgio tentou fazer um carinho na bichana, mas ela se retesou, desconfiada. Marta voltou ao tema da conversa, olhando-o fixamente:

— E o que você descobriu? Porque alguma coisa você descobriu, caso contrário não estaria nesse estado.

— Ela se encontrou com uma amiga em um restaurante de Brera. Fiquei aliviado, porque elas estavam sozinhas. Quando saíram de lá eu as segui, imaginando que iriam para alguma discoteca, mas elas foram para a casa de Giulia. Até aí, tudo bem, se não fosse o fato de terem se beijado antes de entrarem no prédio.

Giorgio engoliu o refluxo ácido que lhe subiu à garganta ao se lembrar daquele beijo.

— E qual é o problema? As mulheres costumam ser carinhosas com as amigas. Você vê algum pecado nisso?

— Era um beijo apaixonado, daqueles que você trocaria somente com um homem.

— Um beijo de língua?! — perguntou Marta admirada, arregalando os olhos novamente. Sarina ergueu a cabeça, assustada.

— Isso mesmo. Um beijo de amantes — disse Giorgio engolindo em seco, a garganta em fogo.

— E o que você fez? Espero que não tenha se precipitado!

— Gostaria de ter ido lá, queria lhe dizer que tinha visto tudo, queria gritar o que pensava dela, mas consegui me conter. Apenas liguei para ela, como se não soubesse de nada.

— E ela atendeu? — perguntou Marta, acariciando a gata nervosamente, tentando descarregar a tensão provocada por aquelas revelações inesperadas.

— Ela me disse uma meia verdade: que estava em casa com a amiga, o que normalmente não significaria nada. Mas infelizmente aquele beijo não deixou dúvida alguma.

Marta se apoiou no espaldar do sofá, agarrada a Sarina.

— E agora, o que vai fazer? Como vai se comportar com ela?

— Não sei...

Giorgio apoiou a cabeça no espaldar do sofá, fechando os olhos. Pensou de novo em Giulia, em como ela o pisara com aqueles saltos diabólicos antes de se debruçar sobre ele.

Não queria perdê-la.

— Seria melhor que vocês esclarecessem esse assunto. Quando vai revê-la?

— Ela deve ir à minha casa à noite. Acho que não vou conseguir me segurar, vou acabar explodindo.

Giorgio bebeu um gole da xícara que Marta tinha servido na mesinha ao lado.

— Você não deve fazer nada disso. Procure enfrentar o assunto com calma, sem atacá-la — aconselhou. Em seguida, após um momento de reflexão, acrescentou: — Espere aí... Você não poderia saber de nada. Se disser que a estava seguindo, vai provocar um pandemônio.

Ela tinha razão. Se Giulia soubesse o que ele havia descoberto, e de que modo, ele a perderia. Não queria correr esse risco por nada no mundo. Mas também não queria que Marta soubesse disso; não queria decepcioná-la.

— É verdade, tem razão — limitou-se a responder laconicamente.

— Está apaixonado por ela? — perguntou Marta, cravando nele os magnéticos olhos cor de esmeralda. Sarina fez o mesmo que a dona.

Giorgio sempre odiara gatos.

— Acho que não a amo, é apenas uma paixão — tentou minimizar. — Além do mais, é muito cedo para sentir amor. Giulia entrou na minha vida em um momento em que estou extremamente fraco. Agnese me faz muita falta.

Abaixando os olhos, suspirou profundamente e tomou mais um gole de chá, como se fosse um remédio ruim.

Marta se aproximou, acariciando seu rosto. Estava muito perto dele. Giorgio teve vontade de beijá-la, de sentir o calor de que tanto precisava naquele momento, mas se conteve. Não queria se aproveitar daquele instante de ternura, e sobretudo não queria iludi-la. Deixou-se acariciar docilmente, como uma criança que se machucou e precisa ser consolada.

— O que vai fazer agora? Quer dormir aqui? — sugeriu ela, acolhedora. — O quarto de hóspedes está arrumado. Amanhã, no café, vai experimentar a torta de damasco que fiz esta noite.

Agnese sempre lhe preparava tortas, e a de damasco era a sua preferida. Giorgio tentou resistir sem muita convicção. No fundo, queria que ela o convencesse a ficar.

— Não, deixa pra lá, é melhor eu voltar para casa.

Marta sorriu, com aquele brilho nos olhos que ele entrevira poucas horas antes.

— Fique. Quero mimá-lo um pouco.

Ela lhe mostrou o quarto dos hóspedes, um cômodo pequeno e acolhedor, com uma grande cama de casal. Emprestou-lhe um pijama xadrez de um tamanho maior que o seu, dizendo que era de um ex, apertando o olho em sinal de cumplicidade. Em seguida sumiu, fechando a porta de madeira maciça.

Giorgio se jogou na cama como um peso morto. O colchão era um pouco duro, mas confortável mesmo assim. Os lençóis cheiravam a lavanda, os travesseiros eram macios. Olhou atentamente as traves do teto, concentrando o olhar nos veios da madeira. Lembrou-se novamente do beijo que Giulia trocara com a amiga na penumbra daquele saguão. Fechou os olhos, exausto.

Alguns minutos depois, já estava dormindo.

19

Giorgio acordou vendo exatamente as mesmas traves de madeira que havia observado algumas horas antes. Na hora não entendeu onde estava; procurou o relógio na mesinha ao lado, já eram dez horas. De repente, lembrou por que estava ali e se perguntou como podia ter dormido tanto. Sentou-se na cama ainda sonolento, tentando se conectar com a realidade. Levantou, indeciso, e mirou-se no espelho em frente à cama. Estava ridículo com aquele pijama xadrez e o ar perdido de quem dormira pouco. Resolveu não perder tempo em se vestir e saiu do quarto à procura de Marta. Queria lhe agradecer pela hospitalidade tão oportuna.

Ela estava pondo a mesa na sala, com um vestidinho florido e sapatos baixos. Maquiara-se levemente; os olhos, sublinhados com um delineador, pareciam ainda mais magnéticos.

Ao vê-lo, seu rosto se abriu em um sorriso luminoso.

— Sabe que eu já estava preocupada? Parecia que você não iria acordar nunca mais.

— Geralmente acordo cedo. Me desculpe por ter prendido você em casa.

— Imagine! Fico feliz que tenha dormido tão bem. Que bom que o chá calmante fez efeito.

Giorgio esboçou um sorriso. Ela era tão gentil, tão solícita... Na mesa posta, a torta de que Marta falara na noite anterior se destacava em uma bandeja de estilo retrô. Em volta, pratos de frios, queijos, frutas frescas e cereais.

— Parabéns, parece o café da manhã de um hotel cinco estrelas! — comentou ele lembrando-se do café que Giulia lhe havia oferecido com aqueles biscoitos velhos, com gosto de mofo.

— Não é todo dia que tenho hóspedes. Quer que eu prepare um café ou prefere outra coisa?

— Um café vai bem — disse ele, sentando e cortando uma fatia de torta. Derretia na boca. Era diferente da que Agnese fazia, mas igualmente boa.

Quando ela chegou com o café, Giorgio já estava na segunda fatia.

— Já vi que gostou — comentou ela com um sorriso satisfeito. Serviu-lhe o café em uma xicarazinha de porcelana e ofereceu o açucareiro.

— Está uma delícia, você é uma excelente cozinheira.

Sarina chegara em silêncio com seus passos de veludo e sentara-se na frente dele, no braço do sofá. Observava-o com atenção, sem perdê-lo de vista. Giorgio lhe deu uma olhada distraída, fazendo de conta que ela não estava por perto. Aquela gata o inquietava.

— O que vai fazer hoje? — perguntou ela em tom hesitante, afastando do rosto uma mecha de cabelo.

— Não tenho programa para o dia. Hoje à noite vou me encontrar com Giulia.

— Ah! — disse ela, pigarreando.

— Acho que ela não vai aparecer antes das oito. Se você estiver livre, podemos passar algum tempo juntos.

— Acho ótimo — disse ela, grata pelo convite, sentando ao seu lado com um ar de adoração.

Giorgio sentiu o seu perfume, uma água de colônia com notas cítricas, fresca como ela. Tudo era acolhedor naquela casa, tudo o fazia sentir-se bem.

— Estou muito feliz por tê-la reencontrado... — disse ele, sinceramente tocado por sua doçura.

Marta sorriu, concordando.

— Ontem à noite fiquei preocupada com você. Ainda bem que hoje você está melhor.

— Pois é. Mas ainda não tenho a mínima ideia de como me comportar com Giulia.

— Não sei como aconselhar você. O melhor seria que você falasse com ela sinceramente, mas nesse caso precisaria admitir que a espionou. Talvez seja melhor adiar os esclarecimentos e estudar a situação. De que jeito, porém, não saberia dizer.

— Vamos falar de nós. O que gostaria de fazer? — perguntou ele, mudando o rumo da conversa.

— Preciso passar rapidamente na redação, em seguida estarei livre.

Procurava não demonstrar como estava feliz, mas o sorriso aberto e os olhos brilhantes a traíam.

O telefone de Marta tocou. Era uma colega do jornal para o qual ela trabalhava.

— Posso deixar aí de manhã, tenho dois — respondeu, apressada. Desligou o celular e abriu as portas do aparador do fim do século XIX.

— A colega que vai me substituir hoje precisa de um gravador emprestado para as entrevistas. Se fôssemos para os lados de lá eu poderia levar um.

— Claro. Podemos almoçar nas redondezas.

Marta procurava o gravador nas prateleiras, deslocando as pastas calmamente, empilhando-as e, em seguida, colocando-as de volta no lugar meticulosamente. A graça com que se movia, a forma metódica como arrumava os objetos transmitiam uma sensação de paz, de harmonia. Como se ela seguisse um roteiro invisível, como se cada gesto seu tivesse um significado profundo.

A gata se encolhera no chão ao lado dela. Tinha parado de observá-lo e dedicava-se à sua dona, sem perder um de seus gestos sequer.

— Achei! — exclamou Marta, mostrando um pequeno gravador. Testou-o para ver se funcionava, mas, por precaução, trocou as pilhas.

— Assim não preciso passar na redação, posso entregar diretamente para Serena.

* * *

Giorgio guiava tenso, nervoso. Giulia não ligara mais, e ele não havia conseguido entrar em contato com ela. O telefone estava desligado, como sempre, mas era estranho que ela não o tivesse procurado antes de ir trabalhar. Pensou novamente naquele beijo apaixonado, na ambiguidade que envolvia a vida de Giulia como uma névoa impenetrável.

Observou o perfil de Marta. Sentada ao seu lado, ela olhava para fora da janela. Tinha aumentado o volume do rádio e cantarolava uma música *country*, marcando o ritmo com os pés e sacudindo ligeiramente a cabeça.

Giorgio pensou em como Giulia e Marta eram diferentes – uma, hermética e desorientadora; a outra, luminosa e acolhedora.

Seu olhar desceu para as pernas dela, que o vestido de algodão florido apenas deixava entrever. Não usava meia-calça. Giorgio observou com o canto do olho os joelhos redondos e infantis, a pele rósea, as batatas da perna delicadas, os tornozelos finos. Subitamente, teve vontade de tocá-la, de encostar o carro em alguma estradinha isolada e entrar nela, senti-la vibrar de prazer, deixar-se acolher pelo seu corpo.

Desistiu.

Não queria estragar o clima de cumplicidade, o prazer de tê-la reencontrado, as lembranças de um tempo que ficara para trás.

Sim, porque ele a macularia, estava certo disso.

Ela é pura.

Giorgio desviou o olhar, concentrando a atenção na estrada.

Marta se voltou para ele, observando-o como se tentasse ler seu pensamento. O silêncio a embaraçava, deixando-a pouco à vontade, como nos tempos da escola.

— Tudo bem? — perguntou.

— Estava pensando no nosso encontro... em como é estranho a gente ter se reencontrado em um momento tão difícil para mim.

Ela segurou a mão dele entre as suas e acariciou-a devagar,

— Eu o compreendo, sabe? Quando minha mãe morreu, parecia que a vida não tinha mais sentido — disse ela. — Dediquei toda a minha vida a ela. Desisti de ir embora desta cidade, de seguir uma carreira promissora, de construir uma família. Você pode imaginar o vazio que senti quando minha missão acabou. Ela já não estava ao meu lado, eu não tinha mais ninguém a quem doar minha vida. Daquele momento em diante, precisava viver apenas para mim mesma.

Fixando um ponto indefinido, Marta recuperou o fôlego. Com o olhar, tentou encorajá-lo a falar, a abrir-se com ela.

Ele abaixou a cabeça e sussurrou:

— Agnese era uma mãe para mim. Foi a única pessoa que me deu afeto, que fez com que eu me sentisse importante. Ela era a minha família. Vai me fazer falta a vida inteira. E Elisa também, a irmã que nunca tive.

— Você fala como se estivesse certo de que elas não voltarão nunca mais.

— Nenhuma das mulheres sequestradas voltou — murmurou ele com amargura.

Marta lhe apertou a mão com firmeza.

— Pode ser que elas sejam encontradas. Sperti morreu, talvez fosse ele mesmo o responsável por todos os desaparecimentos.

— Ottavio não tinha capacidade para conceber um plano tão elaborado, não passava de um pobre coitado. As pessoas não têm coragem de enfrentar o mal, não conseguem ir além das aparências. É mais fácil procurar uma solução conveniente, em vez de pensar que o abismo pode ser muito mais profundo.

Giorgio apertou os olhos, atento à estrada.

— Explique melhor — pediu Marta, fitando-o com ar de interrogação. — Desconfia de alguém em particular?

— Não — respondeu ele, apertando o volante com força.

— Então como pode estar tão certo de que não tenha sido Sperti? Compartilho a sua opinião, mas tenho algumas dúvidas — disse ela em tom incisivo e determinado, sem a costumeira doçura.

Marta tem a fibra de uma verdadeira jornalista, pensou Giorgio. Ela não era do tipo que se apaixona por uma tese. Como os verdadeiros repórteres, queria provas, resultados, certezas.

Ele não respondeu logo; não queria aprofundar o assunto. Queria apenas relaxar, evitar discursos desagradáveis. Deu-lhe uma resposta diplomática, aberta às possibilidades – talvez a que Marta desejava:
— Tem razão, melhor não sermos muito categóricos.

O povoado estava cheio de jornalistas, policiais e curiosos. Giorgio parou o carro logo antes da praça.
— Talvez seja melhor você evitar que a vejam na minha companhia. Seus colegas podem questioná-la... — sugeriu ele.
— Não se preocupe, sei como enfrentá-los — disse Marta, decidida. — Não temos nada para esconder. Somos apenas dois colegas de escola que se reencontraram. Se você concordar, é claro.
Giorgio fez que sim. Teria preferido não exibir sua amizade com Marta. Não queria se expor. Herdara do pai o lema de manter sempre um perfil discreto. Ottorino lhe repetia sempre: "Tome cuidado com os outros, não chame a atenção. As pessoas não esperam outra coisa".
Mais ou menos inconscientemente, ele havia seguido aquele lema a vida toda. Mesmo quando descobrira a relação de Eva com seu sócio, não dera escândalo, não esbravejara, não fizera drama. Recebera o golpe e sofrera em silêncio. Quando a mãe morrera, anos antes, comportara-se como uma criança razoável – exatamente o que Ottorino esperava do filho.
Desceram do carro e caminharam em direção à praça principal, no centro do povoado. Serena, a colega de Marta, os aguardava em frente à prefeitura. A chegada deles, como previsto, suscitou a curiosidade de todos os presentes.
Serena, uma morena de olhos escuros e intensos, passo rápido e jeito de quem sabe o que está fazendo, foi ao encontro deles, cumprimentando-os cordialmente.
— Oi, Marta. Então vocês se conhecem?
— Sim, somos amigos desde o tempo do colegial. Já vou avisando: Giorgio não quer dar entrevistas, e eu não quero estragar a nossa amizade por causa de um furo qualquer — esclareceu Marta com um ar decidido.

— Está bem, apenas algumas perguntas. Ele pode responder somente às que preferir — propôs Serena em tom de súplica.

Marta fulminou-a com o olhar.

— Não insista! Vamos respeitar a vontade dele.

Giorgio se limitou a desviar o olhar. Era óbvio que aparecer em público com Marta não havia sido uma boa ideia.

— Aqui está o gravador, como prometi. Pode deixar na mesa da redação amanhã de manhã. Tenho outro, não precisa se preocupar. A propósito, alguma novidade?

— Dizem que a polícia encontrou fotos comprometedoras no computador de Sperti. Parece que havia outras pessoas envolvidas. Um amigo meu me passou essa informação por volta de uma hora atrás.

— Marino já chegou? Pode tentar entrevistá-lo... Os outros colegas estão a par dessa informação? — Marta falava depressa, parecia ter ficado impressionada com o que Serena acabara de contar.

— Não, a grande estrela ainda não apareceu. Como aquele homem é antipático! Um verdadeiro pavão. Não, acho que ninguém mais sabe disso.

— Você não pode ligar para o seu contato? Essa notícia é uma bomba.

— Não posso. Tenho que esperar que ele me ligue.

— Me mantenha informada — recomendou Marta. — O que você vai fazer hoje exatamente?

Marta estava inquieta. Giorgio percebeu que ela lamentava não estar no lugar da colega. Por um momento pensou em falar com ela, deixá-la livre. Depois decidiu esperar que Serena se afastasse.

— Pretendo fazer algumas entrevistas e circular pelo povoado para colher informações sobre os locais onde ocorreram os desaparecimentos — disse Serena, batendo na palma mão da colega para comemorar. — Ontem batemos o recorde de tiragem. Sartri nos prometeu um aumento. As fotos que você fez do lugar onde o cadáver de Sperti foi encontrado fizeram estourar as vendas. Belo golpe, garota!

— Obrigada, mas não foi fácil fotografá-lo. Tenho o estômago fraco para essas coisas. Não queria que as fotos fossem muito explícitas, seria de mau gosto.

Marta fez uma careta de desapontamento, como se estivesse arrependida. Giorgio novamente se deu conta de como ela era motivada e arrojada do ponto de vista profissional. Uma verdadeira revelação.

— Bem, já vou indo. Nos falamos mais tarde, assim eu a ponho a par dos acontecimentos. Enquanto isso, procure convencer o doutor Saveri. Em nome da nossa velha amizade... — disse Serena, piscando o olho em sinal de cumplicidade.

Marta sorriu, mostrando o dedo do meio levantado. Serena se dirigiu ao café de Florinda, a mais entrevistada do povoado. Ambos tiveram o mesmo pensamento: que roupa absurda ela estaria exibindo nesse dia?

Assim que Serena se afastou, Marta se virou para Giorgio:

— Ao que parece, nós nos enganamos.

— Vamos aguardar as última notícias. Tenho certeza de que não passa de mais um engano.

— Não vejo a hora de descobrir mais algum detalhe — disse ela, afastando uma mecha de cabelos. Estava agitada, era perceptível pelo modo como se mexia, irrequieta, olhando ao redor.

— Por falar nisso, não se sinta obrigada a ficar comigo. Podemos nos ver outro dia — sugeriu Giorgio enquanto voltavam para o carro.

— Não diga isso nem por brincadeira. Por nada desse mundo eu abriria mão do prazer de passar algum tempo com você — replicou ela com sinceridade.

Estavam entrando no carro quando encostou ao lado deles uma viatura da polícia. Marino desceu, escoltado por dois policiais. Usava um terno escuro e uma gravata com uma vistosa estampa em tons de vermelho. Evidentemente, o delegado também não escapava à síndrome da exposição às câmeras de tevê. Florinda e as outras comadres do povoado não eram as únicas a querer se apresentar da melhor forma. Ele se aproximou de Giorgio e Marta.

— Bom dia, doutor. Como vai? Vejo que mudou de ideia. Após ter desdenhado as entrevistas, hoje o encontro em companhia da senhorita Vigevani, notória cronista do diário da cidade.

— Na verdade, Marta é uma colega dos tempos do colégio. Nossa amizade não tem relação alguma com a profissão dela — especificou Giorgio.

Marino ergueu a sobrancelha como se não acreditasse muito naquela afirmação. Em seguida acrescentou:

— Tenho novidades importantes para lhe comunicar. Pode vir à delegacia no fim da manhã? Queria lhe fazer algumas perguntas.

— Poderia ser à tarde? Hoje de manhã tenho alguns compromissos — respondeu Giorgio, lançando um olhar cúmplice para Marta.

— Se for depois das quatro. Até mais tarde, doutor — disse ele, afastando-se rumo ao bar de Florinda.

Quando chegaram ao carro, Marta pegou o celular e procurou um número. Parou subitamente, como se tivesse se lembrado de algo importante.

— Estava pensando em ligar para Serena para contar o que Marino lhe disse. Talvez as novidades importantes que ele anunciou tenham relação com as informações do nosso contato. Você se importa se eu contar para ela?

— Não se preocupe, imagine. Se fosse uma informação confidencial, Marino com certeza teria evitado falar na sua frente — ele respondeu, tranquilizando-a.

Marta lhe agradeceu com os olhos e ligou para Serena. Em seguida voltou-se para Giorgio:

— Obrigada por decidir ir à delegacia só à tarde — disse. — Fiquei muito feliz. Penteou os cabelos com as mãos, sorrindo. Seus olhos pareciam mais claros à luz do dia, como na adolescência.

Giorgio acenou em resposta, e subitamente acariciou levemente aqueles cachos de cor tão singular. Marta se aproximou, fixando-o intensamente, à espera. Ele não se mexeu, não fez nada. Era melhor não ceder à vontade de beijá-la. Limitou-se a lhe acariciar levemente o rosto. Em seguida deu a partida.

— Aonde gostaria de ir? — perguntou, esforçando-se para manter os olhos concentrados no caminho.

— Você escolhe, conhece esses lugares melhor do que eu.

Ela se recolheu, afastando-se dele. Voltou a remexer os cachos compulsivamente.

— Vamos a um restaurante aqui perto. Hoje o dia está quente, podemos comer no pátio.

— Por mim está bem.

A estrada, cheia de curvas, sulcava as colinas. O verde dos prados e o amarelo das flores contrastavam com o céu, de um azul tão intenso que parecia irreal.

O restaurante não passava de uma casinha de paredes descascadas com um pátio repleto de rosas. Sentaram-se a uma das poucas mesas e pediram uma garrafa de vinho tinto, uma porção de frios e *tortelli* sem carne.

Depois do primeiro copo de vinho, Marta voltou a se sentir mais relaxada. Com o rosto corado e os olhos brilhando, ria a cada brincadeira de Giorgio.

Ele também se sentia mais leve, como se estivesse de férias. A presença dela o fazia voltar a um tempo indefinido em que nada tinha acontecido ainda e tudo estava por vir.

— Sabe uma coisa que nunca vou esquecer da época do colégio? — perguntou ela após alguns momentos de silêncio. — Você escreveu um pensamento de Leopardi na capa do seu caderno: "O mais sólido prazer desta vida é o prazer vão das ilusões". Todos os nossos colegas tinham enchido os cadernos com adesivos, fotos de cantores, de jogadores, e você escreveu apenas aquela frase. Já era muito maduro para a sua idade. Até demais. — Marta sorriu para ele, tocando ligeiramente em seu braço.

Giorgio se lembrava perfeitamente do caderno de que Marta falava. Havia copiado aquele pensamento porque lhe parecia verdadeiro, preciso. Na realidade, na época não acreditava verdadeiramente naquilo; ainda estava convencido de poder escolher a vida que gostaria de viver.

Suspirou.

Ela ainda se lembrava daquele detalhe aparentemente insignificante. Ele a olhou, enternecido.

— Você está linda assim com o rosto rosado, parece a garota de algum tempo atrás — comentou.

Ela o fitou, radiante.

Por um momento Giorgio se esqueceu de Giulia, Agnese, Elisa e das milhares de preocupações que o inquietavam. Voltou à época da adolescência, quando, mesmo já tão inseguro, sentia ter projetos a realizar, esperanças, expectativas com relação ao futuro, a despeito da frase categórica, peremptória que transcrevera em seu caderno.

Agora é tarde...

O pensamento trouxe de volta o presente, as experiências que já havia vivenciado, as pessoas que perdera e as que não queria perder. E Giulia era uma delas. Apesar de tudo.

Marta lhe lançou um olhar de interrogação. De uma hora para outra ele se tornara sombrio, mudara de expressão.

— O que você tem? — perguntou, atenciosa.

— Nada. Estava pensando em como a vida é estranha, em como poderia ter sido diferente se pudéssemos ter nos falado antes, e em como o nosso destino, no fim das contas, já está desenhado. Procuramos seguir caminhos diferentes para depois descobrir que acabamos chegando sempre ao mesmo lugar.

— Explique melhor — pediu ela levantando a cabeça e endireitado as costas para se concentrar melhor.

— Deixa pra lá.

Giorgio balançou a cabeça, servindo mais uma taça de vinho. Queria apenas relaxar um pouco, não estava disposto a discutir assuntos importantes. Acima de tudo, não queria iludi-la.

O encontro com Marino era um bom assunto para desviar a conversa para um tema menos pessoal.

— Estou curioso por conhecer os desdobramentos de que falava o nosso delegado — disse ele, certo de que com isso chamaria a atenção de Marta.

— Eu também. Talvez ele queira falar das mesmas novidades a que Serena se referiu.

A decepção de Marta foi superada pelo interesse que aquele assunto lhe provocava. Apoiou os cotovelos na mesa, torcendo as mãos como uma menina impaciente.

— É muito provável — concordou ele. — Certamente, o contato de que a sua colega falou deve ser um policial. De qualquer maneira, daqui a algumas horas saberemos o que Marino tem para me comunicar.

— Continua achando que Sperti não é culpado? E se surgirem outros elementos?

— Vamos ver. Eu daria tudo para que Agnese e Elisa voltassem.

— Acredita que elas e as outras mulheres sequestradas estejam ainda vivas? — perguntou ela olhando-o nos olhos.

Giorgio passou a mão nos cabelos e pigarreou. Em seguida, desviando o olhar para os vinhedos além da estrada, disse:

— Obviamente não posso ter certeza, mas me parece uma hipótese muito improvável. — Tomou mais um gole de vinho, sentindo-se melhor.

— Mas isso já aconteceu. Muitas mulheres desaparecidas que haviam sido aprisionadas por seus carrascos sobreviveram — contrapôs Marta, pegando a mão dele para lhe transmitir um pouco de calor. Quando a garçonete chegou com a bandeja dos frios, ela retirou a mão devagar.

Giorgio apoiou o garfo no prato, pensativo:

— Esses que você mencionou são colecionadores de pessoas, casos esporádicos relacionados a um número limitado de desaparecimentos. Creio que o nosso culpado, considerando o número de mulheres desaparecidas, deve ser um colecionador de corpos.

— Que definição lúgubre! Por que você pensou nisso? — perguntou Marta, torcendo os lábios.

— Porque, em todos esses anos, nenhuma delas foi encontrada. O número de mulheres desaparecidas é muito grande, seria muito difícil mantê-las com vida. Acho que o autor desses crimes deve ser um indivíduo que gosta de possuir corpos. Deve ser isso, não pode ser outra coisa.

Giorgio recomeçou a comer, como se a afirmação não lhe dissesse respeito. Engoliu uma fatia de copa sem sentir o sabor. Em seguida apoiou de novo o garfo no prato, pensativo, imaginando Agnese a fitá-lo com aquele seu olhar de interrogação.

Marta acariciou levemente o braço dele.

— Receio que você esteja certo, por mais doloroso que seja admitir uma coisa dessas.

Ele retomou o garfo e atacou uma fatia de salame, mastigando-a vagarosamente, à procura do sabor que não conseguia sentir.

— De qualquer modo, não devemos perder a esperança. Vamos ouvir o que Marino tem para me dizer — concluiu.

Meia hora depois, estavam passeando por um caminho de terra que levava aos vinhedos. Giorgio caminhava a passos largos, perdido em seus pensamentos, sem se preocupar em afundar os sapatos na lama. Marta o seguia com cautela, evitando se sujar, sem conseguir alcançá-lo. Ao se dar conta disso, Giorgio deduziu que aquele momento era a perfeita metáfora do relacionamento deles. Olhou-a com ternura – o vestidinho florido, os sapatos baixos, talvez os mais bonitos que tivesse, a maquiagem leve, tímida tentativa de sedução.

Esperou até que ela conseguisse alcançá-lo para ajudá-la a atravessar os pontos mais lamacentos, para sentir o calor do seu corpo. Rodeou sua cintura com o braço, sentindo-a estremecer. Sentiu novamente aquele impulso de abraçá-la, de explorar sua intimidade mais escondida, de cheirar seu corpo. E também o medo de maculá-la.

Pararam em frente a uma casinha abandonada. Giorgio se lembrou de Giulia, daquele amplexo enlouquecido, de seu olhar sofrido. Voltou-se para Marta. Tinham percorrido aquele breve trecho respirando o ar sutil das colinas, escutando o rumor dos próprios passos, refletido em silêncio, sem compartilhar os pensamentos.

— Desculpe meu silêncio, estou passando por um momento muito difícil — disse. — Mas estou muito feliz por ter você ao meu lado.

Marta sorriu, enternecida, esforçando-se para acompanhá-lo.

— Você se incomoda se eu der um telefonema? — disse Giorgio de repente, afastando-se um pouco.

— Não, sem problema.

Giorgio ligou para o número de Giulia, que devia estar em horário de almoço. De fato, ela respondeu logo.

— Por que não deu mais notícias? — perguntou ansiosamente, tentando manter a calma.

— Em geral é você que liga... Além do mais, acordamos tarde e precisei correr para chegar ao trabalho pontualmente.

— Entendo — disse Giorgio, lembrando-se da cena que vislumbrara na noite anterior. Aquele beijo ficara gravado em seu cérebro.

— Chego à noite, depois das nove. Tudo bem? Você parece estranho.

— Não se preocupe, está tudo bem. Até a noite.

Um pouco atrás, Marta o observava de soslaio. Ele voltou para perto dela, tranquilizado por ter falado com Giulia.

— Ela atendeu? Está mais tranquilo agora? — perguntou ela com um olhar levemente ressentido.

— Sim, atendeu. Vai chegar à noite.

— Você está muito envolvido com ela — reconheceu Marta, fazendo uma careta involuntária.

Giorgio não replicou. Não queria dar a impressão de estar mascarando suas emoções, mas também não desejava valorizar aquela afirmação. Voltou a caminhar ao lado dela, esforçando-se para andar mais devagar.

Marta retomou a conversa:

— Não baixe a guarda. Procure entender o motivo das atitudes dela. O comportamento dela é incoerente, com certeza ela está escondendo alguma coisa. Você precisa tentar ignorar por algum tempo os sentimentos que tem por ela para poder entender quem é Giulia de verdade. — Mal acabou de falar, Marta empalideceu e levou a mão à boca, como se estivesse arrependida do que dissera.

Ele não respondeu e olhou o relógio. Era melhor levá-la para casa, pois em seguida teria que ir ao encontro de Marino.

Subitamente o clima havia ficado pesado. Desanimado, Giorgio balançou a cabeça, tentando afastar os pensamentos negativos que as considerações de Marta haviam suscitado. Precisava se distrair, pensar em outras coisas.

— O que acha, vamos voltar para Piacenza? — propôs ele.

Tinha curiosidade de saber que notícias tão importantes o delegado teria para lhe comunicar. Não tinha a mínima ideia do que teriam encontrado no computador de Ottavio, nem se era disso que Marino queria falar.

Voltaram devagar para o carro e, em seguida, dirigiram-se à cidade. Marta, insolitamente muda, olhava para fora da janela, fechada em um silêncio obstinado.

— Vamos, diga a verdade, você ficou mal porque liguei para Giulia. Quero que saiba que você é muito importante para mim. Por favor, não fique chateada.

— Não estou chateada, só me dei conta de que a ligação de vocês é forte, e isso me magoa um pouco. Mas não tenho o direito de me ofender nem de cobrar nada de você. Somos apenas amigos, como sempre fomos.

Tinha razão: Marta era apaixonada por ele desde os tempos do colegial. Sem malícia, ela havia declarado abertamente seus sentimentos. Ele não precisaria fazer esforço algum para tê-la. Bastaria esticar a mão, aproximar o rosto e beijá-la. Dela queria apenas a leveza, os cuidados, a adoração. Desejava seu corpo também, como uma extensão do seu acolhimento. Seria bom entrar nela sem complicações, sem angústias – sentir-se em casa, desfrutar a sensação de ser amado, desejado de verdade.

Mas ele sabia que isso não era suficiente.

Não era ela que ele procurava.

Tocou sua mão de leve, com a delicadeza com que se toca algo muito frágil. Não respondeu. Não queria mentir.

Parou diante da entrada do prédio dela e se despediu com um beijo no rosto.

Ela saiu do carro com as costas curvadas e o passo incerto, desaparecendo atrás do maciço portão de madeira. Giorgio a imaginou no sofá, abraçando Sarina e olhando o teto. Brincando obsessivamente com os cachos ruivos. Chorando, pensando nele.

Sorriu. Por um breve momento sentiu-se tentado a bater em sua porta, a deixar-se mimar por suas atenções amorosas, a segurá-la entre os braços para recuperar o tempo perdido.

Mas não o fez. Ficou parado um instante olhando a sua porta, na certeza de que não conseguiria transpô-la.

Em seguida deu a partida e foi embora.

20

Ao entrar pela porta da delegacia, Giorgio tentava adivinhar as perguntas e, principalmente, as revelações que Marino lhe faria. Sentou-se em uma sala de espera cinza e nua, e folheou distraído algumas revistas aguardando o delegado. Tentou formular algumas hipóteses a respeito do material que os investigadores haviam encontrado no computador de Sperti, mas não conseguia imaginar nada de plausível. A ideia de que um pobre coitado como Ottavio possuía um computador era para ele uma autêntica surpresa.

Uma hora depois, Marino entrou na delegacia, escoltado por três policiais. Estava ao telefone e falava de maneira agitada, exibindo a costumeira atitude arrogante e presunçosa.

Ao ver Giorgio sentado na sala de espera, fez sinal para que ele o acompanhasse ao escritório, sem ao menos cumprimentá-lo. Irritado com o comportamento mal-educado do delegado, Giorgio ignorou o convite para se sentar que Marino lhe fazia por meio de gestos, enquanto encerrava um telefonema.

— Estou ao seu dispor. Por gentileza, sente-se — disse o delegado de maneira cortês.

Giorgio sentou-se à sua frente sem responder, preparando-se para ser razoável. Melhor não acirrar a tensão que já existia entre os dois e mostrar-se disponível.

— Doutor Saveri, convoquei-o aqui hoje para lhe fazer algumas perguntas a respeito de duas pessoas amigas de Sperti e também suas conhecidas. Mas, antes, veja o que encontramos no computador daquele que o senhor julgava um inofensivo joão-ninguém.

Tirou uma série de fotos de uma pasta e as dispôs em leque sobre a mesa. Mostravam uma mulher nua em poses obscenas, prestando serviços sexuais de vários tipos a três homens dos quais não se via o rosto. Giorgio se deteve na fisionomia da mulher, em algumas fotos não muito clara, em outras mais evidente. Era Vanna Mastrocchi, a caixa da padaria do povoado e vizinha de Ottavio que havia desaparecido alguns anos antes.

— Doutor, o senhor atuava como criminalista, não é? Por isso mesmo, sua falta de perspicácia me surpreende. Como vê, a ligação entre Sperti e as mulheres sequestradas existe, não é uma simples suposição minha. Essas fotos são a prova disso. Está vendo essa tatuagem? Pertence justamente ao nosso principal acusado — disse ele, indicando o braço de um dos homens representados nas imagens.

Giorgio sentiu crescer dentro de si uma raiva surda pela observação injuriosa de Marino, mas conseguiu se controlar. Pegando algumas fotos, reconheceu a tatuagem que o delegado lhe havia indicado – uma viúva-negra gravada no bíceps, da qual Ottavio tinha muito orgulho. Em seguida, concentrando-se em Vanna, lembrou-se de um falatório que circulava no povoado anos antes. Muitos se perguntavam como uma simples caixa de padaria podia andar por aí com bolsas de grife e vestidos novos. Ela não era bonita, mas muito vistosa e extrovertida. Evidentemente, o comportamento sedutor que ela muitas vezes exibia ao encontrá-lo não visava apenas a ele.

Observou melhor. Naquelas fotos, além de Sperti havia mais dois homens. Não tinham tatuagens ou marcas pelas quais pudessem ser reconhecidos. Voltou-se para Marino, esperando que ele acabasse de expor a sua tese.

— Como pode constatar, aqui a senhorita Mastrocchi se entretém com três homens ao mesmo tempo — disse o delegado indicando as fotos. — Podemos então concluir que era consensual. De fato, de acordo com a senhora Florinda Bini, no povoado se comentava que ela se prostituía. O senhor sabe quem são os outros dois homens que aparecem nessas fotos? — indagou, fixando Giorgio nos olhos.

— Não tenho a menor ideia — respondeu Giorgio, olhando Marino com desprezo.

— Bem, esses outros dois indivíduos são Tino Baretti e Antônio Rescagni, conhecidos como Tinu e Tugnot. Estou enganado ou costumavam encontrar-se sempre às sextas-feiras para jogar baralho no bar do povoado? — perguntou Marino em tom sarcástico, quase debochado.

— O que deseja demonstrar com isso?

Giorgio foi tomado pela raiva. Segurou-se para não explodir, mas estava chegando ao limite. Olhou Marino com ar de desafio.

O delegado baixou o olhar, percebendo que havia exagerado.

— Não estou insinuando nada, doutor — respondeu. — Apenas lhe mostrei essas fotos, contando naturalmente com a sua discrição, para perguntar se o senhor sabia de algo que pudesse ser útil às investigações.

— Eu não tinha relação alguma de amizade com esses sujeitos. Nós nos encontrávamos uma vez por semana para jogar, nada mais — respondeu Giorgio, esforçando-se em manter um tom cordial.

— Claro — admitiu Marino. — E, enquanto jogavam, eles nunca comentaram nada a propósito de Vanna ou de outras mulheres? Talvez para se gabar... Isso às vezes acontece quando se está entre homens... — Sorriu, sem jeito, tentando dar à conversa um tom de cumplicidade.

Giorgio olhou para ele com uma frieza glacial e apertou os olhos até reduzi-los a duas fissuras escuras.

— Não sei com que tipo de pessoas o senhor se relaciona. Eu não conversava com Ottavio, Tinu e Tugnot, apenas jogava baralho. Ponto.

Marino parou imediatamente de sorrir. Pegou alguns papéis como se procurasse algo, e, em seguida, continuou:

— No computador de Sperti encontramos essas fotos e alguns e-mails trocados com Baretti e Rescagni em que falavam de outras mulheres, todas prostitutas, que moram em Piacenza e não têm nenhuma relação com os outros casos de pessoas desaparecidas. Vou lhe perguntar mais uma vez, doutor: não tem nenhuma informação interessante para as investigações? Algo que possa até parecer insignificante? Pode ser útil de qualquer maneira.

— Repito, delegado: eu apenas jogava com esses sujeitos. Nada além disso.

— E Agnese, sua governanta, por acaso os conhecia?

— Está querendo insinuar algo a respeito de Agnese, uma pessoa de moralidade imaculada, dedicada exclusivamente ao trabalho e à filha?! — indagou Giorgio arregalando os olhos. Não podia acreditar no que estava ouvindo.

— Não me entenda mal, doutor Saveri. Ninguém no povoado tinha o que dizer da senhora Spelta... tirando as fofocas sobre o misterioso pai de Elisa — disse Marino, voltando a fixá-lo com atenção.

— Acha que Ottavio podia ser o pai? Eles nem se conheciam. Além do mais, Agnese nunca teria se relacionado com um sujeito como aquele — respondeu Giorgio com veemência.

— Pode ser — concedeu o delegado. — O fato é que a senhora Spelta jamais revelou a quem quer que seja o nome do pai de sua filha. Não lhe parece estranho? Qual o motivo de todo esse mistério? É possível que ela não tenha revelado essa informação ao senhor ou à sua família, considerando a relação de trabalho e, imagino, de afeto que os unia há anos?

— Sempre respeitamos a privacidade de Agnese. Nunca lhe fizemos perguntas nem a julgamos. Para nós ela sempre foi uma pessoa correta, impecável e muito querida.

Giorgio fincou os cotovelos na mesa, torcendo as mãos. Em seguida, afastando a cadeira, pôs-se de pé.

— E agora, se não tem mais nada para perguntar, eu gostaria de ir embora.

— Doutor, será possível que não consiga me ajudar de maneira alguma? Acho difícil compreender essa sua total ausência de colaboração — disse Marino, levantando-se por sua vez.

— Da minha parte não há nenhuma relutância, delegado. Se eu tivesse alguma informação útil, não hesitaria um segundo. Mas, infelizmente, não tenho. — Giorgio passou a mão nos cabelos, enquanto os olhos se enchiam de lágrimas. Baixou a cabeça. — Quero muito bem a Agnese, como a uma mãe, e a Elisa, como a uma irmã. Não sabe o que eu daria para reencontrá-las sãs e salvas.

Enxugou com a manga do paletó uma lágrima que lhe deslizara pelo queixo. Tentara contê-la sem sucesso, e justamente na presença de Marino. Virando as costas, parou em frente à porta, concentrando-se ao máximo para não explodir em um pranto descontrolado. Queria se despedir rapidamente e sair logo dali, mas não conseguiu dizer nada: a angústia que carregava em si teria rompido as comportas, impedindo que ele se despedisse, denunciando sua fraqueza.

Não conseguia entender a razão daquele esgotamento emocional. Talvez fosse a consciência de sua impotência diante do desaparecimento de Agnese e de Elisa, a percepção inelutável de uma perda sem esperança – que sempre esteve clara, mas que agora, após as seguidas solicitações do delegado, não podia mais ignorar.

Marino respeitou com paciência aquela perda de controle, até que Giorgio, mais calmo, se despediu rapidamente.

Entrando no carro, deu partida e saiu da cidade. Ao parar em um semáforo, agarrou a caixa de ansiolítico do porta-luvas e engoliu um comprimido sem água, como sempre. Uma terrível angústia lhe tirava o fôlego, lhe ofuscava a vista.

Um dia desses vou acabar tendo um infarto.

Ao chegar a Rivergaro, decidiu parar o carro no estacionamento ao lado do Lungo Trebbia. Andar um pouco lhe faria bem.

A tensão diminuiu – o ansiolítico finalmente começava a fazer efeito. Caminhou ao longo de uma estradinha e depois se apoiou na cerca ao lado do rio. Uma luz quente envolvia o rio Trebbia, que passava calmamente entre as margens tortuosas e as pedras batidas pelas ondas. Giorgio se concentrou nos reflexos da água, nos detritos que tinham ficado nas margens, observando os poucos banhistas que nadavam no rio. Lembrou-se de uma tarde que passara com os colegas do colégio no fim do ano escolar: em um ponto perto dali haviam organizado um churrasco e fumado maconha – uma das poucas vezes em que se deixara levar pelas circunstâncias.

Marta também estava lá.

Ela, naturalmente, não quisera fumar. Tinha apenas observado, satisfazendo-se com dois copos de Malvasia, um pedaço de carne mal passada e a brisa que refrescava o dia tórrido.

Naquele dia, Giorgio sentira-se livre, leve. Envolto pelas colinas que o abraçavam como um generoso peito materno, pelo rio que o encantava com seu fluxo lento, hipnótico, quase como uma melodia, pelas vozes dos colegas, pelas risadas, pelo estranhamento da maconha.

Procurou no aplicativo do celular uma canção que não ouvia há muito tempo.

Fechou os olhos.

Respirou fundo o ar do rio, sentindo na pele o calor dos últimos raios de sol.

As notas da música vibravam levemente.

Gostaria de poder voltar a sonhar com uma vida diferente, como a que vivera naquela tarde tantos anos antes.

Uma vida que nunca teria.

21

Quando Giulia chegou, atrasada como sempre, já havia passado das nove fazia tempo. Giorgio a esperava com uma ansiedade quase febril, controlando a câmera da entrada a cada dez minutos. Suspirou aliviado ao ver o carro dela chegar. Tinha ligado para ela diversas vezes, mas o celular dela emitia sempre o sinal de ocupado. *Com quem ela estaria falando ao telefone?*, perguntava-se Giorgio obsessivamente toda vez que não conseguia contatá-la. Giulia não ligara de volta, apesar de ele também ter enviado duas mensagens.

Giulia surgira do nada em frente ao portão da mansão, como se nada tivesse acontecido. Havia estacionado o carro na ruazinha perto da entrada e subira rapidamente a escada que levava ao portão.

Giorgio a observava pela janela. Ela estava toda vestida de couro. Usava uma jaqueta curta e calça justa de couro preto que realçavam a curva dos glúteos e o comprimento das pernas. Nos pés, botinhas de salto agulha, de conotação evidentemente erótica.

Quando Giorgio abriu a porta, ela o olhou com ar de interrogação. Os cabelos estavam presos em um rabo de cavalo alto, e a maquiagem era acentuada, agressiva. Sob a jaqueta ela usava uma blusa preta de cetim e renda com um decote muito pronunciado. Ele contemplou o conjunto todo, tão estudado nos detalhes que parecia ter-se materializado de uma capa da *Vogue*.

Estava perfeita.

O ícone de beleza com que ele sempre havia sonhado.

— Estou um pouco atrasada, está bem, mas acha que era o caso de me bombardear com telefonemas e mensagens? — reclamou ela, irritada.

Giorgio respirou fundo, magoado com aquele tom polêmico.

— Desculpe. Estava aflito, seu celular só dava ocupado — respondeu ele com um sorriso conciliador.

— Estava falando com Camilla, fizemos companhia uma à outra durante o caminho.

Enquanto pronunciava o nome da amiga, seus olhos claros soltavam faíscas.

Camilla de novo.

Corroído pelo ciúme, Giorgio se lembrou do abraço e do beijo apaixonado que havia presenciado em frente ao portão do prédio de Giulia.

Não conseguiu evitar o comentário, esquecendo a moderação que Marta lhe havia francamente recomendado:

— Vocês são mesmo amigas íntimas... — deixou escapar entre dentes.

Giulia não quis ou não conseguiu perceber a nuance sarcástica daquela afirmação. Ao contrário, deu-lhe um selinho e entrou em casa. Assim que chegou à sala, tirou a jaqueta e a deixou no sofá, revelando os seios que transbordavam do decote da blusa de cetim e renda. Permaneceu de pé, apoiando-se na mesa do século XVIII que ficava próxima à entrada, esperando que Giorgio fechasse a porta e se aproximasse dela.

— Está linda — afirmou ele, sem conseguir conter o encantamento que Giulia lhe inspirava.

Ela sorriu, satisfeita.

— Tinha certeza de que você ia gostar — admitiu, maliciosa. — Conhecendo os seus gostos... — acrescentou com um olhar sugestivo.

Giorgio sentiu um espasmo quente envolvê-lo como uma onda. Esqueceu Camilla, o beijo entrevisto, a insegurança, o medo de perdê-la. Ela estava ali, presente, somente para ele.

— Onde vamos jantar? — perguntou ela, mudando de assunto.

— Não tenho muita coisa em casa. Poderíamos tentar achar um restaurante aberto, o que acha?

— Me parece uma ótima ideia.

Giorgio ligou para alguns restaurantes das redondezas. Conseguiu fazer uma reserva, apesar do horário, em uma *trattoria* a uns dez quilômetros de distância.

No carro, durante o trajeto em direção ao restaurante, nenhum dos dois se esforçou em conversar. Estranhamente, Giulia estava muda, perdida em seus pensamentos. A atenção de Giorgio, no entanto, estava magneticamente atraída por aquelas magníficas pernas que a calça de couro escondia e pelas botinhas de salto agulha. Lembrando-se do que havia acontecido duas noites antes, suspirou fundo.

O restaurante estava quase vazio. Como sempre, a entrada de Giulia não passou despercebida. O dono da taberna acompanhou calmamente o casal a uma mesa, e quando ela virou as costas para se sentar, lançou um olhar de cumplicidade a Giorgio, como se cumprimentasse-o pela beleza da sua acompanhante. Ele respondeu com um sorrisinho constrangido e pediu os pratos que o dono havia sugerido, os únicos que a cozinha, em vias de fechar, ainda podia oferecer.

— Vamos ter que nos contentar com uma massa rápida e galinha assada com batatas, mas podemos escolher a sobremesa — disse Giorgio, acariciando a mão de Giulia.

— Está ótimo.

A fome e a vontade de voltar para casa os fez jantar depressa.

Enquanto comiam a sobremesa, o celular de Giulia tocou. Ela verificou quem era e respondeu rapidamente:

— Oi, Camilla, estou com Giorgio. Hoje vou dormir aqui, nos vemos amanhã. Um beijo, querida.

Giorgio observou-a com o canto dos olhos, sem perder uma palavra da breve conversa. Sentindo crescer no peito uma raiva surda, procurou se conter, lembrar as palavras de Marta, mas quando Giulia desligou, não conseguiu se dominar.

— Você e sua amiga são tão íntimas, parecem duas namoradas... — disse, olhando-a fixamente.

Giulia sorriu para ele com um brilho divertido nos olhos.

— Por acaso está com ciúme de Camilla? Nós nos conhecemos há muitos anos, ela é como uma irmã para mim.

— Quando estava vindo para a minha casa, você ignorou as minhas ligações para não interromper a conversa. Agora, não hesitou um segundo em responder, apesar de estar na minha companhia. — Ignorando a prudência e a razão, Giorgio deixou a raiva transbordar.

— Foi um minuto, só para dizer que eu estava aqui — replicou Giulia entre dentes.

— Eu também gostaria de ter conseguido um minuto da sua atenção quando liguei para você esta noite. Mas, evidentemente, sou menos importante do que sua amiga Camilla — retrucou ele enrubescendo violentamente.

Irritado, jogou a colher e o guardanapo na mesa.

Elevando a voz, ela o interpelou:

— É sério isso? Eu estava vindo para a sua casa, logo estaríamos juntos, não pensei que fosse tão importante responder a essas ligações de merda!

Uma veia grossa pulsava no pescoço de Giulia. Furiosa, com os olhos muito pintados e a boca realçada pelo batom, parecia alguma personagem de uma história em quadrinhos, uma daquelas heroínas más que povoam improváveis histórias de super-heróis.

Sem replicar, Giorgio se levantou e foi acertar a conta. Em seguida voltou.

— Vamos para casa, assim vai poder voltar logo para a sua amiguinha.

Ele se conhecia bem. Apesar do equilíbrio e da racionalidade que aprendera a ter com Marta, não conseguira se conter e acabara por explodir.

Guardou para si um único detalhe: a absoluta certeza do tipo de relação que ligava Giulia e Camilla e do modo como viera a descobri-la. Não se trairia, não manifestaria a sua fraqueza. Já deixara claro, até demais, que sua carapaça não era muito dura.

Giulia, atônita, não podia acreditar em suas palavras. Não replicou nem tentou protestar. Ergueu-se e seguiu-o até a saída, despedindo-se timidamente do proprietário do restaurante.

No carro, não conversaram. Um silêncio denso os envolveu, impedindo qualquer olhar, qualquer gesto, até mesmo um suspiro.

Quando passaram da grade da casa e Giorgio estacionou ao lado do automóvel de Giulia, ela ficou imóvel, olhando à sua frente. Giorgio fez menção de abrir a porta, mas Giulia o bloqueou com a mão.

— Quer saber? Você é um menino mau, muito mau. Caprichoso, volúvel, possessivo... Vou ter que adotar sérias medidas a seu respeito — ameaçou.

Giorgio ficou imóvel, surpreso, desorientado com aquele comportamento. Giulia começou a acariciá-lo, partindo do pescoço e descendo devagar em direção ao peito e ao ventre, chegando até o sexo. Aquelas breves frases tinham bastado para excitá-lo, as carícias tinham feito o restante. Giorgio engoliu em seco, quase sem respirar. Deixou-a agir. Em poucos segundos esqueceu a raiva, o ciúme, a decepção. Concentrou-se apenas em sua voz persuasiva, no toque da sua mão, no jogo de empatia que, apesar de tudo, pairava intacto entre eles.

Tentou desenganchar o cinto de segurança, mas ela o impediu.

— Quieto. Não pode fazer nada sem a minha permissão.

Perplexo, Giorgio não entendeu se ela estava falando sério ou se era uma brincadeira.

— Abaixe o banco — intimou ela em um tom que não admitia réplica.

Ele não reagiu, indeciso sobre o que fazer.

— Eu mandei baixar o banco — falou Giulia, tirando um lenço da bolsa.

Giorgio decidiu entrar no jogo. Seu sexo estava cada vez mais duro, pulsando. Um arrepio incontrolável lhe percorreu o corpo. Tudo à sua volta se tornou confuso, desbotado. Agarrou a alavanca e abaixou o banco. Giulia tampou sua boca com o lenço e o amarrou atrás da nuca. Retirando outra echarpe de seda da bolsa, fez com que ele levantasse as mãos na altura da nuca e amarrou-as juntas na base do apoio de cabeça do banco.

— Agora não pode falar nem se mexer. Está à minha completa disposição. — sorriu, provocadora.

Tirou a jaqueta de couro e soltou a blusa de cetim, revelando um surpreendente sutiã de látex preto com as taças abertas nos seios de modo a revelar os mamilos. Tomando cuidado para que ele não se soltasse, desabotoou-lhe a camisa, descobrindo seu peito, e abaixou a calça e a cueca até os tornozelos, sem tirá-las. Giorgio estava cada vez mais excitado, impossibilitado de se mexer, à mercê de Giulia. Ela acariciou levemente seu sexo, e, em seguida, levou a mão à boca, lambendo os dedos um a um sem deixar de fitá-lo. Em seguida o acariciou de novo, dessa vez mais demoradamente, com toques leves, superficiais. Giorgio ansiava por mais, mas Giulia retirou a mão e, depois de molhar a ponta dos dedos com saliva, passou-os novamente sobre mamilos, beliscando-os para torná-los mais túrgidos.

— Você se comportou mal, merece uma punição muito severa. Agora vai ficar aqui bonzinho até eu decidir soltá-lo — anunciou ela.

Com um gesto rápido, pegou no painel as chaves do portão da casa e saiu do carro batendo a porta, sem dar ouvido aos grunhidos de protesto de Giorgio.

Depois dez minutos, nem sinal de Giulia. Giorgio tentou se libertar, em vão. Começava a sentir frio. Estava nas mãos dela, refém daquele jogo absurdo.

Sentiu medo. Ela voltaria ou deixaria que ele ficasse a noite inteira na rua? Procurou aproximar as pernas da buzina, sem sucesso. Estava completamente paralisado. Por que confiara nela? Pelo pouco que sabia, Giulia podia ser uma desequilibrada. Grande parte do que ele descobrira revelara-se completamente diferente do que ela lhe havia contado.

Suou frio, olhando o painel do automóvel. Já havia passado mais de uma hora, e ela não voltara. Estava tentando pela enésima vez aproximar as pernas do volante para tentar acionar a buzina quando ela abriu a porta do lado do motorista. Tinha tirado a calça de couro e usava apenas o sutiã, um fio-dental combinando e as botinhas.

Giulia sorriu, triunfante.

— Teve medo? Era exatamente isso que eu queria — disse ela com um sorriso de júbilo, fechando a porta na sua cara.

Rodeou o carro e, depois de alguns segundos, abriu a porta do carona e se sentou ao lado dele.

Soltou a echarpe que lhe tampava a boca e o beijou. Acariciou seu rosto, descendo devagar para o pescoço, o tórax, o ventre, acariciando suas coxas até chegar ao pênis, que já nas primeiras carícias recuperara a turgidez perdida. Debruçou-se para beijá-lo, interrompendo a cada vez que o sentia chegar perto do ápice, até que, despindo-se do fio dental, subiu nele e se deixou penetrar até que ele alcançasse o orgasmo – o mais intenso que ele já experimentara.

Permaneceram abraçados um ao outro, respirando com o mesmo ritmo, o mesmo afã, o mesmo desespero, suados, sem forças.

Giulia foi a primeira a se recuperar, tratando de desamarrá-lo da echarpe presa ao apoio de cabeça do encosto.

— Achei que tinha perdido as mãos, não as sentia mais — disse Giorgio, grato.

Sem responder, ela vestiu a jaqueta enquanto Giorgio abotoava a camisa e as calças e reposicionava o banco na vertical.

Subindo a escadaria da entrada, ele comentou:

— Achei que me deixaria naquele carro para sempre.

Ela sorriu ironicamente.

— Mas você gostou, confesse. E muito, a julgar pelo que aconteceu depois.

Ele fez que sim. Era verdade. Intuindo seus anseios mais profundos, ela o fazia ir do limiar do inferno ao renascimento.

Até quando duraria aquela brincadeira?

Já na cama, abraçado a ela, observando-a dormir, tentou adivinhar o que ela teria feito naquela hora e meia em que havia desaparecido, dona absoluta da sua casa, da sua história, de cada segredo seu.

Adormeceu exausto.

Pensaria nisso depois.

22

Giorgio sempre gostara de acordar com o sol entrando pelas persianas, ouvindo o chilrear dos pássaros em meio ao verde das árvores centenárias do jardim. Em Milão, quando vivia com Eva, abria as janelas e a única coisa que conseguia ver era o terraço florido: por mais belo e bem-cuidado que fosse, não passava de uma cópia desbotada da natureza que o cercava quando vivia nas colinas.

Estendeu a mão na direção da mesinha de cabeceira para pegar o celular. Os braços, os ombros e os pulsos ainda doíam por causa do tempo que ficara amarrado. Relembrou as emoções fortíssimas que havia experimentado.

Ao seu lado, Giulia dormia profundamente. Sem acordá-la, desceu ao andar de baixo para preparar um café. Deu uma olhada rápida na tela do celular, que deixara a noite toda no modo silencioso: dois telefonemas de Marta de uma hora antes, seguidos de uma mensagem dela. Apenas quatro palavras: "Me ligue, por favor".

Desceu as escadas e se fechou em uma salinha afastada para ligar.

Ela respondeu logo, com a voz agitada, ansiosa:

— Desculpe, Giorgio, sei que Giulia está com você, não queria mesmo incomodar, mas estou muito preocupada.

— O que aconteceu?

— Você se lembra de Serena, a colega que lhe apresentei? Ela sumiu desde ontem à tarde! — disse de um fôlego. — Liguei para ela pouco antes das cinco; tinha terminado umas entrevistas e pretendia tirar umas fotos do bosque nos arredores do povoado para uma matéria que iria sair hoje no jornal. De lá para cá, ninguém a viu nem falou com ela. O celular está fora de área, e o carro continua estacionado na praça, onde ela deixou, mais ou menos no lugar em que nos encontramos ontem, mas não há sinal dela.

Giorgio engoliu em seco.

Serena também...

Na véspera, ficara alarmado com a demora de Giulia. Agora, por meio de Marta, tomava conhecimento do enésimo desaparecimento.

A situação está se tornando cada vez mais difícil de administrar.

Pigarreou, tentando clarear a voz. Quase não conseguia falar. Um nó lhe fechava a garganta, impedindo-o de respirar.

— Chamou a polícia? — conseguiu perguntar finalmente.

— Sim, hoje começaram as buscas. Estou muito preocupada, Giorgio.

— Você disse que tentou falar com ela por volta das cinco. Alguém teve notícias dela depois disso?

— A mãe procurou por ela lá pelas cinco e meia, mas o telefone já não respondia!

— Então, daquela hora em diante ninguém a viu nem falou com ela?

— Isso mesmo. Como se ela tivesse desaparecido do nada — respondeu Marta em voz fraca.

— Sabe onde ela estava quando você ligou?

— Ela tinha acabado de entrevistar algumas pessoas. Disse que pretendia tirar algumas fotos dos locais onde provavelmente Agnese e Elisa tinham desaparecido. Estava caminhando nos boques de castanheiras, logo depois do povoado.

Giorgio se concentrou no último horário em que Serena tinha sido vista. Naquele momento ele estava na delegacia esperando para ser atendido por Marino, que chegara às seis. A estrada que conduzia à sua casa atravessava aquele lado da colina. Se tivesse voltado antes, poderia ter encontrado a moça.

— Por que Serena percorreu aquela área isolada a pé? O que ela estava procurando?

— Eu já disse, ela queria tirar algumas fotos para um artigo. Não tinha uma ideia exata do que ia fotografar. Espere, me lembrei de uma coisa. Pouco antes de desligar, ela me falou de um misterioso automóvel preto com vidros escuros. Ela o viu de longe, descendo a colina das castanheiras. Pelo que entendi, ela não conseguiu identificar nem o modelo nem a placa.

— Nem mesmo o tipo de carro? Era um sedã, uma caminhonete, um utilitário? — perguntou Giorgio, franzindo a testa.

— Ela não me disse. Apenas uma coisa chamou a sua atenção: o carro vinha de uma estrada de terra no bosque.

— Não é todo carro que consegue se embrenhar no bosque... talvez fosse uma caminhonete. Algumas estradas de terra são tão acidentadas que só podem ser percorridas por veículos com marchas reduzidas.

Giorgio permaneceu em silêncio por alguns segundos. Em seguida perguntou:

— Já falou do carro à polícia?

— Claro. Marino já organizou uma busca de emergência em toda a área. O que você vai fazer? Podemos nos ver?

— Acho que vou almoçar com Giulia, ainda não sei o que ela pretende fazer de tarde. Posso ligar para nos vermos mais tarde?

— Claro. — Teve a impressão de captar uma nota menos angustiada na voz de Marta. — Por falar nisso, como foi ontem à noite? Seguiu meus conselhos?

Giorgio mordeu o lábio e deu um longo suspiro.

— Somente em parte, depois eu conto.

Lembrou-se da noite anterior – a discussão, a raiva, o medo, o prazer. Uma sucessão contínua de emoções, como sempre quando estava com Giulia. De novo lhe veio à mente a hora e meia em que ela havia desaparecido. O que fizera durante aquele lapso de tempo?

Despediram-se, prometendo que se falariam de novo mais tarde.

Voltando ao andar de cima, Giorgio resolveu verificar uma suspeita que tivera. À primeira vista tudo parecia estar em ordem, como havia deixado. Impossível, porém, ter certeza. Os cômodos da casa eram tão grandes que era difícil controlar cada detalhe. Olhou a escrivaninha da biblioteca, na qual guardava a maioria dos documentos importantes.

Abriu as gavetas, procurando se lembrar da sequência em que as pastas estavam dispostas. Teve a impressão de que estava tudo em ordem, como sempre. Olhou com maior atenção. Duas aparentavam estar em um lugar diferente do que ele lembrava. Não eram documentos muito importantes, mas o fato de ter encontrado as pastas em uma posição diferente daquela em que tinha certeza de tê-las deixado o preocupou. Tentou verificar também na cômoda: aparentemente, tudo estava em ordem, mas, observando com atenção, descobriu alguns detalhes estranhos. Alguém havia mexido ali também. Procurou se lembrar da última vez que havia aberto as gavetas, mexido naquelas prateleiras. Provavelmente meses antes. Teria sido Agnese que mexera nelas, talvez para limpar? Já conhecia a resposta: ela nunca tocava no conteúdo das escrivaninhas e dos móveis. Limitava-se a tirar a poeira, nada além disso. Essa era apenas uma das qualidades que ele sempre apreciara em Agnese. Ela jamais se comportara de maneira invasiva, curiosa ou inoportuna.

Massageou as têmporas, respirando forte.

Fechou as gavetas e deixou o cômodo. Na sala, abriu o grande armário de nogueira: tudo estava empilhado em perfeita ordem. Prestes a fechar as portas do móvel, notou que o compartimento secreto que ficava nas costas do armário não estava completamente alinhado. Tentou abri-lo, mas tinha ficado mal encaixado. Usando um abridor de cartas que encontrara na escrivaninha, conseguiu destravá-lo. Naquela gaveta escondida conservava dinheiro em espécie, moedas de ouro, alguns objetos preciosos. Era evidente que alguém tinha conseguido abri-la, mas, desconhecendo o mecanismo, não a fechara direito. Após uma rápida revista, percebeu que não faltava nada, nem dinheiro, nem objetos. De qualquer maneira, era inegável que alguém havia mexido também ali. E ele descobrira tudo aquilo fazendo apenas uma rápida inspeção nos primeiros lugares que se lembrara de verificar.

Dirigiu-se ao gaveteiro da entrada, onde ficavam guardadas as chaves dos vários cômodos da mansão. Tinha certeza de ter aberto aquelas gavetas na manhã anterior. As chaves, distribuídas nas respectivas divisórias, não estavam dispostas como de costume. Dois molhos evidentemente haviam sido colocados nos nichos errados.

Finalmente, teve a certeza que procurava.

Um refluxo ácido lhe subiu à garganta. Abriu outras portas, examinou outros cômodos. Saindo para o jardim, atravessou o longo caminho que levava à dependência.

Enquanto caminhava, lembrou-se das vezes em que o pai o arrastava para aquela casa em miniatura que ficava no lado oposto do jardim, a fim de castigá-lo.

Lembrou-se da angústia, da desolação, do medo.

Parou na entrada, sem conseguir entrar.

Apoiou a cabeça no umbral. Ao redor dele, o mundo girava como uma engrenagem enlouquecida. Suspirou profundamente, fechou os olhos e cerrou os punhos, permanecendo imóvel até conseguir se recuperar.

Deu meia-volta e se dirigiu para a mansão.

A essa altura não havia mais nada a descobrir.

23

Giulia tinha levantado e estava tomando uma ducha. Ele a olhou de longe, através do vidro: de olhos fechados, massageava os cabelos, cantarolando um sucesso do ano anterior.

Sentado na cama, Giorgio avistou sobre uma poltrona as roupas que Giulia havia vestido na noite anterior – uma fantasia vazia sem o corpo dela. Pegou o fio-dental e cheirou-o. Estava impregnado do seu odor pungente, selvagem. Escondeu-o na gaveta. Queria guardar para si a lembrança de uma noite inesquecível, que nunca mais se repetiria.

Giulia saiu do banho envolta em um roupão, com os cabelos molhados e nos olhos grandes a costumeira expressão de menina perdida.

— Onde se meteu? Procurei você em todos os lugares.

— Fui à dependência. Você também queria ir para lá ontem à noite, mas não conseguiu encontrar as chaves certas — disse ele em um tom resignado, fitando-a com uma intensidade incômoda.

— O que está dizendo? Enlouqueceu? — balbuciou ela com um olhar perdido e a boca trêmula.

— Você tomou cuidado, mas não o bastante. Tenho mania de ordem, lembro perfeitamente como e onde guardei cada objeto. Não foi difícil perceber que você tinha revistado as minhas coisas. O que procurava, afinal? Eu gostaria de saber. Agora vista-se e vá embora.

— Não, espere, posso explicar... Juro que não peguei nada!

Consternada, sentou ao lado dele. Giorgio desviou os olhos. Giulia lhe tomou o rosto para obrigá-lo a olhar para ela. Afastando-a, ele se levantou da cama e saiu do quarto. Ela o seguiu, desesperada, com os olhos úmidos.

— Tem razão, não resisti à tentação de mexer nas suas coisas. Queria entendê-lo melhor. Não tinha intenção de pegar nada, nem de prejudicá-lo, juro... — disse ela tentando se desculpar, agarrando-se ao braço dele enquanto desciam as escadas.

Giorgio se desvinculou dela com força. Giulia quase perdeu o equilíbrio correndo atrás dele na escada.

— Não quero mais vê-la nem falar com você. Vá embora logo — ordenou ele com um olhar duro.

Chegando ao térreo, Giorgio se trancou na biblioteca. Dez minutos depois, afastando as cortinas da janela, viu-a descer a escadaria, entrar no carro e esperar que o portão se abrisse. Ela desapareceu no manto verde do bosque, o mesmo que havia engolido Agnese, Elisa e Serena. Naquele momento, Giorgio desejou que ela também desaparecesse, assim ficaria protegido da necessidade de vê-la novamente.

Tudo mudou desde aquela noite em que a encontrei.

Esticou-se no sofá com o corpo tomado por arrepios e a testa ardendo. Encolheu-se de lado, como fazia quando era pequeno. Queria entender a razão do comportamento de Giulia, o que ela procurava nas suas coisas, nos seus documentos.

Provavelmente o jogo da noite anterior não passara de uma encenação para que ela pudesse agir sem ser incomodada, violando cada gaveta, cada porta da sua casa. Toda vestida de couro, linda como uma modelo da *Vogue*, com um ar arrogante que suplantava o da própria Eva. Relembrou a segurança com que ela o amarrara, a maneira como voltara para o carro seminua, desafiando o frescor da noite de fim de primavera. A maliciosa sabedoria com que se dava e se negava para excitá-lo cada vez mais.

Tentou afugentar aquelas imagens, as sugestões de uma Giulia idealizada, transfigurada como uma deusa.

Mas não conseguiu.

Ela, mais do que ninguém, era capaz de compreender cada uma das suas fraquezas, cada um dos fantasmas que ele escondia.

Giorgio se sentou bruscamente, como se despertasse de um sonho. Levantando-se, pegou o telefone para apagar o número dela, mas desistiu logo em seguida. Não havia necessidade, disse para si mesmo, fingindo uma tranquilidade que não sentia.

Em vez disso, ligou para Marta.

— Sou eu de novo — disse ele com a voz engasgada.

— Giulia já foi embora?

— Eu a mandei embora. Não quero mais revê-la.

Giorgio pigarreou, mas as palavras saíam forçadas, como se uma pedra lhe obstruísse a garganta.

Marta permaneceu em silêncio, incrédula. Após alguns segundos conseguiu replicar:

— Mas o que aconteceu? Discutiram de novo?

— Não exatamente. Podemos nos encontrar, e aí eu lhe conto tudo — propôs.

— Venha para a minha casa. Vou ficar esperando.

Enquanto se vestia para ir a Piacenza, o celular tocou.

Giulia.

Giorgio permaneceu imóvel olhando a tela, recusou a chamada e desligou o telefone. Mas o fato de ela o ter procurado o deixou de bom humor, apesar de tudo. Decidiu beber uma xícara de café e comer alguns biscoitos. Saindo pelo portão, viu uma viatura da polícia estacionada ao lado do muro divisório de sua propriedade. Alguns policiais estavam realizando buscas na área ao redor dos bosques em frente à casa. O delegado Marino abriu a porta da viatura e imediatamente se dirigiu ao carro dele. Giorgio não desceu do Porsche, limitando-se a baixar a janela.

— Doutor, soube das novidades? Desapareceu mais uma mulher, por sinal uma colega da sua... amiga de escola, por assim dizer.

— Marta. Sim, ela já me avisou, é uma loucura — disse Giorgio cerrando os dentes e olhando com frieza o delegado.

— Ultimamente tudo gira ao seu redor: Agnese, Elisa e agora Serena, a colega da sua amiga. Ontem, enquanto conversávamos, alguém resolveu dar sumiço na jornalista. Talvez ela tenha visto algo que não deveria. Veja que coincidência: Baretti e Rascagni, seus companheiros de jogo, não têm álibi para ontem às cinco horas. Dizem que ficaram em casa de tarde e de noite.

— É normal as pessoas voltarem para casa depois do trabalho — replicou Giorgio acidamente.

— Claro. Mas gostaria de frisar, mais uma vez, que esses dois indivíduos são suspeitos de cumplicidade com o defunto Sperti. Vivem em áreas isoladas e não podem provar que ficaram realmente em casa.

— Imagino que já tenham verificado a posição dos celulares deles nesse horário.

Marino tirou os óculos de sol e fixou Giorgio com um olhar gélido.

— Doutor, o senhor me surpreende. Para burlar o controle, basta deixar os telefones em casa. Esperava que o senhor fizesse comentários mais inteligentes. — O delegado deu um sorrisinho sarcástico, exibindo a dentadura amarelada.

Giorgio o fitou com uma aversão mal disfarçada. Sentia crescer dentro de si uma raiva surda. Fechou os olhos por um breve segundo e deu um longo suspiro.

— Também fico perplexo com o senhor: é surpreendente que não os tenha colocado sob estreita vigilância. Exatamente a mesma coisa que fez com Sperti, que, em seguida, se suicidou, levando seus segredos para o túmulo — declarou, desafiando-o abertamente.

Marino ruborizou.

— O que deseja insinuar? Que sou incompetente? — desafiou ele com as narinas dilatadas, abaixando-se ameaçadoramente e apoiando os braços na porta do Porsche.

Por um momento, Giorgio pensou que o delegado perderia o controle e o atacaria fisicamente, mas não se deixou intimidar, não se mexeu, não se afastou. Permaneceu impassível, como se a raiva do outro nada tivesse a ver com ele. Marino poderia tê-lo golpeado em pleno rosto. Era tudo o que Giorgio esperava, mas o delegado manteve o controle, contentando-se em resfolegar enfurecido a dois palmos de distância dele.

— Não foi isso que eu disse, o senhor está distorcendo as minhas palavras — respondeu Giorgio, esforçando-se por manter um tom calmo.

— O senhor criticou abertamente meu trabalho — replicou Marino, cadenciando as palavras.

— Não foi essa a minha intenção. Expressei apenas a minha opinião, exatamente como fez agora há pouco.

— Doutor, não brinque com fogo, pode se queimar. Hoje mais do que nunca.

— Isso é uma ameaça? — perguntou Giorgio fingindo estar assustado.

— Não, é uma opinião, apenas uma opinião — respondeu Marino apertando os olhos.

Giorgio se despediu com um aceno de mão e um sorriso debochado. Deu a partida e foi embora cantando pneu, como faria um valentão das quebradas. Observou Marino pelo retrovisor, com seu terno risca de giz de confecção medíocre e uma de suas costumeiras gravatas espalhafatosas. Ele havia recolocado os óculos de sol e não parava de olhar em sua direção.

Não tinha sido prudente, desafiara-o abertamente. Apertou os lábios, franzindo as sobrancelhas. Tinha se rebelado, e sentia-se bem melhor por ter feito isso.

Mais uma vez se lembrou de Ottorino e seus conselhos. Uma insubordinação como aquela haveria de lhe custar caro na infância – no mínimo um dia de castigo.

Seu estômago se contraiu. Respirou fundo e engoliu o refluxo ácido que lhe subira à garganta.

Os tempos em que Agnese viria socorrê-lo haviam acabado.

Aquela época também chegara ao fim.

E ele não tinha mais nada a perder.

24

Entrar no apartamento limpo e arrumado de Marta lhe serenou o ânimo. Um perfume de rosas emanava da sala. Giorgio observou as estantes organizadas, os livros dispostos com cuidado, a ausência de poeira, a luz difusa. A sensação de bem-estar aumentou quando a viu: Marta estava com um daqueles vestidos floridos que usava desde garota, um *chemisier* em tons de rosa claro que exaltava sua tez delicada. Os cabelos encaracolados estavam recolhidos em um rabo de cavalo baixo. Tirando a trama sutil de rugas ao redor dos olhos, parecia a colega do colégio de tantos anos antes. Abraçaram-se calorosamente, de um jeito que mais parecia o de dois amantes do que o de amigos fraternos. Giorgio tentou se conter. Ele a desejava, mas não queria iludi-la.

Afastou-se dela e sentou no sofá. Sarina se enrolou ao seu lado, fixando nele os intensos olhos verdes.

— Posso lhe oferecer alguma coisa?

— Pode ser aquele chá que você me ofereceu da última vez.

Marta foi para a cozinha enquanto Giorgio aproveitou para pegar Sarina e afastá-la. Não a queria por perto. Aquela gata o inquietava, como se estivesse sempre examinando-o. Assim que a levantou, ela arranhou sua mão, mostrando os dentes. Ele a soltou prontamente, lançando um grito sufocado.

Alarmada pelo grito, Marta saiu da cozinha.

— O que aconteceu?

— Sua gata me machucou!

Verificou a ferida. Na realidade, não passava de um arranhão. Surpreendeu-se que tivesse lhe provocado tanta dor.

— Estou pasma! Sarina nunca arranhou ninguém, é uma gata tranquila!

Marta ficou consternada. Pegou um vidro de desinfetante e um pacote de algodão no aparador, aproximando-se de Giorgio para cuidar do ferimento.

— Parece que ela não simpatiza muito comigo — disse Giorgio, tentando sorrir para amenizar o acontecido. Se estivesse sozinho, teria chutado a gata. Como se adivinhasse seu pensamento, Sarina sumiu silenciosamente no quarto de dormir.

— Por sorte, foi só um arranhão — contemporizou ela.

Giorgio concordou em silêncio. Deixou-se cuidar por Marta, que, depois de ter desinfetado o arranhão, colocou um curativo. Em seguida, fez um carinho em seu rosto, dirigiu-se para a cozinha e voltou com uma xícara fumegante.

— Estou muito constrangida, me desculpe! — disse ela, sentando-se ao lado dele.

— Foi só um arranhão, não é nada grave. Teve notícias de Serena?

Torcendo as mãos, Marta deu um longo suspiro.

— Não. Ela desapareceu do nada, exatamente como Agnese e Elisa.

— Você tinha falado daquele informante. As notícias tinham a ver com os dois amigos de Sperti?

— Serena sumiu antes de encontrar o seu contato. Não sei de nada.

Giorgio a pôs a par do que Marino havia lhe dito na delegacia sobre Baretti e Rescagni, acrescentando que eles não tinham álibi para o horário em que presumivelmente Serena tinha desaparecido.

— Não consigo compreender por que não os colocaram sob vigilância. Atualmente, eles são os únicos suspeitos — replicou Marta, perplexa.

— Eu disse a mesma coisa a Marino agora há pouco. Ele não gostou muito. É realmente um incapaz. — A lembrança da violenta discussão que tivera pouco antes com o delegado o fez engasgar com o chá.

Marta pôs mais lenha na fogueira.

— Você não imagina como ele se exibe quando é entrevistado, parece um pavão.

— De qualquer maneira, Marino encontrou mais dois culpados, mais duas vítimas para sacrificar. Indivíduos que, como Ottavio, não podem exibir uma vida exemplar, uma família normal, uma moralidade irrepreensível.

— Você os conhece bem? — perguntou Marta, franzindo a testa.

— Não, muito pouco. Como Ottavio, eu os encontrava uma vez por semana no restaurante de Florinda para jogar baralho. No povoado nunca tiveram boa reputação. Vivem de trabalhos ocasionais, talvez até de pequenos roubos, são beberrões e não construíram nada na vida. Mas isso não os torna culpados.

Marta inclinou a cabeça e deslizou pelos dedos o cacho que descia da nuca.

— Concordo com você — disse ela com ar pensativo.

Giorgio a fitou intensamente.

— Você me falou do carro preto que Serena viu de longe. Acha que pode ter alguma relação com o desaparecimento dela?

— Não tenho ideia. Ela me falou disso na última vez que me ligou. Eu contei imediatamente para Marino.

— E ele disse o quê?

Marta apoiou a xícara na mesinha ao lado, e se endireitou.

— Ele me agradeceu pela informação, recomendando que eu não comentasse isso com ninguém. Mas eu já tinha mencionado o carro preto ontem à noite em uma matéria que saiu na edição desta manhã. Nunca imaginei que Serena também pudesse desaparecer... Sei que a polícia está examinando palmo a palmo a área em volta da estrada que ela estava percorrendo ontem à tarde. Acho que consideram o carro uma pista importante. Mas Marino disse que a cor não confere. O único que tem carro é Rescagni, um velho Renault vermelho.

— Diante disso, não há o que dizer — comentou ele com um sorrisinho sarcástico.

— Me fale de Giulia, o que aconteceu?

Marta sentou na borda do sofá, sem dar folga ao cachinho de cabelo.

Giorgio ficou em silêncio por alguns minutos, pensativo. Não queria contar os detalhes eróticos da noite anterior, mas não sabia como explicar o que havia acontecido depois. Elaborou uma versão que pudesse motivar sua decisão, omitindo detalhes que, estava certo, Marta jamais poderia compreender.

— A noite já começou mal. Giulia chegou atrasada e, apesar de eu ter ligado diversas vezes, não respondeu. O celular dava sinal de ocupado. Ela estava ao telefone com Camilla. Enquanto estávamos jantando, atendeu outro telefonema da amiga. Discutimos por conta daquele comportamento, e depois fizemos as pazes. Ficamos juntos, mas durante a noite percebi que ela não estava ao meu lado na cama. No dia seguinte, examinei a biblioteca e outros dois cômodos, e verifiquei que ela tinha mexido em diversas gavetas e estantes. Mandei-a embora.

Marta fez cara de chocada, arregalando os olhos e torcendo nervosamente o cachinho entre os dedos. Uma atitude daquelas devia lhe parecer inexplicável.

— Que loucura! O que você acha que ela estava procurando?

Giorgio alisou o queixo, franzindo as sobrancelhas em sinal de concentração.

— Não tenho a menor ideia. De qualquer modo, achei melhor mandá-la embora.

— Ela não tentou explicar a razão de sua atitude?

— Ela me disse apenas que queria saber mais a meu respeito. Dá para acreditar?

— Você acha que ela roubou alguma coisa?

— Não creio. Ela conseguiu abrir uma gavetinha secreta de um armário onde guardo diversos objetos preciosos, mas não faltava nada.

— Então por que será que ela fez isso? — insistiu Marta.

— Não sei. Giulia é um mistério: o trabalho forjado, a ligação dela com Camilla... Acho que é melhor parar de vê-la.

Giorgio pigarreou diversas vezes, como se não estivesse em condições de falar mais nada além daquilo.

Marta o fitou com um olhar inquisitivo.

— Ela o procurou de novo?
— Ela ligou, mas não atendi. Até desliguei o telefone.
— Não quer mais falar com ela? Tem certeza disso?
A insistência de Marta ecoou dentro dele.
A decisão de não voltar a falar com Giulia seria definitiva? O fato de não ter apagado o número dela o fez pensar. Vislumbrou novamente sua estonteante beleza, sua incrível capacidade de emocioná-lo, a empatia que existia entre eles – uma afinidade inexprimível que o mantinha ligado a ela, algo que não conseguia compreender, que não era uma mera atração física. Lembrou-se do seu olhar velado por pensamentos indecifráveis. De seus mistérios impossíveis de intuir. Do contraste entre a sua imagem perfeita e a vida que ela escondia com tanto cuidado.

Além das aparências, somos muito parecidos.

Abaixou a cabeça, massageando as têmporas em silêncio, fixando as tramas do tapete persa com desenhos floridos.

— Não há nada de ruim em admitir que ela lhe faz falta. Giulia errou, mas acho que você deve lhe dar mais uma chance.

Uma ruga horizontal marcara a testa de Marta. De repente ela parecia dez anos mais velha.

Giorgio levantou a cabeça e olhou para ela, surpreso.
— Acha mesmo?
— Você a mandou embora sem lhe dar a possibilidade de se explicar. Você não é uma pessoa fácil. Mesmo quando era rapazinho se fechava em si mesmo, sempre pensativo, como se pertencesse a um mundo paralelo. Não aceito o comportamento dela, mas posso entendê-lo. Talvez ela quisesse mesmo procurar compreendê-lo melhor, apesar de, obviamente, ter agido mal.

Giorgio a fitou, confuso, sem saber o que dizer. Depois, de súbito, replicou:

— Por que você a defende tanto? Não está contente por eu tê-la deixado? Pensei que sentisse alguma coisa por mim.

Marta sorriu. A ruga desapareceu de sua testa, e ela voltou a ser aquela de sempre.

— Você é muito importante para mim, não sabe quanto. Mas, antes de qualquer coisa, quero que você fique bem, que não se arrependa de nada. Acho que você não deve tomar nenhuma decisão forçada.

Giorgio apertou a mão dela, surpreendido com a sua lealdade.

— O que você acha que eu deveria fazer?

— Ela vai ligar novamente. Ouça o que tem para lhe dizer.

— Você acha que devo lhe dar mais uma chance?

— Isso você é que vai decidir depois de tê-la ouvido.

De um modo completamente diferente de Giulia, Marta também tinha a capacidade de entrar em contato com o âmago do seu ser.

Em seguida, ela mudou de assunto.

— Quer uma fatia de torta? Preparei ontem à noite — disse ela em tom leve.

Ele aceitou de bom grado. Não sentia fome, mas vontade de doce, de garantias, de ouvir que tudo ficaria bem.

Como Agnese fazia.

Dez minutos depois se despediram. Marta tinha que ir trabalhar na redação.

Quando ela fechou a porta, Giorgio se sentiu sozinho. Logo que chegou ao carro, ligou o celular. Apareceram dez chamadas de Giulia e duas de um número que não conhecia.

Não teve tempo de ligar para o número desconhecido. O celular tocou. Era Giulia outra vez.

— Oi, Giorgio, posso falar com você? — Sua voz estava angustiada, abatida. Nada lembrava a moça desinibida e segura de si da noite anterior.

— Fale — disse Giorgio secamente.

— Desde o nosso primeiro encontro desconfiei que você fosse muito diferente de como se apresentava — começou ela. — Aparentemente brilhante, distante, seguro de si. E, no entanto, logo percebi que não era assim. Você deu a impressão de uma pessoa triste, afetada por um passado pesado, por sofrimentos que não consegue superar. Uma pessoa frágil, exatamente como eu. Queria compreendê-lo melhor, tentar penetrar nessa muralha que nos separa. Na esperança de realmente tocar o seu coração... — Giulia suspirou profundamente, como se estivesse a ponto de chorar.

— Você podia tentar conversar comigo, em vez de revistar minhas coisas — objetou Giorgio, sem conseguir conter o desagrado. Teve vontade de interromper a comunicação, mas continuou a ouvi-la.

— Podemos nos ver? Prefiro conversar pessoalmente.

Ele permaneceu em silêncio.

— Posso ir ao seu encontro onde você estiver — suplicou Giulia.

— Prefiro ir à sua casa. Chego em uma hora.

Desligou e apoiou a cabeça no encosto. Ligou o rádio. O noticiário falava do desaparecimento de Serena, da cadeia de sequestros que parecia não ter fim. Ouviu a voz irritante de Florinda falando dos dois principais suspeitos. A essa altura, a mulher se tornara a estrela daquele circo absurdo, ao lado de Marino e dos outros personagens deploráveis do povoado.

Sentiu falta de ar, como se tivesse mergulhado em um túnel cujo fim não conseguia enxergar. Pegou o ansiolítico no compartimento do carro, tomou um comprimido e fechou os olhos, esperando que finalmente fizesse efeito.

25

O prédio onde Giulia morava lhe pareceu ainda mais miserável do que nas vezes anteriores. Na entrada, duas mulheres muito maquiadas que tagarelavam em um canto o olharam de alto a baixo assim que ele colocou o pé no saguão. Pensou em Giulia, em suas roupas provocantes e no efeito que poderiam causar nos perigosos frequentadores daquele prédio. Um lampejo iluminou a sua mente. Talvez o misterioso trabalho de Giulia nada mais fosse do que prostituição de alto nível. Aquele cuidado com os detalhes, a malícia com que se dava e se negava, a obsessiva atenção a certas particularidades podiam ser características de uma profissional experiente.

Contudo, alguma coisa ainda escapava à sua compreensão. Se ela fosse uma mercenária, não moraria naquele condomínio de baixo nível, em um ambiente degradado. Bonita, inteligente e sofisticada como era, poderia ser uma acompanhante de luxo e morar sem problemas em uma cobertura em Brera ou em outro bairro elegante de Milão. Além disso, seus horários diurnos de trabalho não pareciam ser compatíveis com uma atividade desse gênero.

O elevador continuava quebrado. Subiu bufando os dois andares que o separavam do apartamento dela e bateu à sua porta.

Giulia o recebeu de jeans e camiseta, sem pintura, com os olhos levemente inchados. Tentou abraçá-lo, mas Giorgio se afastou.

— Obrigada por ter vindo — disse ela esboçando um sorriso tímido.

— Nem sei por que estou aqui — resmungou, entrando.

Sentou-se no sofá, abrindo espaço entre as roupas. O contraste entre o apartamento de Giulia e o de Marta era gritante. Roupas amarrotadas aqui e ali, pilhas de livros espalhadas pelos cantos, copos semivazios abandonados sabia-se lá desde quando.

— Bem que você poderia arrumar a casa uma vez ou outra — deixou escapar acidamente.

Ela torceu a boca e não respondeu. Suspirou devagar, talvez para controlar uma reação àquela crítica ofensiva. Em seguida sentou ao seu lado, passando de leve a mão na perna dele.

— Desculpe, não deveria ter me comportado daquele modo. Queria apenas conhecê-lo melhor.

— O que imaginava encontrar? O romance da minha vida? Um diário onde poderia descobrir meus segredos? — replicou Giorgio, sarcástico, afastando a mão dela da sua perna.

— Por favor, me ouça — implorou ela. — Quando você me falou da sua infância, das angústias que sentia naquela época, comecei a entender seu caráter sombrio, esquivo. Eu também vivi o inferno quando era menina — disse ela com os lábios trêmulos e os olhos brilhando. — Ainda não entendi o que aconteceu com você. Mas posso lhe contar o que aconteceu comigo, o que me marcou para sempre — continuou ela.

Giulia fixou um ponto à sua frente, como que hipnotizada, com as costas curvadas, o rosto lívido. As olheiras, até então apenas visíveis, tinham se tornado azuladas.

— Meu pai me violentou dos nove aos doze anos, quase toda noite. Minha mãe sabia, mas nunca fez nada para impedi-lo. Limitava-se a fechar os olhos e tapar os ouvidos em seu quarto, fingindo não saber de nada.

Uma lágrima deslizou pelo seu rosto. Ela a enxugou logo, envergonhada por demonstrar sua vulnerabilidade. Continuou a falar, imóvel como uma inanimada boneca de carne.

— Um dia, enquanto ele ofegava em cima de mim, enfiei-lhe uma faca nas costas. Ele gritou, e só então minha mãe se dignou a ir ver o que estava acontecendo. Ainda me lembro da sua cara hipócrita, nojenta... Fugi de casa e me refugiei com uma amiga mais velha, que me protegeu e me ajudou. Os meus pais, por sorte, nunca mais me procuraram. E eu consegui sobreviver por minha conta.

Extremamente pálida, Giulia estava inerte, sem forças, com o corpo sacudido por um frêmito incontrolável. Giorgio tentou abraçá-la para que ela parasse de tremer, mas ela o afastou com veemência. Aquele gesto furioso e instintivo lhe revelou que Giulia estava sendo sincera.

Giorgio serviu um pouco de uísque da garrafa que tinha encontrado sobre o balcão e o ofereceu a Giulia, sentando-se ao lado dela, mas sem se aproximar. Ela bebeu o conteúdo até a última gota. Alguns minutos depois, mais calma, ela se recostou no espaldar do sofá.

Era outra pessoa, completamente diferente da moça desinibida e ousada de poucas horas antes. Giorgio aguardou que ela relaxasse após aquela confissão dolorosa.

O uísque aos poucos fez efeito: Giulia recuperou a cor, e os olhos, ainda úmidos, voltaram a se animar.

— Desculpe o desabafo — disse ela em voz baixa, como se não tivesse forças para falar. — Essa sombra envenena minha alma.

— Compreendo. Você viveu uma experiência horrível, e vai carregar essa marca para sempre.

Giorgio suspirou e serviu um pouco de uísque para si no copo dela. Havia tomado o ansiolítico, não era uma boa ideia misturá-lo com álcool, mas ele também precisava relaxar, não pensar.

— Por que não me fala de você? Acho que lhe faria bem... — sugeriu Giulia, tentando encorajá-lo.

— Prefiro não remoer um passado que não posso mudar — disse Giorgio.

— Explique-se melhor — pediu ela, voltando lentamente a si e endireitando as costas, com o olhar atento e as mãos apoiadas nas pernas.

— Ao contrário de você, prefiro não pensar muito nisso. Quem, como nós, foi afetado de maneira irreparável está sempre na borda de um precipício. Cada dia a mais é um dia conquistado.

Ela o olhou, perplexa, como se não compreendesse as palavras dele por completo.

— Sua atitude não me parece construtiva — observou. — Fiz terapia por bastante tempo e entendi que expressar as emoções que sufoquei durante anos, reconhecê-las, aceitá-las, foi de grande ajuda para mim.

Ele a encarou demoradamente.

Um olhar direto, impiedoso.

— A julgar pelo estado em que você se encontrava há pouco, não adiantou muito — sentenciou ele, gélido.

Giulia arregalou os olhos, surpresa, como se tivesse deparado com um perigo repentino. Ficou imóvel por alguns segundos, desorientada. Abriu a boca para replicar, mas não o fez. Provavelmente, não queria recair na áspera tensão de antes. Respirou fundo, refletindo mais um pouco antes de voltar a falar.

— É claro que é impossível esquecer um trauma como esse, mas garanto que falar dele, reconhecê-lo, me fez bem. Poderia acontecer o mesmo com você.

— Há uma grande diferença entre nós dois. Você fugiu do seu passado, procurou evitá-lo, e, no entanto, ele ainda a persegue. Já eu não cultivo essa ilusão. Tenho certeza absoluta de que não posso fugir dele.

Giulia o observou em silêncio, impressionada com aquela declaração peremptória.

— Você se recusa a ter esperança e tem apenas quarenta anos — ponderou ela.

— A idade não conta. Acho que sou assim desde criança.

Giulia foi sacudida por um frêmito.

— Não consigo nem imaginar o que você passou para ter essa visão das coisas.

Giorgio se serviu de mais um uísque e lhe ofereceu o copo. Giulia recusou. Ele deu um gole, observando uma enorme rachadura que atravessava a parede e pensando no perigo que aquilo representava.

— Nunca pediu para consertarem aquela rachadura? Parece perigosa — comentou ele.

— Chamei milhares de vezes o administrador, mas ninguém apareceu para verificar. Espero me mudar daqui em breve.

— E onde pensa em morar? — perguntou Giorgio, franzindo a testa, curioso.

— Não sei ainda. Gostaria de ir para um lugar melhor. Preciso esquecer o meu passado — respondeu Giulia, ensaiando um sorriso.

Ele a olhou com ternura. Naquele momento a sentia realmente próxima. Quantas vezes havia cultivado uma esperança secreta a respeito dela, apesar de não admitir? Vezes demais.

Tomou a mão dela na sua. Giulia não reagiu. Gostaria de abrir o jogo com ela, de perguntar por que tinha mentido a respeito do trabalho e do tipo de relação que a ligava a Camilla. Gostaria de esclarecer cada detalhe de uma vez por todas e poder recomeçar do início, acreditando em sua boa-fé.

Mas conteve-se.

Deu-lhe um beijo na face, casto, leve. Como o pai dela deveria ter feito, em vez de fazê-la afundar no horror da violência e da opressão.

Teve vontade de abraçá-la, mas conteve-se. Ela ainda estava imersa nas lembranças, na angústia, na desolação.

Levantou-se do sofá e se despediu.

— Quando nos veremos? — perguntou ela com um olhar triste.

— Logo — limitou-se ele a responder.

Saiu porta afora e desceu as escadas correndo.

26

Sentou-se no carro, exausto. Ficou pensando na palidez mortal de Giulia, em seus olhos vítreos, cristalizados pelo horror. Perguntou-se se o que tinha acabado de ouvir não seria mais uma mentira, mais um golpe para enganá-lo.

Não, ela não podia ser tão boa atriz. A dor que ele presenciara era real, palpável. Giulia tinha realmente vivenciado aquela experiência, experimentado aquela atrocidade. A impressão que tivera desde o começo, de estar se relacionando com uma pessoa complexa, angustiada, tinha fundamento.

Desde a primeira vez que a vira, parada na beira da estrada com o carro quebrado, notara aquela sombra dolorosa em seus olhos. Pensou novamente no contexto em que a havia conhecido, na circunstância que os havia colocado em contato, aparentemente casual.

Se seu carro não tivesse sofrido uma pane, jamais teríamos nos encontrado.

Quem sabe se aquela ocasião tinha sido realmente casual? Quando o mecânico abrira o capô, encontrara somente cabos soltos. Lembrou-se ainda do seu espanto ao se dar conta de que eles haviam sido desconectados todos juntos. Giulia poderia tê-los desligado para ter o pretexto de pedir ajuda e chamar a atenção de Giorgio no caminho de volta.

Sempre fui um sujeito metódico. Não seria difícil saber do meu encontro semanal no restaurante com Ottavio, Tinu e Tugnot.

Lembrava-se perfeitamente de ter notado a entrada dela no bar, pouco antes, para pedir informações. Talvez Giulia quisesse checar se ele realmente estava ali.

Desde aquela noite tudo havia mudado: primeiro Agnese, em seguida Elisa e, por fim, Serena, todas haviam caído como as pedras de um jogo de dominó – um encadeamento irrefreável de eventos, todos ligados a um fio bem amarrado, impossível de deter.

Depois que Giulia entrara na sua vida, em poucos dias tudo havia mudado. Como um vento maligno levando desordem para todos os lados.

Amaldiçoou-se por nunca ter verificado os documentos dela. Claro, podiam ser falsos, mas, de qualquer modo, deveria ter dado uma olhada neles.

Naquela noite, de maneira totalmente imprudente, havia levado para casa uma desconhecida, acusou-se amargamente.

Logo que chegou à mansão, sentou-se à escrivaninha e, depois de ter ligado o computador, fez uma breve pesquisa no Google. Encontrou fotos de diversas mulheres com o seu nome, Giulia Bruschi, mas nenhuma tinha a sua idade e o seu semblante. Nas redes sociais não havia absolutamente nada sobre ela, e isso o deixou desconfiado.

Preciso segui-la novamente e tentar descobrir qual é o seu verdadeiro trabalho e o que faz durante o dia.

Seu olhar se deteve em uma mesinha em que, até poucos dias antes, Agnese tinha o hábito de lhe servir uma xícara de chá à tarde. Arrepiou-se. Por um breve momento, teve a impressão de ver a sua sombra atravessando o grande salão com passos cadenciados. Agnese havia desaparecido, engolida pelo mundo de trevas de onde Giulia surgira.

Levou as mãos às têmporas para massageá-las. A dor surda começara na casa de Giulia e só piorava, cada vez mais incômoda. Não se surpreendera muito com a história dela: desde cedo intuíra que ela escondia segredos pesados, inconfessáveis. Aquele empenho em satisfazer cada desejo dele, até o mais brutal, aquele ar destemido, de sedutora consumada, nada mais eram do que uma desesperada busca por aprovação. Como se, apegando-se a ele, Giulia quisesse evitar que a corrente a arrastasse, precipitando-a em um abismo tão profundo quanto as suas angústias. Imaginou-a menina, fechada em seu quarto à espera do ogro que toda noite batia à sua porta para subtrair, um pouco mais a cada dia, a confiança dela na vida. E a mãe no outro quarto, fingindo que nada acontecia. Pensando bem, ambos tinham tido pais muito semelhantes.

Lembrou-se de Dafne, totalmente ausente quando o pai o arrastava para a dependência. Aquela indiferença o destruíra ainda mais do que os espancamentos, o confinamento a que Ottorino o condenava, o horror de ser esquecido por horas naquele lugar amaldiçoado.

Pelo menos Giulia tinha tido a coragem de fugir, de reagir, de procurar uma saída – aquela que ele jamais tivera coragem de seguir, condicionado pelo brutal comportamento do pai.

O celular tocou. Giorgio se sobressaltou, como que sacudido pelo metralhar de uma fuzilaria. Deu uma rápida olhada na tela: era Marino. Respondeu relutante, sem procurar esconder o desagrado.

— Doutor, modere o tom. Estou conduzindo uma investigação e posso ligar para o senhor quando for preciso. Faça o favor de vir à delegacia o mais cedo possível. Quero interrogá-lo, juntamente com a senhorita Vigevani — replicou Marino, desligando logo, sem nem lhe dar tempo para responder.

Giorgio praguejou, jogando com um gesto de raiva o celular no sofá. Marino tinha declarado guerra – qualquer pretexto servia para incomodá-lo. Sobre o que precisariam conversar?

Pegou as chaves do carro e partiu logo em direção a Piacenza, tomando uma estrada secundária, para evitar o povoado. A essa altura, após o desaparecimento da terceira mulher, havia ali mais jornalistas do que moradores. Deu uma olhada distraída nos furgões das várias emissoras, todos estacionados no limiar da estrada que levava às castanheiras. O aviso que havia pendurado na entrada de acesso à mansão produzira o efeito desejado. Somente a polícia tinha entrado para as investigações necessárias.

Lembrou-se de Serena. Ela não respeitara a interdição, não se deixara intimidar, mas, ao que parece, a sua imprudência havia sido punida.

Viu Marta assim que entrou no escritório de Marino. Ela estava sentada em frente à mesa dele, respondendo com paciência a cada pergunta do delegado.

— Aqui está o nosso doutor Saveri. Sente-se, por gentileza — convidou Marino com exagerada cerimônia.

Giorgio cumprimentou Marta com um breve aceno e sentou.

Olhou-a com atenção: parecia perdida, desorientada.

— A senhorita Vigevani me contou que viu Serena Valsi algumas horas antes do seu desaparecimento. Vocês confirmam que a encontraram juntos na praça do povoado?

— Claro, Marta tinha ficado de lhe entregar o seu gravador. Logo em seguida encontramos o senhor também, delegado. Está lembrado?

— Lembro muito bem. Agora me diga o que conversaram com a senhorita Valsi — disse ele em tom seco.

— Ela queria me entrevistar, mas eu recusei. A finalidade do gravador era essa. Tenho a impressão de ela ter mencionado a intenção de tirar algumas fotos, se não me engano.

— Não se lembra de mais nada? Por exemplo, com relação às informações reservadas que Serena deveria receber de um contato?

— Não fiquei sabendo de nada a respeito disso — disse Giorgio, sustentando o olhar de Marino.

— Doutor, está certo disso? — perguntou ainda o delegado, fixando-o nos olhos.

— Sim, tenho certeza — respondeu Giorgio, decidido.

— No entanto, a senhorita Vigevani falou com a senhorita Valsi sobre um possível informante que lhe transmitiria algumas novidades importantes. Isso pouco antes de ela desaparecer do nada. Agora se lembra, Marta?

O tom doce e a súbita passagem do sobrenome ao nome de Marta em poucos segundos incomodaram Giorgio, que prontamente reagiu.

— Desculpe, delegado, por que não acredita na senhorita Vigevani? — inquiriu ele em tom polêmico.

— Porque a senhorita Valsi, falando por telefone com a sua amiga, contou que estava aguardando algumas informações de um contato. Isso logo antes de desaparecer. Eu diria que não se trata de um detalhe que se possa negligenciar. Marta, convém falar a verdade.

Ela olhou para Giorgio e, em seguida, baixou a vista. Estava quase pegando aquele cachinho que pendia da nuca, mas desistiu, talvez para não deixar que a tensão ficasse demasiado evidente.

— Sim, é verdade, mas não sei quem é o contato. Ela nunca me revelou — disse Marta em voz quase imperceptível.

— Tem certeza disso? Pense bem.

— Sei que Serena tinha um informante, mas ela nunca me revelou o seu nome. Tinha muito ciúme de suas fontes.

— Em toda essa história não desapareceram somente pessoas, mas também muitos objetos – elementos que podem ser importantíssimos para as investigações: o diário de Agnese, que desapareceu junto com a filha, a bicicleta de Elisa, que nunca mais foi encontrada, e até o gravador que a senhorita Marta emprestou a Serena, além dos celulares das três vítimas. Para não falar da medalhinha que o doutor encontrou e declarou ter perdido logo em seguida – todos objetos essenciais para o inquérito — sentenciou Marino, pigarreando.

— O que está querendo insinuar, delegado? — perguntou Giorgio, levantando-se da cadeira com um movimento enérgico.

— Quem aqui está fazendo insinuações? — ironizou Marino, sorrindo com sarcasmo. — Eu disse apenas que o senhor perdeu a medalhinha. Por acaso isso não é verdade?

— Eu e a senhora Florinda procuramos entre os arbustos o pingente da pulseira de Agnese. Com certeza perdi a medalhinha naquele momento — replicou Giorgio, alterado.

— Isso. Esqueci o pingente da pulseira, que também nunca mais foi encontrado. Pense, doutor, que não estava faltando nada na casa de Agnese, nem o dinheiro de que nos falou, nem as poucas joias que ela possuía. No entanto, não há pista alguma do diário. É evidente que o diário tinha segredos de Agnese, que poderiam jogar luz sobre alguns cenários importantes.

Giorgio não respondeu. Marino olhou para ele com atenção, apoiando os cotovelos sobre a mesa:

— Será possível que o senhor não saiba nada desses segredos? Estamos falando de uma mulher que trabalhou por muitos anos na sua casa e que foi, conforme as suas próprias palavras, como uma mãe para o senhor.

— Delegado, vou repetir pela enésima vez: Agnese é uma pessoa muito reservada, fala pouco e não conta nada da sua vida particular. Lamento, mas não posso ajudá-lo.

— Então me fale de Rescagni e Baretti, os principais suspeitos além do defunto Sperti. Chegou a vê-los alguma vez sem ser nas sextas à noite? — pressionou Marino.

— Aqui também sou obrigado a me repetir: acha que eu tenho algum ponto em comum com sujeitos como aqueles? — perguntou, irônico.

— Bem, o senhor nunca faltava ao compromisso de sexta-feira à noite.

Giorgio levantou o tom da voz, com o rosto sombrio:

— Nós mal conversávamos, apenas jogávamos baralho, como diversas vezes já declarei. Ottavio, Tinu e Tugnot são ótimos jogadores. Eu gostava de me distrair com eles, de desfrutar de uma noitada diferente de vez em quando.

— Bem, chegamos ao ponto. Por que essa vida solitária? Retirou-se da profissão jovem demais.

Marino apoiou o queixo nas mãos cruzadas, os cotovelos postos na mesa, como para observá-lo melhor.

— Por motivos pessoais — replicou Giorgio secamente.

— Está bem, está bem, doutor. Teve oportunidade de falar com seus amigos Baretti e Rescagni como havia feito com Sperti? — continuou Marino, imperturbável.

Giorgio o fitou, reduzindo os olhos a duas brasas ardentes.

— Já lhe disse que eles não são meus amigos, e, de qualquer maneira, não os vi mais, nem falei com eles. Mas isso o senhor já sabe, pois deve estar grampeando meu telefone e, certamente, o de Marta também.

Marino deu de ombros. Virou-se para falar com Marta.

— Senhorita Vigevani, me fale do carro preto que Serena viu rondando em uma estradinha de terra.

— Bem, se realmente interceptam os nossos telefonemas, já sabem de tudo. Após aquele momento não falei mais com Serena.

O delegado não a desmentiu. Limitou-se a pressioná-la mais um pouco.

— Não se preocupe, responda à minha pergunta.

— Ela só me contou que tinha visto um carro daquela cor percorrendo uma trilha do bosque, mas não me disse de que marca era, nem a placa.

— Por que cargas d'água a senhorita Valsi se encontrava naquelas paragens?

— Ela me disse que queria tirar algumas fotos dos lugares onde Agnese e Elisa poderiam ter desaparecido. Não tinha um objetivo muito certo, precisava escrever uma matéria e queria complementá-la com imagens. Acho que ela deve ter ficado bastante impressionada com a minha reportagem e as fotos do corpo de Sperti — disse Marta com uma ponta de satisfação.

— Esse aspecto também não está claro para mim: como conseguiu chegar ao local da descoberta junto com a polícia? Quem lhe deu essa informação?

— Foi Serena que me ligou. Naquele dia ela estava em casa com febre. Acho que ela deve ter sabido por meio do contato dela.

De repente, Marino deu um soco na mesa.

Giorgio e Marta levaram um susto. A cara do delegado estava tão vermelha que os dois temeram que ele pudesse ter um infarto.

— Mas quem é esse misterioso contato? Certamente é alguém da polícia — deixou escapar Marino.

Os dois o fitaram, perplexos com aquela reação tão teatral.

O delegado clareou sua voz e tentou se recompor, ajeitando a gravata.

— Tudo bem. Estão livres. Fiquem à disposição — dispensou-os, saindo da sala antes deles.

Marta gesticulou para dizer algo a Giorgio, mas ele a pegou por um braço e não quis falar até que estivessem longe da delegacia.

Foram a um bar e sentaram-se em uma salinha onde não havia gente, pedindo dois cafés. Giorgio deu mais uma olhada ao redor. Tranquilizado ao se certificar de que estavam sozinhos, disse:

— Eu já suspeitava que meu celular estivesse sendo monitorado, mas agora tenho certeza. Não que eu tenha alguma coisa para esconder, mas, de qualquer maneira, é muito desagradável.

— Giorgio, eu sei quem é o contato de Serena — confessou Marta de um só fôlego.

Ele olhou para ela, confuso. Quando falara com Marta, ela lhe parecera sincera. Virou-se novamente para ter certeza de que não havia ninguém atrás deles.

— Espero que Serena não tenha dito isso pelo telefone, do contrário Marino vai descobrir rapidamente. Na verdade, me surpreende que ele já não tenha descoberto.

Marta baixou a cabeça, torcendo as mãos.

— Não, não se preocupe. Alguns meses atrás, na redação, Serena me contou que estava tendo uma relação clandestina com um policial casado. Mas ela não me disse quem era.

— Então você não sabe quem é — replicou Giorgio.

— Sei, sim. Quando você foi ver Giulia hoje de manhã, eu fui para a redação, lembra? Vou sempre a pé e passo todo dia pelo parque em frente à estação. Um homem se aproximou de mim discretamente dizendo que era um amigo de Serena. Nos sentamos em um banco isolado, em que ele tinha certeza de que não havia câmeras.

Marta puxou da nuca o cacho de sempre e começou a enrolá-lo nos dedos convulsivamente.

Giorgio ficou sem palavras.

— O que ele lhe disse? — pressionou ele.

— Ele estava muito preocupado com Serena, e, em determinado momento, pensei até que fosse chorar. Me perguntou sobre o que nós tínhamos conversado antes que ela desaparecesse, as palavras exatas. Me recomendou ficar muito atenta e acrescentou que entraria em contato comigo nos próximos dias por meio de uma amiga sua de grande confiança. — Marta estava exausta, quase não conseguia falar de cansaço.

— Esse homem está colocando você em uma situação difícil. Se Marino descobrir que você falou com ele, pode, no mínimo, incriminá-la por omitir informações, favorecimento e divulgação de obstrução de justiça.

— Eu sei, mas vou correr esse risco por Serena. Eu quero muito bem a ela, é uma amiga querida para mim.

— O que pensa em fazer? Há uma legião de policiais seguindo os rastros do sequestrador, e eles ainda não descobriram nada. Duvido que você e o amante de Serena consigam — disse Giorgio com sarcasmo.

— Tem razão, mas dei minha palavra e farei o possível para encontrar Serena — replicou Marta com mais ênfase do que antes.

— Pobre iludida. Vai se meter em uma encrenca e nada mais. Por favor, pense melhor. E procure evitar aquele policial. Ele nem teve a coragem de largar a mulher e ficar com a sua amiga.

Giorgio estava fora de si. Fez menção de se levantar e sair, mas voltou atrás. Marta o fitou com os olhos arregalados, sem coragem para replicar. Aquele olhar desconcertado o deteve.

Permaneceram em silêncio por algum tempo – ela com a cabeça baixa, as costas curvadas, os olhos fixos na mesinha; Giorgio, girando obsessivamente a colherinha na xícara do café.

Marta tentou mudar de assunto:

— Você e Giulia conseguiram se entender?

Giorgio levantou os olhos, suspirando profundamente. Em seguida, contou a experiência terrível que Giulia tivera na família.

— Lamento muito por ela... Agora entendo muitas coisas — murmurou Marta.

— O que quer dizer?

— Certas atitudes, talvez até a relação que ela tem com aquela amiga.

— Acha que isso tem a ver com a experiência que ela teve com o pai?

— Certamente não a ajudou a se relacionar com os homens em geral. O que pensa em fazer?

Giorgio franziu a testa e passou a mão no queixo. Não respondeu logo, como se quisesse pensar a respeito.

— Ainda não sei. Claro, a história dela me fez compreender alguns aspectos do seu comportamento, porém muitos outros permanecem obscuros. Pretendo segui-la para entender qual é a verdadeira ocupação dela, e espero não ter surpresas desagradáveis.

Marta olhou para ele com curiosidade.

— O que vai fazer?

— Cheguei a imaginar que ela poderia ser uma *escort* ou algo do gênero, mas depois, pensando bem, me pareceu uma hipótese improvável. Ela não viveria naquele condomínio miserável, teria outro estilo de vida.

— Eu também acho que Giulia esconde alguma coisa, mas não acredito que seja uma prostituta. Sabe o que eu acho? Que desde que vocês se conheceram aconteceu de tudo na sua vida... — Marta levou a mão à boca, como se pela segunda vez tivesse se arrependido do que acabava de dizer.

— Explique-se melhor — ele pressionou.

— Eu estava pensando no primeiro encontro de vocês. Você me contou que houve uma empatia imediata entre ela e Agnese, talvez por conta da semelhança com a filha dela, certo?

— Sim, exato — confirmou Giorgio.

— Alguns dias depois Agnese desapareceu. Onde ela estava naquele momento?

— Estava comigo na mansão. Lembro que lhe ofereci outro quarto para não a deixar constrangida em relação a Agnese, mas, na realidade, dormimos juntos a noite toda. De manhã ela foi embora cedo. Eu adormeci novamente, e quando acordei me dei conta de que Agnese não havia chegado, como costumava fazer todos os dias.

— E onde ela estava quando Elisa desapareceu? — perguntou Marta depois de beber um gole de café, que a essa altura já estava frio, apoiando prontamente a xícara na mesa e concentrando-se na resposta.

— Ela estava comigo quando Elisa me pediu para abrir o cofre que Agnese conservava em casa, aquele que continha o diário. Naquele dia, Ottavio também veio à minha casa. Queria me pedir apoio como advogado. Estava transtornado, embriagado, e destratou Elisa, gritando que não tinha nada a ver com o desaparecimento da mãe dela. Eu o mandei embora, mas Elisa ficou com medo. Giulia se ofereceu para escoltá-la de carro até em casa enquanto ela voltava de bicicleta. A vizinha confirmou a chegada de ambas à casa de Agnese e a partida de Giulia logo em seguida.

— E quando Serena desapareceu? Você sabe onde ela estava?

— Lembro que ontem eu liguei para ela quando estava com você, para marcar o encontro da noite. Não falei mais com ela até bem depois das nove, quando ela chegou à minha casa. Eu havia ligado para ela várias vezes, mas o celular estava sempre ocupado. Ela me disse que estava ao telefone com a sua amiga Camilla. — Giorgio ficou em silêncio por alguns minutos, depois continuou: — Hoje eu me lembrei de como a conheci, da pane no carro dela. O mecânico me disse que os cabos das velas estavam todos soltos e que não entendia como isso podia ter acontecido. Talvez tenha sido ela que os soltou para ter o pretexto de me pedir socorro.

Marta bebeu outro gole do café, apoiou novamente a xícara e fitou Giorgio nos olhos. Já tinha se recuperado da consternação anterior, agora parecia mais lúcida e segura.

— Não sabemos quase nada da vida de Giulia. Talvez você devesse mesmo tentar se informar a respeito de sua vida real. É estranho que Marino, mesmo monitorando os nossos telefones, não tenha feito perguntas ou comentários a respeito dela — considerou Marta.

— Talvez o seu proverbial faro lhe sugira que ela não é uma pessoa determinante para as investigações. E certamente ele deve se divertir pensando em minhas investidas sentimentais — comentou Giorgio com um sorrisinho amargo.

— Pare de pensar nisso. No seu lugar, eu procuraria entender quem é Giulia na verdade.

Giorgio concordou. Havia repreendido Marta por sua falta de prudência, mas fora o primeiro a receber uma desconhecida em casa sem saber quem ela era realmente.

27

Antes de sair, Giorgio se olhou distraidamente no espelho Luís XVI pendurado perto da porta de entrada, custando a se reconhecer: olheiras escuras, barba de três dias, rosto pálido. Desviou imediatamente o olhar. Nunca se importara com o aspecto físico, sabia que não era um homem bonito, mas a imagem refletida no espelho o deixou pensativo.

Parecia a sombra de si mesmo.

Pegou as chaves de um utilitário que raramente usava e desceu a escadaria apressado rumo à garagem. No carro, verificou a última ligação que Giulia fizera pelo WhatsApp, à uma da manhã. Fizera bem em acordar tão cedo. Precisava ter absoluta certeza de que ela não havia saído para o trabalho.

A luz do dia ainda era escassa. Pensou em usar a estrada secundária, mas, devido à hora, decidiu passar pelo povoado para economizar tempo. Às cinco e meia da manhã todos ainda estavam dormindo, até mesmo os repórteres. Não havia ninguém pelas ruas, somente um cachorro latindo ao longe. Evitou passar pela praça – a câmera do banco o teria filmado saindo àquela hora insólita, e ele não queria dar a Marino um pretexto para interrogá-lo novamente.

Na escuridão da madrugada, pensou novamente na noite em que havia conhecido Giulia, nas sensações que experimentara com ela, na ideia de que ainda poderia se apaixonar, a despeito de todo o desencanto que já vivera e experimentara.

Sim, havia acreditado nisso, e surpreendeu-se com a sua ingenuidade. Fechou os olhos e apertou os lábios. Dali a poucas horas, ela, sua vida, seus segredos, tudo ficaria claro.

Ainda tinha vontade de se apaixonar e sabia disso.

Sim, sabia.

Não havia sonho para ele, somente desgraça, a maldição eterna. No entanto, havia acreditado que poderia se apaixonar, a despeito do passado penoso, de um presente que não conseguia controlar, de um futuro totalmente incerto. Tinha até sonhado em recomeçar tudo com ela, como achara que podia fazer quando se casara com Eva, mas agora a decisão teria sido mais drástica, definitiva – mais uma tentativa de ludibriar o destino roubando nas cartas, como provavelmente Ottavio fazia com ele nas sextas-feiras à noite.

Tinha imaginado que juntos poderiam curar as feridas um do outro, e que, justamente por terem tido um destino semelhante, poderiam superar, dando coragem e esperança um ao outro, ajudando-se mutuamente. Como se fugir pudesse salvar a ambos do horror que os perseguia, que nunca os abandonaria, nem no lugar mais remoto do planeta. Sem pensar que aquele horror já estava entranhado em seus ossos, na pele, nas vísceras, no sangue.

Suspirou fundo, apertando as mãos ao redor do volante. Procurou se distrair, pensar em outras coisas, mas as palavras de Marta ecoavam dentro dele.

Era verdade. Desde que Giulia aparecera na sua vida, tudo fora às favas em poucos dias.

Na realidade, uma semana exata.

Quem seria Giulia na verdade? Qual seria o seu intuito? O que descobriria a respeito dela?

Obcecado por essas reflexões, chegou ao prédio onde ela morava. O carro dela estava estacionado perto do portão de entrada. Giorgio deu um suspiro de alívio. Ela ainda não havia saído. Ele tinha tempo para estacionar com calma em um ponto em que Giulia não o visse ao sair de casa. Queria segui-la até o lugar onde trabalhava e, por isso, resolvera utilizar outro carro: com o Porsche logo teria sido descoberto.

Uma hora depois ela saiu correndo pelo portão. Estava vestida de maneira muito simples, apenas uma calça jeans e uma jaqueta leve. Trazia os cabelos presos em um rabo de cavalo e o rosto totalmente sem maquiagem.

Com um boné que lhe escondia a testa e óculos de sol, Giorgio esperou que ela desse a partida, permanecendo a uma distância razoável, para que ela não percebesse que estava sendo seguida. Após vinte minutos, Giulia enveredou por uma estrada de campo e por fim estacionou no pátio da Abadia de Chiaravalle.

O que ela fazia em um lugar assim? Giorgio teve vontade de rir. Havia imaginado cenários de pecado e corrupção, e, no entanto, encontrava-se em um lugar religioso, isolado de tudo e de todos.

Estacionou o carro próximo a um canal de irrigação e saiu com cautela. O boné e os óculos o protegiam do risco de ser reconhecido de longe, mas não seriam suficientes para escondê-lo caso se aproximasse. Percorreu o pátio com cuidado e entrou no interior da igreja de planta em cruz latina, escondendo-se atrás de uma coluna.

Giulia não estava ali.

Giorgio avançou pelos corredores laterais, espreitando sem dar muito na vista entre os bancos, no altar, na parte central do coro de madeira. Avançou com prudência até o claustro delimitado por colunas brancas que cercavam aquele recanto verde.

Nem sinal de Giulia.

Viu um monge passar e resolveu tentar a sorte.

— Desculpe, estou procurando uma moça loira que entrou há pouco.

— Talvez se refira a Alessandra Buontempi, a restauradora. Ela está na escadaria que leva ao dormitório. Está trabalhando na *Madonna della Buonanotte*, de Luini — respondeu o monge com um sorriso gentil.

Abismado, Giorgio precisou se apoiar nas colunas gêmeas do claustro para não cambalear.

Agora que descobrira a verdade, tudo lhe parecia irreal.

Giulia na realidade se chama Alessandra e é restauradora.

Respirou profundamente, como se lhe faltasse oxigênio. O claustro flutuava, assim como o monge de hábito branco e preto que se afastava em direção à entrada da igreja.

Tentou se recuperar, reorganizar as ideias, encontrar uma ponta de racionalidade naquele furacão que o tinha arrastado.

Na realidade, Giulia, aliás, Alessandra, havia se mostrado claramente: a atenção aos detalhes, o modo de se expressar, de se apresentar. Era evidente que ela tinha uma ótima cultura de base, que era muito mais articulada do que pretendia revelar.

Que ela era mais do que mostrava.

Compreendeu de chofre que fora Alessandra, e não Giulia, que o conquistara.

Pegou um folheto com o mapa da abadia em um canto do claustro para verificar em que ponto ficava o afresco da *Madonna della Buonanotte*. Precisava ter certeza absoluta de que ela era realmente Alessandra. Era melhor agir com discrição.

Quando a viu vestida com uma bata branca, concentrada no retoque de um detalhe do rosto da Madonna, logo lhe veio à mente Kate, a moça inglesa desaparecida menos de um ano antes. Ela também era restauradora e trabalhava na cripta de São Columbano, em Bobbio.

É muita coincidência... Por que ela me escondeu o seu verdadeiro trabalho?

Atraída por um barulho súbito, Alessandra se virou e por pouco não o descobriu. Giorgio teve a presença de espírito de se virar logo e desaparecer atrás de uma coluna. Encaminhou-se a passos largos rumo à saída da abadia. Seu coração batia tão forte que parecia não estar mais no peito, mas dilatado em cada célula do seu corpo, dando-lhe a sensação de que ia implodir e se partir em milhares de pedaços.

Sem saber como, conseguiu entrar no carro. Deu a partida e afastou-se rapidamente, parando em seguida alguns quilômetros adiante, em uma estrada de terra em meio ao campo. As batidas do coração haviam desacelerado. Respirou fundo, procurando se controlar. Fechou os olhos e apoiou as mãos no volante, como se precisasse ancorar-se em algo para não desmaiar.

Abriu o porta-luvas e praguejou. A cartela do ansiolítico estava vazia. Apertou-a entre as mãos, amassando-a. Apoiou a cabeça no encosto e fechou os olhos para se acalmar.

Alguns minutos depois, pegou o celular e digitou o nome e o sobrenome de Alessandra e também o de Kate Summers no Google. O Facebook tinha o perfil de ambas as moças, amigas na rede social; dois artigos ingleses falavam da fundamental contribuição delas na restauração de um afresco da Catedral de São Paulo alguns anos antes; algumas fotos as retratavam juntas em uma cerimônia de fim de curso acadêmico.

Não, não fora por acaso que Alessandra dera com ele naquela sexta-feira à noite. Ela não revistara as suas gavetas com o nobre intuito de compreendê-lo melhor. Lembrou-se da sensação de atordoamento que havia sentido algumas vezes quando acordava ao seu lado. Provavelmente ela o havia dopado para ter a liberdade de agir sem ser incomodada.

E aquele idiota do Marino nem se preocupou em interrogá-la ou colocá-la sob custódia... Que faro!

Mas o idiota era ele, não Marino. Confiara em uma completa desconhecida, tinha deixado que ela entrasse em sua casa, apesar de ter ficado claro desde o começo que ela não dizia nada além de mentiras. Desferiu um soco no painel, fazendo o utilitário tremer.

Marta tinha razão. O aparecimento de Giulia tinha posto sua vida de cabeça para baixo, destruído o pouco equilíbrio de que dispunha, provocado o desaparecimento de pessoas queridas. Não fora um acaso. Ela estava metida naquela história até o pescoço.

Procurou conter a raiva e esforçou-se para não socar outra vez o volante. Deu a partida e foi para casa. Pensou em ligar para Marino e colocá-lo a par do que havia descoberto, mas desistiu.

Precisava resolver aquilo sozinho, pelo menos dessa vez.

* * *

No início da rua particular que conduzia à mansão, encontrou o costumeiro alvoroço de jornalistas e de curiosos, na maioria dos casos abutres impacientes em descobrir as infinitas vertentes do mal. Alguém, ignorando a placa de aviso na entrada do caminho, havia ultrapassado o limite permitido.

Giorgio parou o carro, ansioso por descarregar a raiva acumulada naqueles idiotas curiosos, mas conseguiu se conter.

A exortação à prudência, o empenho constante em se comportar com a discrição que seu pai sempre esperara dele ecoaram dentro de si.

Seguiu direto para a casa, assegurando-se de que ninguém ousasse se aproveitar da abertura do portão para entrar no jardim.

Pensou em Agnese. Giulia também a havia enganado. Seu rosto calmo lhe veio à mente, seu olhar límpido, cheio de amor.

Tomou o caminho que conduzia à dependência.

Agnese sempre ia lá para salvá-lo.

Mas ele não havia sido capaz de fazer o mesmo por ela.

28

Ela lhe ligou por volta das oito da noite, aquela voz delicada de menina tímida, suave como todas as vezes em que precisava se fazer perdoar.

— Nos vemos à noite? Estou na Estação Central. Acabei de deixar Camilla no trem. Em menos de uma hora poderia estar com você na sua casa.

Giorgio pensou de novo no beijo que tinha visto algumas noites antes, uma das inúmeras revelações de que fora espectador. Contudo, mesmo diante daquela descoberta, continuara firme na aposta de confiar nela. Entortou a boca em um esgar amargo.

— Lamento, Giulia. Pensei na nossa conversa e no modo como você se comportou — disse ele em voz firme. — Entendo os seus problemas, o seu passado, mas ainda não me sinto à vontade para encontrá-la. Espero que você consiga me compreender.

Do outro lado fez-se um silêncio prolongado. Ela permaneceu quase um minuto sem replicar. Giorgio pensou que a ligação tivesse caído quando finalmente Giulia, aliás, Alessandra, encontrou forças para responder.

— Podemos conversar sobre isso? Por favor, não quero perdê-lo.

Ele fechou os olhos, suspirando fundo. Alguns dias antes aquelas palavras teriam sido um bálsamo. Agora que conhecia as suas mentiras, agora que sabia a verdade, elas deslizavam por cima dele como um óleo rançoso.

Suspirou novamente. Pigarreou. Levou a mão às têmporas para massageá-las Parecia que sua cabeça ia explodir.

— Sinto muito, Giulia, não posso mais. Adeus.

Desligou o telefone e esticou-se no sofá adamascado, exaurido. Precisava descansar, não pensar, não lembrar.

No entanto, a despeito de seus propósitos, pensou nela, no seu corpo, no seu rosto de boneca enigmática. Talvez o único momento em que ela havia sido sincera fora quando lhe falara da violência que tinha sofrido na infância. Desde a primeira vez que a encontrara havia notado aquele olhar perdido, desencantado.

Se não tivesse entrevisto aquela luz sofrida, provavelmente ela teria se tornado mais uma bonequinha sem rastro, mais um marco insignificante gravado na parede.

É surpreendente o modo como ela se conectou comigo, como ela soube ler dentro de mim.

Viu-a novamente montada em cima dele, o ícone perfeito de um sonho que nenhuma outra mulher jamais conseguira interpretar.

Era justamente aquele sonho que lhe faria falta. E também a ideia de que alguém o compreendera profundamente, conseguira mergulhar no mais obscuro recôndito do seu ser.

Foi até a cozinha pegar um copo de uísque. Voltou ao salão e se esticou novamente, apoiando a cabeça no braço do sofá.

Degustou um pouco do líquido âmbar e fechou os olhos.

O álcool o deixou mais calmo, serenou-o como uma leve carícia. Bebeu outro gole e sentiu-se ainda melhor.

Ela está sozinha em casa.

Ligou o celular: dez ligações de Giulia, uma de Marta.

Ligou para a última.

— Oi, Marta — disse ele, cansado.

— Giorgio, por que estava com o celular desligado? Está tudo bem?

— Terminei com Giulia. Não posso continuar a vê-la depois de todas as mentiras que me contou.

— Descobriu alguma coisa a respeito do trabalho dela? — perguntou Marta, preocupada.

— Não, prefiro deixar pra lá — mentiu ele, lacônico.

— Tem certeza?

— Sim.

Seu tom era decidido, definitivo. Não admitia réplicas, não contemplava a possibilidade de continuar aquela conversa. Diante daquele muro impenetrável, Marta decidiu mudar de assunto.

— Encontrei aquela "amiga" de que lhe falei ontem, lembra? — disse ela, hesitante.

— Sim, lembro. Por favor, seja prudente.

Giorgio entendeu na hora o que Marta queria dizer. O misterioso policial, o amante de Serena, provavelmente queria vê-la novamente. Perguntou-se o que ele teria para lhe dizer e por que a fazia correr todos aqueles riscos, mas preferiu não acrescentar nada, era muito perigoso conversar pelo telefone.

— Nos vemos amanhã? — perguntou ela com voz hesitante.

— Ligo para você de tarde — ele limitou-se a responder.

Aquela frase pareceu a ambos o prelúdio de um adeus. Despediram-se sem calor, quase como dois desconhecidos.

Ela é pura. A única lembrança bonita que me resta.

Foi se servir de outro uísque e deitou-se mais uma vez no sofá.

Lembrou-se de alguns dias antes, quando Marta lhe recordara o pensamento de Leopardi que ele havia transcrito na capa do caderno do colégio.

"O mais sólido prazer desta vida é o prazer vão das ilusões."

Parecia uma premonição.

Fechou os olhos, concordando.

29

Giorgio acordou sobressaltado, perguntando-se onde estaria. Reconheceu o teto com afrescos do salão, os quadros, as cortinas adamascadas. Acabara de sair precipitadamente de um pesadelo de cuja trama não se lembrava. Com a respiração ainda ofegante e o coração batendo forte, suava em bicas. Deu uma rápida olhada no relógio de pulso, eram três da manhã. Na tela do celular, no modo silencioso, viam-se quatro chamadas de Giulia. A última remontava a meia hora antes: mais uma vez, ele se surpreendeu com a determinação dela em procurá-lo. Pensou na manhã anterior, quando a seguira: não havia encontrado vivalma na rua – paz absoluta.

Tomou uma ducha rápida e vestiu uma calça jeans e uma blusa de malha. Em seguida desceu rápido para pegar o utilitário que havia dirigido no dia anterior. Saindo do portão, verificou se alguém estava à espreita em frente à sua casa. Não queria ser obrigado a usar uma via alternativa. Iluminou com os faróis o bosque ao redor: tudo tranquilo. No carro, sintonizou na rádio uma estação que transmitia música clássica. Precisava relaxar, esvaziar a mente.

Era difícil aceitar o fim das ilusões.

Em um canto muito escondido da mente, sempre desejara que aquela vida – que ele não havia escolhido – mais cedo ou mais tarde acabasse. O mesmo ingênuo conceito que a professora repetia na escola primária: depois da tempestade vem a bonança. No entanto, aquela bonança nunca havia chegado para ele. Mesmo quando parecia que tudo corria melhor, a semente da angústia permanecia dentro dele.

E então ele havia encontrado Giulia. Aquela semente não cessara de fincar raízes, de germinar, de mostrar os primeiros caules venenosos.

Desde o início ela tinha um objetivo bem preciso.

Suspirou, procurando manter os olhos atentos à estrada. Naquela hora era fácil encontrar uma corça ou, pior ainda, um enorme javali.

Era uma noite límpida, repleta de estrelas. Assim que saiu da mata fechada e pegou a estrada provincial, elas se revelaram em todo o seu fulgurante esplendor.

Passou ao lado do local onde havia almoçado com Marta alguns dias antes. Lembrou-se dela em seu vestidinho florido, dos cachos vermelhos e dos olhos daquele incrível verde-esmeralda. Tinha sido muito bom revê-la, reviver o passado, a leveza dos tempos do colégio. Pensou na sua casa linda, organizada. O espelho da alma de Marta.

Não a veria nunca mais, e tinha certeza de que aquela era a melhor decisão. Encontrá-la corresponderia a iludi-la: não poderia lhe oferecer o que ela merecia. Preferia deixá-la com o sonho de um amor não consumado em vez de arrastá-la consigo para o abismo. Queria recordar-se dela assim: limpa, imaculada, protegida de alguma coisa que a teria manchado irremediavelmente.

Pressionou as mãos no volante e apertou os olhos ao cruzar os faróis de um carro que vinha no sentido oposto. Sem se dar conta, em vez de pegar a avenida expressa, tomou a via Emilia. Melhor assim: àquela hora não havia trânsito. Além do mais, não deixaria rastros de sua passagem. O conselho de Ottorino relativo à discrição absoluta lhe voltava à mente com frequência cada vez maior. Agora mais do que nunca.

Às quatro e meia da manhã não havia ninguém na estrada que levava a Peschiera Borromeo, nem na cidade, nem diante do edifício miserável onde Giulia morava.

Deixou o carro na pequena rua lateral, do lado oposto ao local onde estava estacionado o Fiat 500 dela.

Aproximou-se do portão de entrada e apertou a campainha que correspondia ao número do apartamento de Giulia. Tocou. Ninguém respondeu. Insistiu. Finalmente sua voz adormecida ecoou no aparelho.

— Quem é? — perguntou, aborrecida.

— Sou eu, preciso falar com você — disse ele com uma voz quase irreconhecível.

Silêncio.

Depois, a resposta perturbada, incrédula:

— Desço em cinco minutos.

Giorgio entrou no carro e esperou que ela descesse. Dez minutos depois a viu chegar vestida de qualquer jeito, pálida, com os cabelos presos em um rabo de cavalo. Estava sem bolsa e sem os diabólicos saltos altos. Nos pés, um simples par de tênis.

Giorgio encostou o carro em frente ao portão para que ela entrasse. Giulia estremeceu e ficou imóvel. Quando teve certeza de quem era o motorista, abriu a porta, decidida.

— Você me deu um susto, nunca o vi com esse automóvel... e não reconheci a sua voz — disse ela exibindo um sorriso amplo.

— Pois é, deveria ser mais prudente — replicou ele em um sussurro.

30

A noite estava fria, apesar da primavera avançada. Marta se arrepiou, mais por causa agitação e do medo do que pela umidade que lhe penetrava os ossos. Assim que se afastou do portão de casa, o homem se aproximou dela discretamente. Murmurou um "siga-me" e, em seguida, tomou uma pequena rua do centro. Marta se apressou a segui-lo, procurando manter certa distância, como a moça que a contatara lhe havia recomendado.

Por um momento, no escuro da noite, pensou tê-lo perdido, mas depois de virar a esquina o viu de novo. Ele se enfiou em um pátio semiabandonado e entrou no que parecia ser um laboratório em desuso. Marta o seguiu, olhando à sua volta.

— Tem certeza de que ninguém a seguiu? — indagou o homem alto, de cabelos pretos e penetrantes olhos verdes. À luz da lâmpada que iluminava o laboratório abarrotado de móveis e pacotes de todas as épocas, ela teve a impressão de reconhecê-lo. Quando o encontrara no parque, o medo a impedira de prestar atenção nele. Agora se lembrava de ter notado o policial diversas vezes durante as investigações, sempre ao lado de Marino. Talvez até no dia em que Serena havia desaparecido.

— Sim, tenho certeza — respondeu ela, procurando se lembrar dos momentos precisos em que havia reparado nele.

— Tenho novidades importantes: sabe aquela figura que o seu amigo advogado costuma frequentar? É uma restauradora, e é amiga de uma das desaparecidas. Saveri, ao que parece, não sabe nada de sua verdadeira identidade, e Marino se faz de tonto, mas é esperto. Pena que se fixe nas teorias.

— Verdade?!

Marta arregalou os olhos. Lembrou-se do que conversara com Giorgio a respeito de Giulia: ao que parecia, suas teorias não eram assim tão estapafúrdias.

— A moça está envolvida até o pescoço em toda essa história. E Saveri, no meu entender, tem razão: Sperti e os seus amigos não têm nada a ver com o caso.

O homem suspirou, aproximou-se da porta e deu mais uma olhada no pátio. Tranquilizado, continuou a falar.

— Não sei se encontraremos Serena ainda viva, mas quero tentar tudo que for possível. Lembra-se do carro preto de que ela havia falado? Nas verificações que fizemos alguns dias atrás, algo não bate – um detalhe inexplicável que preciso entender o quanto antes: marcas de pneus que parecem acabar em lugar nenhum.

Ela olhou para ele, desorientada.

— O quê?

— É um palpite absurdo, mas quero verificar por minha conta, já que não há jeito de fazer Marino mudar de ideia. Ele está empenhado em pegar Baretti e Rescagni, e também está investigando a restauradora. Não consigo entender qual é a lógica dessa linha de investigação.

O homem clareou a voz, fixou-a nos olhos e continuou.

— Quis vê-la para lhe contar, caso aconteça alguma coisa comigo. Mas, por favor, nunca revele que Serena e eu tínhamos uma relação. Minha mulher morreria.

— Vou com você. Serena é minha amiga também — disse ela, resoluta.

— Nem pensar. Pode ser perigoso.

— Insisto. Vou me manter à distância e avisar imediatamente a polícia no caso de haver algum problema. Seria mais seguro para você também.

Ele a olhou, em dúvida, inseguro. Depois, logo antes de sair, disse:

— Me espere aqui. Daqui a exatos dez minutos passo para pegá-la de carro. Quando me vir, suba logo, mas antes certifique-se de que não haja ninguém em volta.

Não deu tempo de Marta responder e desapareceu de vista.
Ela esperou pacientemente por dez minutos, torcendo para que ele mantivesse a palavra.

Epílogo

Giulia estava muito mais relaxada. Alegre, sedutora, como se a chegada de Giorgio em plena noite representasse uma vitória. Acomodada em seu assento, já se sentia à vontade para fazer troça do minúsculo espaço do carro, no caso de quererem ter alguma intimidade ali dentro. Ele mantinha distância, ouvindo-a em silêncio.

— Quero fazer amor com você — disse ela de repente.

Aproximou-se dele e lambeu seu pescoço com volúpia.

Giorgio se virou para ela e a olhou com frieza. Respirou fundo antes de responder:

— Precisamos conversar. A situação entre nós está muito abalada.

Giulia mordeu o lábio, como se estivesse arrependida de ter sido tão atrevida. Começou a se preocupar.

— Pensei que estava tudo esclarecido. Entendo que seja difícil para você confiar em alguém depois das experiências negativas que viveu, mas acredite, para mim também não é fácil — respondeu ela, séria.

— Então podemos tentar entender um ao outro — disse Giorgio, impaciente.

— Aonde estamos indo? Pensei que fôssemos conversar em frente à minha casa.

— No carro? Melhor ficarmos tranquilos em casa e não ter pressa.

— Mas são quase cinco da manhã e preciso estar no trabalho em menos de quatro horas...

— Pode dizer que não está bem, qual é o problema? Isso pode acontecer, não? — perguntou ele com os olhos fixos na estrada.

— Os meus chefes não vão ficar contentes, vou trabalhar até com febre para não causar problemas. Além do mais, nem trouxe o celular, não tenho como avisá-los — reclamou Giulia em voz baixa.

Giorgio a olhou fixamente nos olhos. Ela não conseguiu retribuir.

— Ligue para o telefone fixo. Não disse que trabalha em uma joalheria?

Ela concordou, sem continuar insistindo.

— Pelo que entendi, sua amiga Camilla viajou. Você está em casa sozinha, então pode dispor de si própria a seu bel-prazer — prosseguiu Giorgio, como se buscasse a confirmação do que acabara de dizer.

— Sim.

Subitamente Giulia ficou triste, desanimada. Olhava para fora da janela sem falar, como se tivesse sido assaltada por pensamentos desagradáveis.

Giorgio também não tinha vontade de sustentar nenhum tipo de conversa. Sentia-se vazio, sem forças. Realmente estivera a ponto de se apaixonar por aquela mulher? Tinha dificuldade em acreditar nisso.

Ela mentia descaradamente.

Sempre.

Por outro lado, todas as mulheres da sua vida haviam mentido para ele: a primeira fora sua mãe. E Ottorino, em seu cinismo cruel, sempre soubera disso.

Quando chegaram perto da mansão, Giorgio pegou uma estrada diferente, evitando passar pelo povoado.

— Aonde estamos indo? — perguntou ela, curiosa por ele ter escolhido aquela direção.

— Ainda é cedo, mas agora o povoado vive infestado de jornalistas a qualquer horário. Vamos fazer um percurso diferente, assim evitamos cruzar com eles.

Giulia concordou, não muito convencida. Ele pegou um caminho secundário para, em seguida, tomar outro de terra que subia pela colina, no meio do mato denso de castanheiras e carvalhos.

— Esta trilha está cheia de lama, não tem medo de ficar encalhado com essa geringonça? — observou ela em tom de dúvida.

— Não se preocupe, já percorri este caminho de terra muitas vezes.

Escalaram a parte mais íngreme e inacessível do castanhal. O caminho parecia interromper-se de repente ao chegar a uma cerca inteiramente coberta de trepadeiras. Giulia olhou para Giorgio, perplexa, sem entender por que ele havia feito todo aquele percurso para parar justamente ali.

— E agora? Temos que pular a cerca? — perguntou ela com um sorrisinho sarcástico.

— Nem sonhando — replicou Giorgio, pegando um controle automático no bolso.

Giulia esbugalhou os olhos: depois de ele ter apertado o botão, uma passagem se abriu, deixando entrever um portão. A trepadeira disfarçava perfeitamente o mecanismo. Giorgio entrou no jardim da mansão pelo lado oposto à entrada principal. Pelo espelho retrovisor, com o canto do olho, teve a impressão de ver duas sombras, mas, examinando melhor, tranquilizou-se: talvez fosse apenas um jogo de luzes. Torceu para não estar enganado – aquela área do bosque vivia cheia de animais selvagens. Dois meses antes defrontara-se com dois javalis que tinham invadido o jardim. Tivera de matá-los com o fuzil de caça de Ottorino, e não fora uma empreitada simples.

Giulia estava transtornada. Ela se virou para observar o fechamento do portão, e verificou que, mesmo olhando pelo lado interno, a camuflagem era invisível, perfeita.

— Incrível, parece que estou em um filme de 007 — comentou, boquiaberta.

— Uma beleza, não é? Custou os olhos da cara, mas valeu a pena. Muitos anos atrás, meu pai encomendou esse mecanismo a um artesão alemão, e sempre funcionou muito bem.

Chegaram a uma construção branca, baixa, escondida no jardim. A dependência.

A arquitetura lembrava a da casa principal, mas era mais discreta, escondida entre a vegetação do jardim. As paredes brancas lhe conferiam um ar misterioso, quase sobrenatural.

Giorgio estacionou ao lado do caminho que conduzia à entrada, saiu do carro e abriu a porta para Giulia.

Em seguida, como para explicar o motivo pelo qual a levara àquele lugar, disse:

— Você me falou do seu passado, do que seu pai a fez sofrer. Agora é justo que eu também lhe fale de mim.

Passou um braço ao redor das suas costas e a guiou rumo à porta da entrada. Estava aberta. Encontravam-se em uma sala cheia de afrescos, repleta de móveis antigos, tapetes persas, quadros de época que representavam mártires, campos de batalha, cenas místicas. Uma espécie de reprodução em miniatura dos ambientes da casa principal.

Giulia se aproximou de uma pintura a óleo que representava uma figura monstruosa, nua, de cabelos compridos, ocupada em arrancar por meio de mordidas pedaços de carne de um corpo muito menor, representado de costas.

— *Saturno devorando um filho*, um dos quadros mais inquietantes da história. Se não me engano, é uma reprodução de uma obra importante de Goya exposta no Museu do Prado — comentou Giulia, concentrada em examinar cada pequeno detalhe.

— Para uma simples vendedora, você parece estar bem informada — replicou ele, sarcástico, olhando-a fixamente. Como fizera poucos minutos antes, Giulia desviou o olhar. Giorgio continuou:

— Na realidade, é uma obra original que quase ninguém conhece, e exatamente por isso seu valor é ainda maior. Trata-se de um estudo de Saturno pertencente ao ciclo de catorze obras de Goya denominadas *Pinturas negras*. Não tem ideia de quanto vale.

Giulia não comentou. Devia estar com medo de expor mais uma vez seu profundo conhecimento de história da arte. O comentário que ele havia feito pouco antes certamente a tinha alertado.

Ela continuou a examinar os quadros com atenção ainda por alguns minutos, parando aqui e ali, mas evitando tecer qualquer comentário.

Enquanto estudava de perto uma tela que representava um martírio, sua atenção foi atraída por algo. Aproximou-se de uma janela: havia entrevisto um utilitário preto com vidros escuros. Estava estacionado debaixo de uma pérgola coberta também dos lados por uma densa trepadeira, invisível de fora. Não fez nenhum comentário. Ficou com as mãos apoiadas na moldura da janela e, em seguida, virou-se lentamente, procurando o olhar de Giorgio.

Ele permaneceu imperturbável, como se aquilo não lhe dissesse respeito. Aproximou-se dela com um sorriso sarcástico.

— Além de gostar de arte, também é apaixonada por automóveis? — perguntou em tom gélido.

— Não, é que... — ela tentou argumentar.

Giorgio entendia perfeitamente o motivo de sua desorientação: a mídia toda havia falado do carro preto que Serena vira antes do seu desaparecimento.

Nos olhos de Giulia o medo começava a crescer.

— Venha, tenho diversas surpresas reservadas para você — Giorgio anunciou, sem deixar de sorrir.

Guiou-a até uma estante. Deslocou alguns volumes e enfiou a mão atrás do móvel.

Ouviu-se um estalo. Giulia arregalou os olhos, petrificada: uma parte da estante se abriu lentamente como um livro. Atrás da abertura escondida, uma escada de mármore branco descia ao andar inferior.

—Agora poderá finalmente satisfazer suas inúmeras curiosidades.

Giulia não respondeu, começando a tremer, e tentando se afastar dele.

Inutilmente.

Giorgio a segurava firmemente.

— Mas como, depois de ter tentado entrar aqui à minha revelia, quer ir embora? Logo agora que poderia finalmente encontrar alguém que tanto procura?

— O que quer dizer? — replicou ela, arregalando os olhos.

Subitamente, a expressão de Giulia mudou. Parecia determinada a prosseguir. Como se tivesse desistido de fugir para não perder algo muito importante.

Sem que ela resistisse, Giorgio a arrastou escada abaixo.

* * *

Uma porta blindada se abria para um local amplo, ladrilhado com lajotas brancas. No centro, uma maca hospitalar coberta com uma lona, iluminada por uma lâmpada de cirurgia. Ao redor, alguns monitores multiparamétricos, eletrobisturis, aspiradores cirúrgicos, gaveteiros variados e mesas de trabalho em aço inox.

Uma atmosfera pálido-azulada, asséptica, que contrastava de maneira estridente com o aspecto de museu do andar superior.

Não restava dúvida. Era uma verdadeira sala operatória.

Em todo aquele rigor, aquela limpeza de hospital suíço, um detalhe anômalo atraiu a atenção de Giulia: uma mecha de cabelos castanhos que pendia de lado na maca do centro da sala. Aqueles cabelos pertenciam a um corpo feminino de que se adivinhava a silhueta por baixo da lona verde.

Giulia controlou a vontade de vomitar.

Virou-se pálida para Giorgio, de olhos arregalados.

— O que significa isso? — perguntou com um fio de voz, sacudida por um tremor incontrolável.

— Mais um pouco de paciência! Estão chegando as primeiras surpresas, está pronta? — anunciou ele, segurando-a com força para que não se soltasse.

De uma porta ao lado saiu um homem por volta dos setenta anos, alto, magro, de cabelos brancos e longos penteados para trás e rosto sulcado por rugas profundas. A semelhança com Giorgio era evidente. Atrás dele, uma mulher beirando os trinta, de olhos pretos e corpo enxuto.

— Kate! — gritou Giulia.

Com um puxão violento, conseguiu finalmente se livrar do braço de Giorgio. Aproximou-se da mulher e tentou abraçá-la, procurando ansiosamente um contato, mas ela, estática, fitou-a com uma frieza glacial.

— Alessandra, você não perde a mania de se meter em apuros — disse Kate sem se alterar.

Alessandra olhou para ela, abismada.

— Mas como? Fiz de tudo para encontrá-la — disse em seguida, estupefata com a reação da amiga.

O olhar de Kate tornou-se ainda mais duro e cortante.

— E quem lhe pediu para fazer isso? Eu estou muito bem. Graças a Ottorino, entendi finalmente minha verdadeira vocação.

Kate apertou o braço do homem ao seu lado. Ele lhe sorriu. Seu rosto exibia uma expressão dura, cruel. Os olhos eram dois pedaços de gelo azul.

— Espere um pouco, algo aqui não faz sentido — objetou Alessandra, incrédula. — Na noite antes de desaparecer, você me contou que tinha saído com um advogado, apesar de tudo o que acontecia entre nós havia três anos. Eu estava disposta a perdoá-la, mas você não voltou naquela noite. Demorei meses para entender quem poderia ser o homem com quem você tinha saído, até chegar a Giorgio. Agora a encontro em um porão com esse velho, que por sinal já deveria ter morrido. Que merda está acontecendo? — gritou ela exasperada, como se não conseguisse acreditar nas palavras da amiga.

Com uma agilidade inesperada para um homem daquela idade, Ottorino deu um salto e foi parar atrás dela, agarrando-lhe um braço e torcendo-o até que ela gritasse de dor.

Ouviu-se um estalo. Por pouco Alessandra não desmaiou.

— Como se atreve, sua putinha lésbica? — sussurrou em seu ouvido.

Kate, que até aquele momento havia observado a cena em silêncio, plantou-se em frente a Alessandra, que se queixava da dor lancinante no braço. Sorrindo, fez-lhe uma carícia no rosto, com o mesmo olhar cruel de Ottorino.

— É comovente pensar que você tenha feito tudo isso para me encontrar, mas lamentavelmente não temos alternativas. Você vai fazer parte de nossa coleção particular, assim terá o privilégio de ficar para sempre conosco.

Levantou a lona da maca. Alessandra reconheceu Serena, tinha visto sua foto nos jornais. Parecia dormir.

— Viu que bonita, parece que está viva, não é? É melhor do que uma obra de arte. Daqui a pouco vamos colocá-la em uma vitrine com temperatura controlada para conservá-la. O que acha, Ottorino, vamos lhe mostrar nossa coleção particular?

Como resposta ele empurrou Alessandra com violência em direção a uma porta, provocando-lhe uma dor angustiante que a fez gritar. Esperou que Kate, com um gesto teatral, escancarasse a porta, e, em seguida, empurrou Alessandra para além da soleira.

À frente descortinava-se um ambiente amplo e bem iluminado por luzes de LED. Cega por aquelas lâmpadas ofuscantes, Alessandra precisou fechar os olhos por algumas frações de segundos. Quando conseguiu abri-los, parecia ter acordado no mais devastador pesadelo da sua vida. À sua frente, dezenas e dezenas de vitrines transparentes expunham corpos completamente nus, em perfeito estado de conservação, todos em posição ereta.

Como se fosse um pequeno exército. Não de barro, mas de carne humana.

Todos corpos femininos.

Reconheceu, na primeira fileira, Agnese e Elisa. Perto delas uma loira de traços delicados e ao centro outra, também loira, mas mais madura. Logo atrás conseguiu entrever algumas das moças que haviam desaparecido, junto a outras que lhe eram totalmente desconhecidas. Uns trinta corpos em excelente estado de conservação, dispostos, como em um teatro, diante de um sofá e duas poltronas vermelhas.

Perante aquela visão apocalíptica, Alessandra sentiu que ia desmaiar. Ottorino a agarrou antes que ela caísse no chão, esbofeteando-a para reavivá-la.

Logo que voltou a si, Kate se aproximou dela, tomando seu rosto nas mãos, para fazer com que observasse melhor aquele espetáculo.

— Incrível, não é? Quando vi essa magnificência, convenci Ottorino a me contratar como sua assistente. Essas sim, são autênticas obras de arte — disse ela, tomada por uma espécie de êxtase.

— Mas o que são exatamente? Múmias? — Alessandra mal conseguiu balbuciar, zonza com os tapas e, principalmente, com tudo aquilo que tinha descoberto.

— Exatamente, são múmias — confirmou Ottorino, inflado de orgulho. — Já faz tempo que sigo o método do maior taxidermista do mundo: Alfredo Salafia. Quando, anos atrás, pude admirar a múmia de Rosalia Lombardo nas catacumbas de Palermo, abandonei qualquer outro procedimento e adotei o dele. É o melhor de todos, e eu acrescentei alguns aprimoramentos para torná-lo ainda mais eficaz.

— Não! Isso não pode ser verdade! — gritou Alessandra, tomada por um horror incrédulo, tentando se soltar.

Ottorino, apesar da idade avançada, segurava-a bem presa, demonstrando ter ainda uma força surpreendente. Agarrou-a pela blusa e esbofeteou-a com violência quatro, cinco vezes. Olhando no seu rosto, gritou-lhe, vermelho de raiva:

— Cale-se, sua vagabunda! Por sua culpa tive que sacrificar prematuramente Agnese: você lhe lembrava Elisa. Depois que ela a conheceu, foi tomada por milhares de paranoias, não queria ter mais nada a ver com a nossa família. Com ela, precisei sacrificar também a sua filha, a nossa filha. Quando Elisa leu o diário da mãe, queria nos denunciar. Na realidade, a culpa de tudo, como sempre, é daquele inepto do meu filho, que trouxe você para dentro da nossa casa. — Ottorino olhou ao redor. — Onde diabo se meteu, Giorgio?

— Estou aqui, papai.

Giorgio entrou na grande sala, precedido por um homem e por uma mulher. O homem alto, de cabelos pretos, era um dos policiais que, com frequência, acompanhavam Marino. Tinha falado com ele mais de uma vez, quando havia reencontrado a bicicleta de Agnese, e na sua casa, com o delegado.

A mulher, no entanto, ele conhecia bem: era Marta.

Giorgio apontava para eles um fuzil de caça Beretta A400 Shadow, a arma que o pai conservava sempre carregada no armário da entrada da dependência.

Alguns minutos antes, tinha ouvido alguns barulhos suspeitos na entrada e subira para verificar: não eram animais selvagens, como tinha pensado, mas aqueles dois, escondidos atrás da porta.

Quando reconhecera o rosto de Marta, transtornado pelo pânico, não acreditara em seus olhos. Queria mesmo mantê-la fora daquilo, mas ela, apesar das recomendações, havia decidido se envolver por sua própria conta. Encontrara-se diante de uma única escolha: desarmar logo o policial e fazê-los descer no porão, torcendo para que já não tivessem chamado a polícia. Quando os empurrou para dentro da sala dos sarcófagos, como a chamava desde criança, reconheceu em seus olhos aquele terror que experimentara na primeira vez que havia entrado ali. Os corpos eram poucos, no início, e vê-los tinha sido terrível. Durante meses, não conseguira dormir. Algum tempo depois, a atrocidade maior: encontrar-se cara a cara com a múmia da sua mãe.

Nunca a vira nua, nem quando era pequeno, nunca a sentira próxima de verdade, mas vê-la naquela vitrine, tão frágil, indefesa, o aniquilara. Vomitara a alma diante daquele corpo. Tinha odiado o pai, apesar de ele ter falado da traição de Dafne, da relação que ela mantinha com um rapaz de um povoado vizinho, do falso acidente que ele organizara para desaparecer com o corpo, substituindo-o por outro retirado da clínica de Ottorino.

Seu pai sempre resolvia tudo. Até quando sua mulher estava para deixá-lo pelo seu sócio, o pai resolvera o problema matando Eva e Federico. Jogara-lhe na cara que estava certo a respeito dela desde o início. Agora, Eva também fazia parte de sua coleção particular.

— Quem são esses? — berrou Ottorino, fora de si à visão daqueles dois desconhecidos.

— Entraram às escondidas quando passei pelo portão dos fundos. Eu os encontrei atrás da porta de entrada da dependência.

— Você continua sendo o mesmo idiota que sempre foi e continuará sendo por toda a vida! Como não percebeu que eles o seguiam?

Ottorino estava roxo de raiva. Jogou Alessandra no chão e aproximou-se de Marta e do policial.

— Você os conhece? — perguntou a Giorgio, observando-os de perto com as narinas dilatadas e a respiração curta.

— Ela é uma ve...velha colega do colégio, uma jornalista, e ele é um po... policial — balbuciou ele em falsete.

O registro vocal, mais agudo que o normal, lembrava o de um menino.

Marta, sem parar de tremer, desviou o olhar das vitrines e dos olhos gélidos de Ottorino e observou Giorgio, impressionada com aquela voz, aquele falar truncado: ele parecia ser vítima de um transtorno de dupla personalidade.

Ele também a olhou, aniquilado pela reação dela.

Ottorino o esbofeteou e lhe deu um violento safanão.

— Imbecil, não aprendeu nada todos esses anos e nunca vai aprender! É apenas um peso inútil.

Giorgio recebeu o golpe, imóvel, com os olhos vítreos e a postura rígida.

O policial, aproveitando a súbita briga entre pai e filho, recuou, tentando escapar em direção à porta. Giorgio, apesar do violento golpe recebido, reagiu imediatamente: com a frieza de um atirador experiente, pegou a arma e, com um único disparo, atingiu-o em cheio nas costas.

Marta, gritando como um animal ferido, jogou-se aos pés do homem para socorrê-lo.

Ottorino, em pé em frente ao filho, tentou arrancar-lhe o fuzil ainda fumegante, mas Giorgio o segurou firme.

— Entregue o fuzil idiota, você já causou problemas demais — ordenou ele, olhando fixo nos olhos do filho.

— Não, papai — respondeu Giorgio decidido, sem baixar o fuzil. De repente, havia voltado a falar como um adulto.

Ottorino se afastou um pouco, ciente de que aquela situação podia se tornar perigosa.

Ergueu a voz, assumindo um tom ainda mais imperioso.

— Vamos, não seja idiota, dê o fuzil a seu pai.

Kate se aproximara do velho e olhava Giorgio com desprezo.

Giorgio, lentamente, ajustou a mira. Assustada, a mulher se apoiou no braço de Ottorino.

— Giorgio, me escute. Me dê o fuzil e deixe eu resolver esse assunto — disse Ottorino adotando um tom mais conciliador, impressionado com a súbita rebelião do filho.

— Não, papai, não vou deixar. Permiti que o senhor resolvesse tudo por muito tempo, tempo demais.

Retomou a mira. A primeira a atingir foi Kate, na cabeça. O rosto dela explodiu de chofre, jorrando o líquido púrpura como um macabro chafariz da morte. Jatos de sangue e miolos esmigalhados se espalharam pelo cristal transparente das vitrines da primeira fileira, escorrendo em espessos riachos.

De uma maneira sangrenta, mas eficaz, Giorgio pensou que finalmente conseguira cobrir aquele exército com carne.

Uma memória dos corpos que o perseguia desde criança.

Apontou a arma para Ottorino, petrificado não tanto pela morte de Kate quanto pela inesperada insubordinação do filho e pelo sangue que manchava as vitrines das suas preciosas obras-primas.

Giorgio olhou direto nos seus olhos, aqueles gélidos icebergs azuis.

— Não devia ter matado Agnese. Jamais o perdoarei por isso, papai.

Mirou novamente, disparando um tiro certeiro no coração do pai.

Ottorino caiu para trás, estremecendo antes de exalar o último suspiro.

Giorgio foi atingido pelo sangue dele.

Escuro.

Denso.

Nocivo.

Agora seu pai não passava de um fantoche macabro – uma massa disforme de carne e ossos, sem poder nem vontade, irremediavelmente desfigurado pelos projéteis.

Indigno – ele, que fora o artífice e o guardião – de entrar no Mausoléu da Memória dos Corpos.

Olhou pela última vez aquela que pensara ser Giulia.

Era igual a todas as outras.

Apontou a arma.

Ela o olhava com os olhos grandes, suplicantes. Tinha a mesma expressão aterrorizada de quando falara dos abusos do pai. Tremia desesperadamente. Baixou a cabeça, à espera do fim.

Giorgio observou aquela figura já entregue, resignada.

Mas não disparou.

Baixou o fuzil sem deixar de fitá-la. Subitamente enxergou Giulia exatamente como era: um ser à deriva, assediado por demônios dos quais jamais conseguiria escapar.

Como o tiro não veio, Giulia abriu os olhos, apavorada, e desabou no chão. Arrastando-se, ganhou a escada.

Giorgio aproximou-se de Marta, que tremia e chorava, ajoelhada no chão ao lado do cadáver do policial.

Ela ergueu a cabeça e o fitou por um instante. Em seguida, cobriu os olhos com as mãos para não o ver destruir outro corpo, o seu.

Ele sentou-se a seu lado, pousou o fuzil ainda quente no piso sujo de sangue, e lhe fez uma carícia na face.

Erguendo-se, ajudou-a a se levantar.

Subiram as escadas e saíram da dependência. Marta não parava de chorar, de soluçar.

Fora daquele lugar maldito, parecia que estavam em outro mundo.

O sol, já alto, iluminava os arbustos da roseira antiga em plena floração. O perfume era estonteante.

Giorgio parou na grama e pegou Marta pela mão, indiferente às sirenes das viaturas, cada vez mais próximas. Ela continuava soluçando, mas não tentou escapar, permanecendo ao lado dele, dócil, complacente.

Juntos caminharam sobre a relva molhada de orvalho cheirando a flor.

Pela última vez.

Exatamente como quando eram jovens, nos tempos do colégio.

Copyright © 2020 Tordesilhas Livros
Copyright © 2019 Mondadori Libri S.p.A., Milano. By arrangement with Otago Literary Agency and Villas-Boas & Moss Agência Literária

Título original: *La memoria dei corpi*

Todos os direitos reservados. Nenhuma parte desta edição pode ser utilizada ou reproduzida — em qualquer meio ou forma, seja mecânico ou eletrônico –, nem apropriada ou estocada em sistema de banco de dados, sem a expressa autorização da editora. O texto deste livro foi fixado conforme o acordo ortográfico vigente no Brasil desde 1º de janeiro de 2009.

Este livro é uma obra de ficção. Os personagens e lugares citados são invenções do autor, e têm por objetivo conferir veracidade à narrativa. Qualquer analogia com fatos, lugares e pessoas, vivas ou mortas, é absolutamente casual.

CAPA Amanda Cestaro
PROJETO GRÁFICO Cesar Godoy
REVISÃO DA TRADUÇÃO E PREPARAÇÃO Fátima Couto
REVISÃO Franciane Batagin | Estúdio FBatagin, Mariana Rimoli

1ª edição, 2020

Dados Internacionais de Catalogação na Publicação (CIP)
(Câmara Brasileira do Livro, SP, Brasil)

Guardo, Marina Di
A memória dos corpos / Marina Di Guardo ; tradução Michaella Pivetti. -- 1. ed. -- São Paulo : Tordesilhas Livros, 2020.

Título original: La memoria dei corpi
ISBN 978-65-5568-003-4

1. Ficção de suspense 2. Ficção italiana I. Pivetti, Michaella. II. Título.

20-38037   CDD-853

Índices para catálogo sistemático:
1. Ficção : Literatura italiana 853
Maria Alice Ferreira - Bibliotecária - CRB-8/7964

2020
Tordesilhas é um selo da Alaúde Editorial Ltda.
Avenida Paulista, 1337, conjunto 11
01311-200 – São Paulo – SP
www.tordesilhaslivros.com.br
blog.tordesilhaslivros.com.br

 /tordesilhas   /tordesilhaslivros   /etordesilhas

Este livro foi composto com a família tipográfica
Adobe Garamond Pro para os textos e para os títulos.
Impresso para a Tordesilhas Livros em 2020.